Stephan Knösel

Jackpot

Wer träumt, verliert

Jackpot. Wer träumt, verliert wurde für den
Deutschen Jugendliteraturpreis nominiert

STEPHAN KNÖSEL

JACKPOT

WER TRÄUMT, VERLIERT

Roman

Ebenfalls lieferbar:
»Jackpot. Wer träumt verliert« im Unterricht
in der Reihe *Lesen–Verstehen–Lernen*
ISBN 978-3-407-63155-8
Beltz Medien-Service, Postfach 100565, 69445 Weinheim
Kostenloser Download: www.beltz.de/lehrer

Für Viktor

Dieses Buch ist erhältlich als:
ISBN 978-3-407-74436-4 Print
ISBN 978-3-407-74344-2 E-Book (EPUB)

Lektorat: Frank Griesheimer
Neue Rechtschreibung
Einbandgestaltung: Zero Werbeagentur, München, unter
Verwendung von Fotos von FinePic®, München
Druck und Bindung: Beltz Grafische Betriebe, Bad Langensalza
Printed in Germany
9 10 11 12 13   23 22 21 20

Weitere Informationen zu unseren Autor_innen und Titeln
finden Sie unter: www.beltz.de

Sie stieg aus der Dusche und wollte gerade ihr Handtuch nehmen, als die Badezimmertür aufging.

Und auf einmal – konnte sie sich nicht mehr bewegen.

Sie hatte nicht damit gerechnet, dass er so früh zurückkommen würde. Er schaute sie mit großen Augen an. Er zitterte ein wenig, trotz der dampfenden Hitze. Er zog die Tür hinter sich zu und schloss ab.

Nach einer halben Ewigkeit sagte er: »Ich liebe dich!«, kam einen Schritt auf sie zu und atmete tief ein, ganz langsam. Streckte die Hand nach ihr aus. Berührte ihren Arm.

Seine Hand war so groß, dass ihr Arm darin unterging.

Endlich fand sie ihre Sprache wieder. »Nicht«, sagte sie. »Sie kommt jeden Moment zurück. Ich will sie nicht betrügen. Verstehst du?«

Und darauf – nickte er.

Er wollte das auch nicht. Das war ihre Chance! Wenn er sie tatsächlich liebte, *wie er sagte, musste sie das ausnutzen.*

»Was sollen wir tun?«, fragte er heiser, fast wie unter Schmerzen – und da wusste sie, dass sie auf der richtigen Spur war. Und dranbleiben musste. Er durfte nicht zum Nachdenken kommen. Das durfte sie nicht zulassen.

»Wir – müssten weg von hier!«, sagte sie. »Irgendwohin, wo uns niemand kennt, Australien oder so. Ganz neu anfangen.«

»Ist das dein Ernst?«, fragte er.

Sie nickte und zwang sich zu einem Lächeln – das dann aber wie von selbst auf ihr Gesicht kam. Wie leicht es manchmal sein kann, zu lügen. Wenn es um etwas geht.

»Aber dafür bräuchten wir Geld«, sagte sie.

22. DEZEMBER
15:43 UHR

Vier Schritte einatmen, vier Schritte ausatmen – was hatte Sprenger, sein Sportlehrer, gesagt? Dann läuft man irgendwann wie von selbst, wie eine Maschine.

Von wegen. Wenn der Schnee nicht wäre, vielleicht. Bei jedem zweiten Schritt rutschte Chris aus, seine Turnschuhe waren schon nass, seine Zehen froren ihm langsam ab.

Aber immer noch besser als in dieser kleinen Wohnung rumhängen. Am Arsch der Welt. Gut, nicht ganz – am Arsch der Stadt.

Im Hasenbergl. Das Getto, wenn man aus Schwabing kam: Hochhäuser, Asos, und ein falsches Wort und du liegst am Boden. Wenn du Glück hast, nur mit einem Messer am Hals. Das war jedenfalls das Bild, das er damals im Kopf hatte – als sie vor einem halben Jahr den Kleintransporter, den Onkel Willi besorgt hatte, mit Umzugskisten vollpackten.

In Wirklichkeit war es gar nicht so schlimm. Klar konnte man hier eins auf die Fresse kriegen – aber ganz ehrlich: Das konnte einem überall passieren.

Die Gegend konnte sogar recht schön sein, wenigstens wenn er an einem sonnigen Tag aus dem Fenster schaute. Dann sah er auf das Fußballfeld und den Spielplatz. Dahinter wuchsen die ersten Waldkiefern, die ihn an schon vergessene Urlaube in Kroatien und Italien erinnerten. Und daneben gab es Rapsfelder, Weizenfelder, Maisfelder bis zum Waldrand. Das einzig Störende war nur der nie endende Lärm der Autobahn, die dahinter wie ein Gürtel auf die Stadt drückte.

Doch im Sommer kam einem wahrscheinlich alles ein wenig sonniger vor. Wenn Chris an einem trüben Wintertag wie heute aus dem Fenster schaute, na ja – dann konnte man schon mal glauben, dass gleich die Welt unterging.

Vor allem, wenn man in so einem Loch hauste. Er hatte einfach rausgehen müssen. Sonst hätte er keine Luft mehr bekommen.

Vier Schritte einatmen, vier Schritte ausatmen.

Warum funktionierte das nicht?

Er hatte sich auch nach einem halben Jahr noch nicht an ihr neues Zuhause gewöhnt – falls man es überhaupt so nennen konnte. Auch nicht daran, dass er wieder ein Zimmer mit seinem Bruder teilen musste.

Als Kinder hatten sie auch nur ein Zimmer gehabt, aber da hatten sie sich noch verstanden.

Na ja, das Problem würde sich bald von selber lösen. In ein paar Monaten war Phil achtzehn, dann würde er zur Bundeswehr gehen, hatte er gesagt, nach Afghanistan oder wohin auch immer. Wie gesagt, ein Problem weniger.

Zwar auch ein Bruder weniger. Der blöde Sack – will ihn einfach sitzen lassen. Aber was soll's? Im Prinzip war er jetzt schon eine Ein-Mann-Familie. Überhaupt, warum war er heute eigentlich in der Schule gewesen? Um sich die blöden Sprüche von seinem Sportlehrer anzuhören?

»Vier Schritte einatmen, vier Schritte ausatmen. Dann

läufst du irgendwann wie von selbst, dann fällt alles von dir ab. Dann bist du irgendwann nur noch ein Körper, und es gibt keine Zeit mehr, nur noch diesen einen langen Augenblick und die Landschaft, die sich verändert. Und deinen Atem, den du irgendwann nicht mehr vom Wind unterscheiden kannst. Und du denkst auch nicht mehr, verstehst du. Du bist nur noch in Bewegung.«

Es hatte verlockend geklungen, das musste Chris zugeben. Aber es war doch nur Gelaber.

Lehrer! Den letzten Schultag morgen würde er sich sparen. Mal schauen, ob er nach den Weihnachtsferien noch mal hingehen würde.

Weihnachten fiel dieses Mal ja auch aus.

Chris wartete an der Kreuzung, bis ein dunkler Audi, Schneematsch spritzend, an ihm vorbeigefahren war. Dann lief er über die Schleißheimer Straße und dann vom Fahrradweg die kleine Böschung hoch, die wie ein Grenzwall diese Seite der Panzerwiese einschloss.

Panzerwiese – das hatte ihm gefallen. Früher war es ein Truppenübungsplatz. Es gab immer noch ein paar Kasernen hier in der Gegend. Im Sommer war er einmal um die Wiese herumgelaufen – die ein paar Langweiler von der Stadt offiziell in Nordheide umgetauft hatten. Er hatte eine Stunde dafür gebraucht.

An einem klaren Tag konnte man von der Böschung, wo er stand, das Windkraftrad in Fröttmaning sehen und die Allianz-Arena. Mal blau, mal rot leuchtend am Abend, je nachdem wer spielte. Heute war es so trüb, dass man nicht mal die zweieinhalb Kilometer zum Ostende der Panzerwiese schauen konnte. Die Wolken über ihm sahen so schwer und dunkel aus, als müsste Chris nur auf den nächsten Baum steigen, um sie zu berühren – und der Schnee würde aus ihnen herausplatzen.

Das einzig Farbige war jetzt das Einkaufszentrum an der U-Bahn-Station einen knappen Kilometer zu seiner Rechten mit den bunten Wohntürmen der Neubausiedlung daneben. Chris dachte kurz daran, dorthin zu laufen – auf ein letztes kleines Festmahl bei McDonald's. Bevor es für den Rest des Monats nur noch Müsli und Konserven zu essen gab. Aber die Vorstellung von dem Gedrängel, der miefigen Luft, den schreienden Kindern und gestressten Müttern auf der Jagd nach Weihnachtsgeschenken – nein danke. Dafür waren ihm seine letzten fünf Euro zu schade. Außerdem hing dort diese Gang rum, die sich immer in ihrer Siedlung traf.

Also sprang Chris die Böschung runter auf den Trampelpfad, der quer über die Panzerwiese zum Waldrand führte, und versuchte es noch mal.

Vier Schritte einatmen, vier Schritte ausatmen.

Diesmal gelang es ihm.

Und als Chris in den Wald eintauchte, war das wie eine Befreiung: keine Häuser, keine Straßen, keine Menschen mehr. Als könnte er wirklich davonlaufen. Auf einmal war er allein auf der Welt – in diesem düster-nebligen Wald, wo ihn nichts an seinen Alltag erinnerte. Außer der Schnee. Und das monotone Rauschen der Autobahn, das sich einfach nicht ausblenden ließ, wie das Hintergrundgeräusch von einem alten Radio.

Es dämmerte bereits, doch das war Chris egal. Er lief jetzt auf einem noch schmaleren Trampelpfad parallel zur Autobahn, nur durch eine Böschung von den Fahrbahnen getrennt. Er konnte nicht viel falsch machen. Er musste immer nur dem Weg folgen, und irgendwann würde ihn der Wald wieder ausspucken – und er würde am Rande eines der jetzt schneebedeckten Felder stehen. Von dort aus würde er die Mietshaussiedlung, in der sie wohnten, schon sehen können, zumindest die Lichter hinter den Fenstern.

Etwas unheimlich war es trotzdem in dem Wald. Aber auf eine angenehme Art. Wie wenn man vor jemandem davonläuft, und man weiß, man ist schneller. Dann passierte der Unfall.

Der Wagen kam rechter Hand von Chris von der Autobahn über die höher liegende Böschung, die ihn wie eine Sprungschanze in die Luft katapultierte. Für einen Augenblick schien der Wagen dort oben festgefroren: mit röhrendem Motor, als würde der Fahrer Gas geben, um tatsächlich zu fliegen.

Dann krachte der Wagen nur ein paar Schritte vor Chris gegen einen Baum – und zwar mit der linken Kühlerseite, sodass er sich noch einmal um die eigene Achse drehte, bevor er mit dem Heck an einen anderen Baum prallte.

Wieder schien der Wagen kurz in der Luft zu verharren. Die Bäume zitterten, und der Schnee, der sich oben in den Kronen gesammelt hatte, fiel auf ihn herab. Erst dann schien sich der Wagen selber wieder zu bewegen und landete mit zerberstender Windschutzscheibe auf den Waldboden, kurz nachfedernd – aber zu schwach, um noch mal abzuheben.

Chris hatte sich automatisch die Arme schützend vor den Kopf gehalten und war in die Knie gegangen. Jetzt starrte er, halb am Boden, auf das Autowrack ein paar Meter vor ihm, während sein Herz gegen seine Brust trommelte, als wollte es ausbrechen.

Chris schnappte nach Luft, als wäre er zu lange unter Wasser gewesen. Kurz fürchtete er, dass dies nur der erste Wagen war und noch weitere Autos folgen würden. Aber das passierte nicht. Auf einmal war es wieder so ruhig wie vorher, mit dem monotonen Hintergrundrauschen der Autobahn.

Chris stand langsam wieder auf. Scheiße. Wenn er an der Schleißheimer Straße, bevor er auf die Panzerwiese gelaufen war, nicht kurz innegehalten hätte – um über einen verdammten Cheeseburger und eine Portion Pommes nachzudenken! Dann hätte der Wagen ihn genau erwischt.

So ähnlich musste sich sein Bruder gefühlt haben vor einem Jahr.

Ihre Ohren dröhnten noch von dem Lärm, das musste ein gutes Zeichen sein. Also lebte sie noch. Trotzdem hatte Sabrina Angst, die Augen zu öffnen.

Solange ihre Augen geschlossen waren, träumte sie vielleicht nur. Ja, das wär's jetzt: nur träumen!

Dass ein Elefant ihr den Kopf eingetreten hatte, nachdem sie mit der Achterbahn direkt in den Autoscooter gerast war. So fühlte sie sich jedenfalls.

»Dafür schaust du aber noch ganz gut aus.« – Die Stimme kam von ganz weit weg.

War das Matthias? Der Wahnsinnige! Rast wie ein Berserker durch die Gegend, bis es knallt – und jetzt klopft er noch Sprüche?

»Nicht bewegen, vielleicht hast du dir was gebrochen.«

Nein. Diese Stimme klang anders. War sie in einem Krankenhaus? Das konnte sie jetzt auch nicht brauchen: irgendwelche blöden Ratschläge.

»Ich glaub's nicht, der eine macht auf *Fast and the Furious* und die andere meckert im Kofferraum!«

Was lief hier eigentlich ab? Unterhielt sich der Typ mit ihr? Also träumte sie tatsächlich – und wachte gerade auf.

Und um tot zu sein, dafür schmeckte ihre Unterlippe zu salzig, zu sehr nach … Blut?

»Ich glaub, ich muss kotzen«, sagte sie.

»Danke für die Warnung. Na komm, ich helf dir hoch.«

»Gerade haben Sie noch gesagt, ich soll mich nicht bewegen.«

»Ist mir auch recht, sind nicht meine Klamotten, die du da anhast.«

Wer war dieser Komiker? Sabrina öffnete die Augen und sah verschwommen ein bartloses Kinn mit roten Backen links und rechts. Dann fühlte sie sich wieder, als würde ihr die Luft ausgehen, und alles drehte sich in ihr.

Warum konnte sie sich nicht bewegen?

Weil sie tatsächlich im Kofferraum lag – eingeklemmt zwischen drei Reisetaschen. Das darf doch nicht wahr sein.

Doch. Jetzt erinnerte sie sich wieder.

»Du kannst froh sein, dass ich den Verbandskasten gesucht hab«, sagte der Junge. »Der Typ da am Steuer sieht nicht gut aus, blutet auch, lebt aber noch.«

»Ist er bewusstlos?«

»Gerade eben war er's. Soll ich noch mal nachschauen? Du hast mich übrigens ganz schön erschreckt. Was machst du eigentlich da im Kofferraum, bist du – entführt worden oder so?«

Sabrina atmete langsam ein, bis ihre Lunge etwa halb voll war. Dann wurden die Schmerzen in ihrem Brustkorb zu stark. »Wie heißt du, Kleiner?«

»Kleiner? Gerade hast du mich noch gesiezt, schon vergessen? Wie alt bist du denn – fünfzehn, sechzehn? So viel älter also auch nicht – *Schätzchen*!« Der Junge seufzte. »Ich heiße Chris. Und ich bin fast fünfzehn, okay?«

»Okay … Wo sind wir hier, Chris?«

»Du bist gut, echt! Also, da hinten ist die Panzerwiese, da vorne die Autobahn – aber die kennst du ja bereits. Wir sind im Hasenbergl, vielleicht schon Harthof.«

Da war sie im Kindergarten gewesen. Neuherbergstraße.

»Ich hab kein Handy dabei«, sagte der Junge. »Hast du eins? Vorne hab ich keins gefunden. Wir müssen den Notarzt rufen, dein – wie gesagt, der Typ da vorne sieht ziemlich übel aus.«

Als Sabrina den Kopf drehte, schossen ihr Tränen in die Augen, so sehr schmerzte die Bewegung. Sie konnte sich nicht vorstellen, dass sie jemals wieder in der Lage wäre, aufzustehen. »Wohnst du hier?«, fragte sie.

»Nicht weit weg, Grohmannstraße.«

»Welche Nummer?«

»Was?«

»Welche Hausnummer?«

Der Junge lachte kurz auf, ungläubig. »Brauchst du 'ne neue Glückszahl? Sechsunddreißig. A.«

»Und wie heißt du mit Nachnamen, Chris?«

»Okay, nicht dass du mich falsch verstehst, ich mein das jetzt nicht böse, aber – jetzt ist mal Schluss mit der Fragestunde. Jetzt rufen wir nämlich den Notarzt. Du hast gerade einen ziemlich schweren Unfall hinter dir. Wenn du mich fragst, ist es ein kleines Wunder, dass du den überlebt hast. Du könntest innere Blutungen haben oder so was, während wir hier unseren kleinen Kaffeeklatsch abhalten. Also würdest du mir jetzt bitte dein Handy geben, wenn du eins hast? Ich bin auch ganz, ganz vorsichtig damit, versprochen!«

Sabrina fingerte das iPhone aus ihrer Jackentasche. Es war noch heil, Glück gehabt. Sie hörte schon die Sirenen, ganz leise noch, aber sie kamen näher.

»Hörst du das?«, fragte sie.

»Die Sirenen?« Der Junge nickte.

»Der Notarzt ist schon unterwegs. Also, wie ist dein Nachname, Chris?«

Der Junge seufzte, ein wenig genervt. »Du machst mir wirklich Spaß«, sagte er. »Müller!«

»Müller? Ist das dein Ernst?«

»Soll ich mir einen Namen ausdenken? Ich hab mir den nicht ausgesucht.«

Sabrina versuchte zu lächeln, aber sogar das tat weh. »Chris Müller. Grohmannstraße 36 a. Hasenbergl.«

»Richtig.«

»Chris, ich will, dass du mir einen Gefallen tust. Die graue Reisetasche hier. Sie ist ziemlich schwer. Ich möchte, dass du sie für mich versteckst.«

»Was?«

»Du versteckst sie und tust so, als wärst du heute nie hier gewesen. Bis ich mich bei dir melde.« Sabrina drückte auf die Kamerafunktion des iPhones und machte ein Foto von Chris, sicher ist sicher. »Und jetzt lauf, du hast nicht viel Zeit.«

»Ich kann dich doch hier nicht einfach liegen lassen.«

»Doch, kannst du. Hilfe ist ja schon unterwegs.« Sie konnte inzwischen sogar raushören, dass es nicht nur eine Sirene war, die näher kam, sondern eine ganze Kolonne.

Was hatte sie anderes erwartet?

»Was – ist denn in der Tasche?«

Sabrina schaute an sich herunter. Glasscherben klebten wie

billiger Schmuck an ihrer Daunenjacke. Scheiße, sogar wenn sie nur die Augen bewegte, tat das weh. Sie sagte: »So viel Geld, wie du noch nie in deinem Leben gesehen hast. Über die Belohnung reden wir beim nächsten Mal, okay?«

Afrim brachte den Streifenwagen etwa einen Kilometer hinter dem Parkplatz auf der Standspur zum Stehen – schneller hatte er es nicht geschafft bei den Schneeverhältnissen und dem Lkw-Verkehr auf der rechten Spur. Er konnte es immer noch nicht glauben. Der Typ musste komplett wahnsinnig sein!

Afrim war bis auf eine Wagenlänge an ihn herangekommen, mit Blaulicht und heulender Sirene – und dann bricht der Typ in voller Fahrt auf einmal nach rechts aus, dabei waren sie schon fast vorbei an dem Parkplatz. Hätte Afrim es ihm gleichgetan, hätte es eine Massenkarambolage gegeben.

Er konnte gerade noch aus den Augenwinkeln sehen, wie der Typ mit seinem Wagen die vereiste Auffahrt des Parkplatzes entlangschoss und dann die Böschung hoch, die ihn wie eine Sprungschanze in den Wald dahinter katapultierte.

Sollten die Kollegen ihn von den Bäumen kratzen! Die ersten waren schon im Anmarsch, bestimmt acht Wagen mit schreienden Sirenen. Andere würden noch folgen nach der Meldung über den Geldtransport.

Er hatte seinen Job erledigt. Hatte über Funk durchgegeben, wo der Parkplatz war – jetzt brauchte er erst mal eine Zigarette, bevor er in seinem Adrenalin ertrank.

Afrim fischte die Packung und sein Feuerzeug aus der Uniformjacke, und wieder konnte er nicht glauben, was gerade passierte – das gibt's doch nicht!

Die Kollegen fuhren einfach weiter.

An dem beschissenen Parkplatz vorbei!

Es war schon fast dunkel, als Sabrina sich aufrichtete – jetzt da sie etwas mehr Platz hatte. Die Reisetaschen mussten ihr das Leben gerettet haben: altmodische Nylontaschen voll mit Klamotten, keine dieser Hardshell-Rollkoffer, und die eine, die jetzt fehlte, voller Geld. Es war, als hätte man sie zwischen ein paar Couchkissen gestopft.

Sie durfte es sich nur nicht zu bequem machen. Sie musste ein authentisches Bild abgeben für die Polizei.

Also, warum lag sie im Kofferraum? Das Letzte, woran sie sich erinnerte, war, was Matthias zu ihr gesagt hatte. Nachdem sie das Wasser getrunken hatte.

Ja. Deswegen lag sie im Kofferraum: weil sie entführt worden war. Das würde Matthias bestätigen. Wer sonst hätte sie dort einsperren sollen? Überhaupt würde sie erst mal auf armes Mädchen machen, wenn die Polizei kam – was ihr nicht schwerfallen würde, so, wie sie sich fühlte. Auch wenn es ihr schon besser ging als noch vor ein paar Minuten.

Vielleicht – sollte sie sich sogar noch schnell den Finger in den Hals stecken? War das nicht ein schlechtes Zeichen, wenn man sich übergeben musste – Schädeltrauma oder so was?

Dann wäre sie womöglich gar nicht vernehmungsfähig.

Und im Krankenhaus? Würde sie dezent gequält vor sich hin stöhnen – und sich dabei in aller Ruhe schon mal die richtigen Antworten einfallen lassen, bevor die unangenehmen Fragen überhaupt gestellt wurden von der Polizei.

Die immer noch nicht hier war.

Vor einer Minute hatten die Sirenen doch schon fast greifbar nahe geklungen – wo blieben die denn?

Moment mal.

Vielleicht hatten die Sirenen gar nicht ihnen gegolten.

Die Tasche war so schwer, dass er kaum zum Denken kam. Chris schleppte sich mehr vorwärts, als dass er ging. Laufen war überhaupt nicht möglich. Zum Glück hatte die Tasche einen Schultergurt, sonst hätte er nach fünfzig Metern gleich aufgeben können.

Von der Unfallstelle aus war er erst den Trampelpfad weitergegangen, der entlang der Böschung parallel zur Autobahn verlief. Bis ihm einfiel, dass die Bullen ihn hier als Erstes sehen würden. Auch wenn die Sicht immer schlechter wurde in der hereinbrechenden Dunkelheit.

Also war er vom Trampelpfad runter, weg von der Autobahn, und hatte sich durch das Unterholz geschlagen, bis der Wald ein wenig lichter wurde. Jetzt machte er eine Rechtskurve und ging wieder parallel zur Autobahn – hoffte er jedenfalls. Die Autobahn musste ihn hier rausführen. Aber er konnte sich jetzt nur an dem monotonen Rauschen orientieren.

Wenn er richtiglag, müsste er irgendwann am Rand eines der schneebedeckten Felder stehen. Von dort aus war es nicht mehr weit bis zur Siedlung, wo er wohnte.

Wenn er richtiglag.

Er erinnerte sich an einen Ausflug in den Perlacher Forst, den sie vorletzten Herbst mit ihrem Geolehrer gemacht hatten. Er hatte ihnen demonstrieren wollen, wie leicht man sich im Wald verlaufen kann.

Es war ihm gelungen: Man lief anscheinend zwangsläufig immer im Kreis, wenn man nicht gerade Pfadfinder, Elitesoldat oder wenigstens Kompassbesitzer war.

Chris blieb schwer atmend stehen und ließ die Tasche zu Boden sinken. Am liebsten hätte er sich draufgesetzt, aber er zwang sich dazu, stehen zu bleiben. Nur fünf Sekunden, sagte er sich, nur fünf Sekunden!

Dann ging er weiter.

Er fragte sich, was er der Polizei erzählen würde, wenn sie ihn jetzt erwischten – mit einer Tasche Geld unterm Arm.

Er würde ihnen gar nichts sagen.

Oder vielleicht doch – dass er sie gefunden hatte und gerade auf dem Weg zum nächsten Polizeirevier war.

Keine Ahnung, ob man ihm das glauben würde, aber letztlich spielte das auch keine Rolle. Er hatte nichts mehr zu verlieren. Vor einem Jahr vielleicht. Da wäre er wohl tatsächlich zum nächsten Polizeirevier spaziert.

Und beim Abendessen hätte er dann allen davon erzählt: wie er für ein, zwei Stunden mal ein reicher Mann gewesen war.

Aber jetzt? Scheiß auf die Polizei. Wenn die die Kohle wollten, mussten die sich schon ein bisschen anstrengen. Die Frage war nur: Was war mit diesem Mädchen?

Er wusste nicht mal ihren Namen.

Woher hatte sie das Geld – oder besser: Was machte das Geld bei ihr im Kofferraum? Und: Was machte *sie* in dem Kofferraum?

War sie wirklich entführt worden? War das Geld Lösegeld? Markiertes Lösegeld? Oder konnte man es ausgeben? Und die wichtigste Frage: Wo sollte er die Kohle überhaupt verstecken?

Jetzt fing es auch noch an zu schneien, als wäre es nicht schon glatt genug auf der Standspur. Afrim stand fluchend wieder auf und kniff die Augen zusammen wegen der Scheinwerfer, die auf ihn zurasten und an ihm vorbeipeitschten mit einem Höllenlärm. Es war schon das zweite Mal, dass es ihn hingehauen hatte. Seine Mutter würde ausflippen, wenn sie die Uniform sah – die hatte sie heute erst gebügelt.

Als er endlich die Ausfahrt des Parkplatzes erreichte, wäre Afrim fast wieder hingeflogen. Der Asphalt war total vereist. Wahrscheinlich weil hier nie Sonne hinkam: Hinter dem Parkplatz war Wald und davor eine längliche Bauminsel, die ihn von der Autobahn abgrenzte.

Afrim ging zwischen den beiden unbeleuchteten doppelspännigen Lkws in den schienbeintiefen Schnee, wo die Mülltonnen und Picknicktische aus Beton standen. Er fragte sich, wann die Verstärkung endlich eintraf – die er jetzt schon zum zweiten Mal angefordert hatte. Der Parkplatz war menschenleer.

Dann fand er die Reifenspuren am anderen Ende und folgte ihnen die sprungschanzenartige Böschung hoch, wobei ihm seine inzwischen nasse Hose beißend kalt an den Beinen klebte.

Auf der Kuppe der Böschung sah Afrim, dass er sich auf einer Art Erdwall befand. Auf der Waldseite ging es genauso steil hinunter wie vom Autobahnparkplatz hinauf. Afrim schaltete seine Taschenlampe an und leuchtete in den Wald hinein. Er brauchte eine Weile, bis er den Wagen fand. Ein schwarzer Dreier-BMW, vom Modell her etwa zehn Jahre alt.

Afrim stakste die Böschung auf der Waldseite hinunter, rutschte wieder aus und kam schließlich auf einem Trampelpfad zum Stehen. Wieder leuchtete er zum Wagen, der ungefähr zehn Meter von ihm, eingedellt und mit zersplitterter Windschutzscheibe, zwischen zwei riesigen Fichten stand.

Durch das Fenster auf der Fahrerseite konnte Afrim den Mann sehen, der hinter dem Steuer saß. Regungslos, Blut im Gesicht. Nicht bei Bewusstsein.

Afrim zog etwas unsicher seine Pistole und hielt sie warnend halb nach vorne, halb nach unten gerichtet, als er sich vorsichtig dem Wagen näherte.

Der Beifahrersitz war leer, auch die Rückbank, ebenso der Fußraum vor der Rückbank.

Afrim ging um den Wagen herum, wobei er nach Spuren Ausschau hielt, aber wenn es welche gab, waren sie schon so gut wie ausradiert, der Neuschnee fiel jetzt noch dichter als vorhin auf der Standspur, die Flocken so dick wie Popcorn. Dann hielt Afrim inne.

Waren das Sirenen?

Endlich!

Sabrina quälte sich die Treppe hoch, zitternd vor Kälte, und blieb vor der Wohnungstür stehen. Durch den Türspion konnte sie Licht im Flur sehen – Scheiße, schlechtes Zeichen. Sabrina hoffte trotzdem, dass ihre Mutter schon in der Arbeit war. Sonst würde sie garantiert Fragen stellen.

Sabrina hatte zwar die Nasenblutspuren in ihrem Gesicht beseitigt – mit Schnee auf der Panzerwiese. Nachdem sie sich gerade noch rechtzeitig aus dem Wald gekämpft hatte: Sie hatte die Taschenlampe noch sehen können, die sich von der Autobahnböschung runter zur Unfallstelle bewegt hatte.

Aber sie sah immer noch viel zu fertig aus, um ihrer Mutter zu begegnen: total blass, geschwollene Augen – als hätte sie zwei Tage durchgetanzt und nur von Wodka gelebt.

Was in der U-Bahn-Station hinter dem Einkaufszentrum am anderen Ende der Panzerwiese zum Glück nicht groß aufgefallen war. Mit den Fingern hatte sie sich die Haare wie eine Maske vors Gesicht gekämmt – und war, mit hochgestelltem Kragen, gesenktem Kopf, Arme vor der Brust verschränkt, die zwei Stationen bis nach Feldmoching gefahren.

Wo sie noch mal zwanzig Minuten in der Kälte auf den 362er warten musste. Der sie dann endlich nach Ludwigsfeld brachte, an den Arsch der Welt – beziehungsweise von München. Das Hasenbergl war New York dagegen.

Jetzt, im dunklen Treppenhaus vor der Wohnungstür, überlegte Sabrina kurz, runter in den Waschkeller zu gehen, bis ihre Mutter weg war. Da war es immerhin einigermaßen warm. Sie spürte ihre Zehen kaum noch, ihre Wildlederstiefel waren nicht dafür gemacht, durch knietiefen Schnee zu waten.

Aber Sabrina hatte ihre letzten Kräfte verbraucht, sie konnte einfach nicht mehr, sie musste in die Wohnung. Vielleicht war ja das Badezimmer frei. Das konnte man vom Flur aus erreichen, ohne dass man im Wohnzimmer gesehen wurde.

Und wenn sie Pech hatte, müsste sie ihrer Mutter eben sagen, dass sie sich geprügelt hatte. Mit den drei Schlampen aus ihrer Schule. Wär nicht zum ersten Mal, also auch nicht wirklich gelogen.

Obwohl, jetzt kam es auch nicht mehr drauf an, ehrlich zu sein.

Sabrina steckte den Schlüssel vorsichtig ins Schloss und öffnete die Wohnungstür. Sie konnte das Küchenradio hören und

Geschirrgeklapper – sie hatte Glück. Mit zwei Schritten war sie im Bad und sperrte hinter sich wieder zu.

Dann drehte sie den Warmwasserhahn über der Badewanne auf, stützte sich aufs Waschbecken, schaute kurz in den Spiegel. Einen Schönheitswettbewerb würde sie heute nicht mehr gewinnen. Morgen wahrscheinlich auch nicht.

Sie öffnete den Spiegelschrank und suchte die Kopfschmerztabletten, die ihre Mutter hier immer liegen hatte, und fand sie neben dem Reinigungsalkohol – den sie auch gleich aus dem Schrank nahm. Falls sie noch irgendeine Wunde an sich entdeckte, die sie bisher nicht gespürt hatte.

Gab es so was nicht – dass man Schmerzen nicht spürte, wenn man so unter Strom stand? Hoffentlich spitzte ihr nicht irgendeine Rippe durch die Haut! Dann würde der Alkohol auch nicht mehr helfen. Außer sie trank ihn.

Sabrina zog Jacke und Pullover aus und sah nur ein paar blaue Flecken im Spiegel. Glück gehabt.

Aus der Badewanne dampfte es angenehm. Sabrina drehte auch noch die Heizung auf fünf. Dann wurde die Türklinke runtergedrückt. Mehrmals, Mist.

»Hallo?«, sagte ihre Mutter draußen. »Sabrina?«

Auf die Schnelle fiel Sabrina nichts Besseres ein, also sagte sie: »Ich bin auf dem Klo, Mama.«

»Kann ich trotzdem kurz rein?«

»Lieber nicht, es – riecht hier drin nicht besonders gut, verstehst du.«

»Oh. Na gut, dann sehen wir uns morgen früh, ich hab's eilig. In der Küche ist noch Pizza für dich.«

»Okay.«

Sabrina hockte sich erleichtert auf den Rand der Badewanne, als sie die Wohnungstür ins Schloss fallen hörte. Dann mühte sie sich aus ihrer viel zu engen Jeans.

Sie würde aufpassen müssen, dass sie nicht einschlief. Das würde gerade noch fehlen: 16-Jährige überlebt Harakiri-Unfall auf Autobahn – und ertrinkt in Badewanne. Damit käme sie bestimmt in die Zeitung.

Sabrina stieg in die Wanne und ließ sich vorsichtig nieder. Ihr Rücken tat weh, so, wie wenn sie zu viel Sport gemacht hätte. Sie schloss die Augen.

Das Wasser war genau richtig. Oh Gott, wenn ein Tag ein Happy End verdient hatte, dann dieser!

War es richtig gewesen, den Jungen mit der Tasche fortzuschicken?

Ja. Es war reines Glück, dass die Polizei erst so spät gekommen war und sie sich gerade noch retten konnte.

Im Prinzip hatte sogar der Junge sie gerettet. Wäre er nicht zufällig vorbeigekommen und hätte den Verbandskasten gesucht, dann hätte die Polizei sie aus dem Kofferraum gezogen.

Außerdem hätte sie die schwere Tasche nie alleine schleppen können in ihrem Zustand. Sie konnte schon froh sein, dass sie sich selber nach Hause geschleppt hatte.

Um die Tasche würde sie sich morgen kümmern.

Wenn dann nicht schon die Polizei mit Handschellen vor der Tür stünde. Was von Matthias abhing.

Aber jetzt?

Wollte sie nur noch schlafen.

Afrim fühlte sich nicht wohl in seiner Haut, weil er untätig rumstand, während die Kollegen die Unfallstelle absuchten.

Aber die Frau war noch nicht fertig mit ihm und er wollte sie nicht verärgern. Sie war höchstens eins sechzig groß, sie wirkte fast zierlich in ihrem Wintermantel. Trotzdem hatte sie den stämmigen Notarzt schon mindestens fünf Meter vom Wagen weggedrängt – ohne ihn auch nur anzufassen, allein durch ihr Auftreten. Es war wie ein letztes Aufbäumen, als der Arzt sagte: »Der Mann hat Schmerzen, Herrgott noch mal!«

»Ach ja? Kein Wunder, wenn er hier wie Colt Seavers durch die Landschaft fliegt! So was funktioniert vielleicht im Fernsehen.«

»Wie wer?«, fragte der Arzt irritiert.

»Colt Seavers – der Stuntman? Aus der Fernsehserie? Schon mal was von Allgemeinbildung gehört?« Die Frau seufzte. »Ist er lebensgefährlich verletzt?«

»Offensichtlich nicht, aber –«

»Gut!« Die Frau drückte dem Arzt eine Schachtel Marlboros in die Hand. »Dann machen Sie jetzt mal Zigarettenpause und rauchen gleich eine für mich mit! Zehn Minuten, mehr brauche ich nicht. Keine Sorge – wenn er in der Zeit draufgeht, nehme ich das auf mich. Der Kerl hat immerhin fast eine Massenkarambolage auf der A 99 verursacht. Der darf ruhig ein bisschen Aua schreien.«

Als der Notarzt wieder was entgegnen wollte, dachte Afrim nur: Bitte halt endlich die Klappe!

Und tatsächlich machte der Mann nur noch eine wegwerfende Handbewegung, dann ging er kopfschüttelnd zu den beiden Sanitätern, die ihre Trage inzwischen auf dem Trampelpfad aufgeklappt hatten.

Die Frau schaute ihm hinterher, dann deutete sie auf das Namensschild auf Afrims Jacke: »Ist dein Vorname so kompliziert wie dein Nachname? Ich brauche keinen Knoten in der Zunge.«

Afrim räusperte sich. »Ich heiße Afrim.«

»Gut, das kann ich mir gerade noch merken. Katrin Menschick. Woher kommst du, Afrim – Bosnien, Serbien?«

Waren sie jetzt per Du? Oder nur sie mit ihm? »Hasenbergl«, sagte er. »Meine Eltern sind aus Mazedonien.«

»Hasenbergl?«

Afrim nickte.

»Ein Mann mit Ortskenntnissen, sehr schön. Moslem?«

»Ja.«

»Hast du ein Problem damit, wenn neben dir jemand Schweinebraten isst?«

»Wenn ich dabei nur zuschauen muss, nicht.«

»Sehr gut. Ich sehe schon, Afrim, wir werden uns prima verstehen. Also ganz kurz, bevor ich mich dem nicht mehr ganz so gut aussehenden Herrn dort widme.« Sie deutete mit einem Nicken in Richtung BMW. »Ich weiß nicht, wie oft du um seinen Wagen herumgestiefelt bist, aber falls es da noch irgendwelche Spuren gab, sind die jetzt weg.«

Afrim merkte, wie ihm trotz der Kälte heiß wurde. Er hoffte, dass die rundum aufgestellten Scheinwerfer nicht die Röte in seinem Gesicht verrieten.

»Entspann dich«, sagte die Frau. »Wie alt bist du, zwanzig, einundzwanzig – der zweite Stern ist noch ganz frisch auf der Schulter, oder? Da passiert das schon mal. Außerdem haben wir den Mann ja schon. Fehlt nur noch das Geld. Und immerhin hast du's hierhergeschafft. Im Gegensatz zu den werten Kollegen, die gemütlich an dem Autobahnparkplatz vorbeigetuckert sind. Ich meine, was haben die gemacht,

Bayern 3 gehört statt Polizeifunk? *Last Christmas* mitgeträllert und ins Träumen geraten vor lauter Weihnachtsfreude? Echt!« Sie schüttelte den Kopf.

»Sind Sie endlich fertig mit dem Verletzten?«, rief der Notarzt vom Trampelpfad herüber.

»Hab ich *gesagt*, dass ich fertig bin?«, rief Katrin Menschick zurück. »Nein!« Sie fixierte wieder Afrim. »Wie sieht's bei dir mit Trinken aus, apropos Moslem und so?«

»Alkohol? Keinen Tropfen.«

Die Frau lächelte. »Ach ja? Ich hab mir schon immer mal einen Partner ohne Alkoholproblem gewünscht.« Ohne weitere Worte ging sie an ihm vorbei zum Unfallwagen. Wieder wusste Afrim nicht, wohin. Also folgte er ihr einfach.

Katrin Menschick beugte sich ein wenig nach vorne, als sie den Fahrer des Wagens ansprach: »Sie können natürlich einen Anwalt haben«, sagte sie. »Aber vielleicht wollen Sie ja auch erst mal mit mir sprechen. Es ist nämlich ganz einfach: Je eher Sie mir sagen, wo das Geld ist, desto weniger Ärger kriegen Sie. Weil dann auch wir weniger Ärger haben. Übermorgen ist Heiligabend, da wollen wir doch alle vorm Christbaum sitzen, oder? Ihrer steht dann zwar im Gefängnishof oder, wer weiß, noch in der Krankenhauslobby – aber wie auch immer. Sie entscheiden, wie angenehm die nächsten zehn, zwölf Jahre für Sie werden.«

Der Fahrer – laut Personalausweis, den Afrim noch in der Hand hielt: Matthias Kriebl, vierzig Jahre, geboren in Roding, Oberpfalz, wohnhaft in München-Ludwigsfeld – sagte: »Im Kofferraum!«

»Im Kofferraum sind zwei Taschen«, sagte die Menschick. »Eine mit Kleidung – und was ich ganz interessant finde, nicht nur mit Ihrer, sondern auch mit Frauenkleidung. Was hatten Sie vor mit dem Geld, eine Geschlechtsumwandlung? Anscheinend nicht – denn in der zweiten Tasche befindet sich ein Aldi-Einkauf im Wert von achtundsiebzig Euro laut Kassenzettel. Reiseproviant? Was fehlt, ist das Geld. Vier Millionen.«

»Es ist weg?«, sagte der Fahrer schwach.

»Ich hab es nicht«, sagte die Menschick.

»Dann weiß ich nicht, wo es ist.«

»Wollen Sie etwa sagen, es ist Ihnen – abhandengekommen?«

»Ich sag Ihnen gar nichts mehr.«

Chris ließ sich auf sein Bett fallen – die untere Hälfte eines ausrangierten Bundeswehr-Stockbetts. Er fragte sich, ob er jemals in seinem Leben schon so k.o. gewesen war – er hatte es gerade noch geschafft, seine Jacke auszuziehen. Der Rücken tat ihm weh, Schultern, Hände, Beine – nichts an seinem Körper tat ihm nicht weh.

Sogar sein Hintern tat ihm weh, nachdem er vor der Tür auch noch ausgerutscht war, und nur der Hunger hielt ihn davon ab, sofort einzuschlafen. Ein unfairer Kampf, Hunger gegen Müdigkeit, beide Seiten chancenlos.

Chris raffte sich wieder auf und ging die zwei Schritte zu Phils altem Schreibtisch, den sie sich jetzt teilten, um Platz zu sparen in dem Zwölf-Quadratmeter-Zimmer. Chris zog den Hocker unter dem Tisch hervor. Dann schaltete er das alte Notebook an, das Onkel Willi ihnen besorgt hatte, genauso wie das Stockbett.

In der halben Ewigkeit, die das Notebook brauchte, um

hochzufahren, ging Chris in die Küche, öffnete eine Literpackung Milch, bereitete sich ein Müsli, trank die Milch, die er nicht fürs Müsli brauchte, im Stehen auf ex, warf die Packung in den Mülleimer. Dann ging er mit der Müslischüssel zurück ins Zimmer. Wieder am Computer, doppelklickte er auf den Internetbutton und aß, während er wartete. Das Gute an dem Müsli war, dass es neutral schmeckte: Er konnte es jeden Tag essen, im Gegensatz zu allen Pestosorten hing es ihm noch nicht zum Hals raus.

Als der Computer endlich so weit war, hatte Chris bereits aufgegessen. Er überlegte, was er in die Suchmaschine eingeben sollte. Schließlich schrieb er *Bankraub München Dezember*, fand aber keine Einträge. Er versuchte es mit *Raubüberfall München Umgebung*, genauso erfolglos.

Dann hörte er, wie die Wohnungstür aufgesperrt wurde: sein Bruder. Chris zögerte kurz – und schaltete den Computer vorsichtshalber wieder aus. Er drehte sich auf dem Hocker um und bemerkte erst jetzt die nassen Flecken im Teppich. Er hatte vergessen, seine Schuhe auszuziehen, Scheiße. Er wusste, was jetzt kommen würde.

Als Phil in der Tür stand, sagte Chris: »Jaja, ich weiß – das ist auch dein Zimmer! Ich zieh sie ja schon aus.«

»Von mir aus kannst du die Schuhe auch anlassen – jetzt sind sie ja trocken!« Phil hängte seinen Rucksack an die Kleiderhakenleiste, die Onkel Willi an der Tür befestigt hatte. »Warst du wenigstens einkaufen?«

»Mir ist was dazwischengekommen.«

Phils Blick wanderte kurz zu dem zugeklappten Notebook, das vor Chris auf dem Schreibtisch lag. »Was denn, irgendein Pornoclip? Dann gib mir das Geld wieder.«

»Und womit soll ich dann einkaufen?«, fragte Chris.

»Um diese Uhrzeit? Nirgends.« Phil kam zu ihm an den Tisch. »Geh mal zur Seite!«

Chris stand auf und überließ Phil den Hocker. »Ich mein morgen. Onkel Willi hat nicht gesagt, dass du über das Geld bestimmst.«

Phil schob den Hocker wieder zurück. »Aber ich sag das – nachdem du letzte Woche im Lidl fünf DVDs gekauft hast, die wir uns nicht leisten können!«

»Die waren im Angebot!«

»Ach ja? Du kannst ja gerne versuchen, sie zu essen, wenn uns die Kohle ausgeht!« Phil fischte den alten Ledergeldbeutel aus der oberen Schreibtischschublade.

»Weißt du, was?«, sagte Chris.

»Was?« Phil zog zwei Fünfeuroscheine aus dem Geldbeutel und ein paar Rabattmarken, mit denen man im Supermarkt irgendwelchen Krempel, den die Welt nicht brauchte, billiger bekam. »Willst du dich mit mir anlegen? Dann würd ich erst mal auf'n Stuhl steigen. Bloß gibt's hier gar keinen, musst du wohl in die Küche gehen – hier raus und dann die einzige Tür rechts.« Phil streckte den Arm aus wie ein Fernsehmoderator, der einen Gast ankündigt. »Bitte sehr!«

Chris kramte in seinen Hosentaschen und fand den Zehner und den Zwanziger. »Hier!« Er schmiss die beiden Scheine Phil vor die Füße. »Kannst ja mal wieder ins Riva gehen mit deinen Freunden.«

Phil warf einen Blick auf die Scheine am Boden, machte aber keine Anstalten, sich zu bücken. Dafür ließ er den Geldbeutel auf den Tisch fallen. Er fixierte Chris. »Das war *ein Mal*, dass ich im Riva war. An meinem *Geburtstag*!«

»Ja. Das war auch okay. Du hättest mir vielleicht 'n Stück Pizza mitbringen können – aber auch das ist okay. Nur sag mir bitte nicht, dass ich hier das Geld zum Fenster rausschmeiße!«

»Ich hab wenigstens noch Freunde, im Gegensatz zu dir.«

Chris lachte. Obwohl er so wütend war, dass er seinem Bruder am liebsten eine reingehauen hätte. Nur leider war der zu groß dafür. »Ja! Freunde, die immer noch glauben, dass du in Schwabing wohnst, weil du ihnen nie die Wahrheit gesagt hast. Freunde, die zu blöd sind, um zu merken, dass das alles nur Show ist, was du da hinlegst, den alten Schulweg heimgehen und so. Bevor du dann in den Bus steigst hierher. Auf solche Freunde kann ich verzichten.«

»Was weißt du schon?« Phil hob jetzt doch die Scheine auf.

»Eine ganze Menge«, sagte Chris. »Ich glaub nämlich nicht mal, dass die zu blöd sind. Die sind zwar blöd, aber so blöd auch nicht. Denen ist einfach egal, was mit dir los ist. Die schauen dich doch nicht mal richtig an!«

»Bist du fertig?« Phil zog ein Taschentuch aus seiner Hose und putzte sich die Nase. Seine Wangen waren rot von der Kälte draußen.

»Nein«, sagte Chris. »Weißt du was? Das Zimmer hier kannst du auch haben! Ich zieh einfach ins Wohnzimmer, schau.« Chris ging an Phil vorbei nach nebenan. »Mach ich's mir eben da gemütlich. Obwohl – halt! Geht gar nicht, hier wohnt ja Papa.« Er deutete auf die Schlafcouch, die seit Wochen unbenutzt war. »Aber tut er das überhaupt noch? Bin ich mir gar nicht mehr so sicher – du? Glaub mir, Bruder, wenn einer deine Scheißlaune versteht, dann ich. Aber lass sie nicht an mir aus, okay!«

Chris dachte, klar, natürlich könnten sie jetzt auch in getrennten Zimmern schlafen. Wenigstens solange ihr Vater nicht da war, die Couch nebenan war ja frei. Aber das würde selbst Phil nicht tun. Es war wie eine unausgesprochene Abmachung zwischen ihnen. Denn dann hätten sie aufgegeben, daran zu glauben, dass ihr Vater noch mal zurückkäme.

»Warum streiten wir uns eigentlich dauernd?«, fragte Chris.

Das Bett über ihm quietschte, als sich Phil von einer Seite auf die andere drehte. »Weil du mich nicht schlafen lässt!«

»Nein, im Ernst.«

Sie hatten nur Vorhänge, keine Rollläden, so wurde es nie ganz dunkel in ihrem Zimmer – wegen der Lampen im Hof, die man aus Sicherheitsgründen angebracht hatte. Im Sommer hatte es hier in der Siedlung zwei Überfälle gegeben, einer davon mit Todesfolge.

»Weil wir total am Arsch sind, Chris. Weil nur noch fünfzig Euro übrig sind von dem Geld, das uns Onkel Willi dagelassen hat. Also erwarte dir bitte kein allzu großes Weihnachtsgeschenk dieses Jahr.«

Chris betrachtete die blinkende Weihnachtsdeko, die an einem der Fenster im Haus gegenüber hing: eine Lichterkette und darunter ein Nikolaus, der das Haus hochkletterte, einen vollgepackten Sack auf dem Rücken. »Kein Problem«, sagte Chris. »Ich hab ja die DVDs, schon vergessen? Kriegst sogar eine ab, wenn du willst.«

»Welche denn, die Vampirschnulze?«

Chris musste grinsen. »Ich dachte, das Mädchen gefällt dir. Und du siehst ein bisschen so aus wie dieser Werwolfbubi.«

Phil über ihm grummelte, und wieder quietschte das Bett und die Bettdecke raschelte, als Phil sich erneut umdrehte.

»Ja – dumm nur, dass der das Mädchen nicht kriegt. Aber danke für das Kompliment.«

Chris dachte daran, wie sie früher – ganz früher – heimlich alle Decken und Kissen aus den anderen Zimmern geholt hatten, wenn sie abends noch nicht einschlafen wollten. Und wie sie sich damit Höhlen gebaut hatten in ihrem Zimmer, um darin mit ihren Superheldenfiguren zu spielen oder mit ihren Dinosauriern. »Phil?«

»Ja?«

»Sind wir wirklich total am Arsch?«

Phil gab ein Stöhnen von sich, sagte dann aber erstaunlich sanft: »Wir sind jedenfalls kurz davor. Heute war ein Brief von der Wohnungsgesellschaft in der Post. Die fragen sich, wo die letzten Monatsmieten bleiben. Und die werden sich das nicht mehr lange fragen, wenn du verstehst, was ich meine.«

Irgendwann waren Phil die Dinosaurier peinlich geworden, und er war dazu übergegangen, Chris Abenteuergeschichten vorzulesen, während Chris ihm mit der Taschenlampe leuchtete. Aber die Höhlen hatten sie noch lange Zeit gebaut. »Könnten wir nicht Hartz vier oder so was beantragen?«, sagte Chris.

»Vielleicht Papa. Wenn er hier wäre. Aber selbst wenn er hier wäre, weiß ich nicht, ob er das tun würde. Außerdem ist das auch nur ein Tod auf Raten, was man so hört.«

Chris war sich immer noch nicht sicher, ob er Phil von dem Unfall erzählen sollte, also fragte er: »Und – wenn wir nicht pleite wären?«

»Wie, nicht pleite?«

»Na ja, eben nicht pleite. Oder sogar richtig reich!«

»Hast du irgendwelche selbst gepflückten Pilze gegessen? Oder an ’nem Auspuff genuckelt?«

»Ich mein ja nur«, sagte Chris. »Nur mal angenommen.«

Phil lachte. So, wie man über die hohen Renten von Politikern lacht, wenn man davon in der Zeitung liest. Das Lachen hätte auch von ihrem Vater kommen können. Die beiden waren sich ähnlicher, als sein Bruder wahrhaben wollte.

»So richtig reich?«, fragte Phil. »Dann hätten wir ein paar Probleme weniger, würd ich sagen. Zum Beispiel hätten wir ein Kindermädchen, das du vollquatschen könntest, damit ich endlich schlafen kann.«

»Nein, ernsthaft.«

Phil seufzte leise. »Bist du nicht schon ein bisschen alt für Gutenachtgeschichten?«

»Früher hast *du* mich nie in Frieden gelassen.«

»Das ist aber schon lange her.«

»Na und?«, sagte Chris.

»Aber dann ist wirklich Ruhe?«

»Abgemacht.«

»Na gut –«

Wieder raschelte es über ihm, und Chris wusste, wie sein Bruder jetzt dalag – wie früher, wenn ihr Vater ihr Zimmer kontrolliert und dem Höhlenbau Einhalt geboten hatte, mit der ungefähr fünften »allerletzten« Warnung, dass jetzt endlich geschlafen werden sollte: Phil lag jetzt auf dem Rücken, Hände unter dem Kopf verschränkt, Blick zur Decke – die in ihrem alten Kinderzimmer ein schimmernder Sternenhimmel gewesen war.

»Also«, fing Phil an. »Wir wachen morgen auf und machen mal klar Schiff hier, weil Weihnachten vor der Tür steht, und vielleicht kommt Papa ja zurück. Und beim Aufräumen find ich diesen Lottoschein. Nur ein Feld ausgefüllt – so wie Papa, weißt du noch, früher gespielt hat, wenn der Jackpot über zehn Millionen war?«

»Ja«, sagte Chris.

»Der Schein ist schon ein paar Wochen alt. Ich will ihn schon wegschmeißen, aber dann denk ich mir, nee, wär doch zu blöd. Und ich geh sicherheitshalber noch mal ins Internet, um nachzuschauen. Und du wirst es nicht glauben, wir haben tatsächlich sechs Richtige. Wir haben zwar auch ein bisschen Pech, weil nur eine Million im Jackpot war. Aber hey, wir wollen uns nicht beklagen, oder?«

»Na ja, ein bisschen mehr könnte es schon sein.«

»Nein, wir sind da ganz bescheiden. Aber zur Feier des Tages gehen wir nicht zur Schule. Weil wir uns erst mal einen ordentlichen Computer kaufen. So ein schickes Teil von Apple, mit dem man in Lichtgeschwindigkeit im Internet ist. Und weil ich noch kein Weihnachtsgeschenk für dich habe, kriegst du noch ein iPod, wie wär's?«

»Geht auch ein iPhone?«

»Mann, du stellst Fragen – natürlich! Hätt ich auch selber draufkommen können, entschuldige. Jedenfalls, mit dem Ding setzen wir uns dann – in ein Café. Zum Frühstücken. Ich meine, wir werden nicht nur frühstücken – wir schlagen uns den Magen voll. Mit Spiegeleiern, Speck, Bratkartoffeln, Pfannkuchen, Sirup bis zum Umfallen – und dann das Ganze noch mal.«

»Pass aber auf, dass du nicht auf mein iPhone kleckerst.«

»Das sagt ja der Richtige!« Phil räusperte sich. »Und während wir es uns schmecken lassen – fliegen wir mit Google Earth ein bisschen um die Welt. Und suchen uns ein Plätzchen aus, wo wir für die nächsten zehn, zwanzig Jahre Urlaub machen. Irgendwas mit Sonne, Strand und Palmen – gutem Essen, netten Menschen. Was meinst du?«

»Klingt gut.«

»Ja«, sagte Phil. »Und jetzt Gute Nacht.«

23. DEZEMBER
7:11 UHR

Vor der Wohnungstür blieben sie stehen, die Menschick auffällig außer Atem nach vier Stockwerken. Afrim schaute auf das Türschloss, Winkhaus, dann suchte er Kriebls Schlüsselbund ab, bis er den Schlüssel der gleichen Marke fand.

»Klingeln wir doch erst mal«, sagte seine neue Vorgesetzte.

Afrim hatte sein bestes Hemd an, seine Lieblingsjeans, die Lederjacke – trotzdem fühlte er sich, als wäre er gerade aus einer Umkleidekabine getreten. Ungewohnt: in Zivilklamotten bei der Arbeit.

»Wir haben eine richterliche Verfügung«, sagte er.

»Trotzdem.«

Er wusste immer noch nicht, warum diese Frau ausgerechnet ihn dabeihaben wollte. Weil er als Erster an der Unfallstelle war, nichts trank und sich in der Gegend auskannte? Das allein konnte es nicht sein.

Eher, weil kaum einer mit ihr auskam und noch weniger Leute sie mochten. Wegen ihrer Beziehungen nach oben. Man sagte ihr sogar eine Affäre mit dem Polizeipräsidenten nach.

Trotzdem, als Ermittlerin hatte sie eine gute Aufklärungsquote. Lernen konnte er bestimmt was von ihr.

Beim ersten Klingeln war Sabrina wach, beim dritten an der Tür. Sie schaute durch den Türspion: Zeugen Jehovas? Fielen wahrscheinlich aus, so früh am Morgen. Also doch schon die Polizei. Mist.

Sie öffnete die Tür – Angriff ist die beste Verteidigung.

»Haben wir dich geweckt?«, sagte die Frau – mit Blick auf ihren Schlafanzug. »Hoffentlich rechtzeitig, heut ist doch noch Schule, oder?«

»Ich hab später.«

»Am letzten Schultag?«

»Unsere Englischlehrerin ist krank.«

»Du schaust auch ein bisschen schwach aus.«

»Danke. Kommen Sie in einer Stunde noch mal, dann erkennen Sie mich nicht wieder. Ich bin nicht so der Morgentyp.«

Die Frau lachte. »Das geht leider nicht, wir sind von der Polizei.« Sie zeigte ihr einen Ausweis.

Den Sabrina ignorierte. »Und ich hab schon gedacht, Handwerker«, sagte sie.

»Ich bitte dich, sehen wir so aus? Ich meine, *er* vielleicht. Aber ich?«

Sabrina fragte sich, wie weit sie gehen konnte. Die Frau war ihr auf Anhieb unsympathisch. Aber sie war von der Polizei. Trotzdem sagte Sabrina – schon aus Prinzip: »Vielleicht Friseuse? Ist doch auch ein Handwerk.« Sie hatte nicht vor, sich einschüchtern zu lassen.

Die Frau musterte sie unbeeindruckt. Um sie zu provozieren, waren wohl härtere Geschütze nötig. »Ist deine Mutter da, Elisabeth Kostic? Spricht man das Kostik oder Kostitsch?«

Sabrina ließ den Blick zu dem Mann wandern. Der sah aus, als wüsste er nicht, wohin mit den Händen. Schließlich ließ er sie in seinen Hosentaschen verschwinden. »Warum fragen Sie nicht Ihren Kollegen? Oder kann der nicht sprechen?«

»Ich unterhalt mich doch gerade mit dir«, sagte die Frau.

»Meine Mutter müsste in einer Stunde zurück sein.«

»Können wir hier auf sie warten?«

»Im Hausflur? Von mir aus.«

Die Frau lachte. Leise, entspannt, kalt. »Mir wäre es lieber, wenn du uns reinbittest«, sagte sie. »Natürlich könnten wir in der Zwischenzeit auch in Jürgen's Pilsstüberl unten ein paar Heimlichraucher aufscheuchen. Aber in der Weihnachtszeit – bei der Kälte? Dann heißt es wieder: die böse, böse Polizei.« Die Frau schaute sie an, als würde sie ihr Gesicht scannen. Das tatsächlich nicht besonders gut ausgesehen hatte im Flurspiegel. »Ich meine, man könnte ja fast glauben, du hättest was zu verbergen.«

»Vielleicht mag ich Polizisten einfach nicht«, sagte Sabrina, den Türgriff immer noch in der Hand.

»Was denn – wegen der Anzeige damals? Die Mädchen sahen ziemlich übel aus auf den Fotos. Das kann man schon mal für Körperverletzung halten, finde ich, da muss ich die Kollegen in Schutz nehmen –« Die Frau schien noch etwas sagen zu wollen, unterbrach sich aber, als hätte sie gerade einen Einfall gehabt. Dann sagte sie: »Hör mal, ich mach dir einen Vorschlag. Wir fangen noch mal von vorne an. Tun einfach so, als hättest du gerade erst die Tür aufgemacht. Dann bittest du uns herein, wir unterhalten uns nett – bis deine Mutter kommt. Bei euch im Wohnzimmer oder in der Küche, wie du willst.«

»Und worüber?«, fragte Sabrina.

»Siehst du – normalerweise ist das eine der ersten Fragen, die man uns stellt.«

Sabrina führte die beiden ins Wohnzimmer und deutete auf die rechtwinklige Ikea-Couch, die fast den halben Raum einnahm. Dunkles Leder, dunkler Teppich, Wandtapete. Sie mochte keines der drei Zimmer hier, aber dieses am wenigsten.

»Ich zieh mir nur was über, okay?«

»Natürlich«, sagte die Frau. »Wir schauen uns so lang ein bisschen um.«

»Dürfen Sie das denn?«

»Wir dürfen sogar die ganze Wohnung auseinandernehmen.« Die Frau zeigte ihr einen Briefumschlag, den sie dann auf den Couchtisch legte.

Sabrina blieb kurz stehen und fragte sich, wie viel die Frau wusste. Sie war nicht ganz greifbar: was in ihr vorging – ob sie wirklich so hart war, wie sie sich gab. Anders der Kollege, den sie dabeihatte – der gar nicht so viel älter war als Sabrina: Typ schweigsamer Beobachter, geduldiger Blick, ein bisschen machomäßig, bestimmt ein guter Sportler, eher drahtig. Nur eben auch ein bisschen nervös, als würde er gerade einer Prüfung unterzogen.

Egal. Was konnten die beiden denn wissen?

Das hing von Matthias ab. Wenn er alles erzählt hatte, warteten sie wahrscheinlich nur noch, bis ihre Mutter kam, um sie mitzunehmen. Bei der Sache mit der Körperverletzung wollten sie damals auch einen Erziehungsberechtigten dabeihaben.

Hatte Matthias vor der Polizei ausgepackt? Möglich war alles. Sie durfte jetzt nichts Falsches sagen.

»Hat meine Mutter – irgendwie Ärger?«

»Wie kommst du darauf?«

»Na ja, sie arbeitet in einer Tabledance-Bar …«

»Deswegen sind wir nicht hier.«

Sabrina fragte sich, was man normalerweise als Unbeteiligte als Nächstes fragen würde in so einer Situation.

»Ist Matthias was passiert?«

»Lass uns auf deine Mutter warten, in Ordnung?«

»Er ist schon mal überfallen worden.«

Die Frau seufzte. »Sagen wir mal so, er hatte einen Unfall. Er wurde verletzt, aber nicht schlimm. Wolltest du dir nicht was anziehen?«

Sabrina ging in ihr Zimmer und sperrte hinter sich ab. Dann zog sie den Vorhang beiseite, der bei dem wackligen Schrank die Tür ersetzte, und nahm das Bettzeug von dem ausgezogenen Schlafsessel aus Schaumstoff. Sie rollte es zusammen, legte es unten in den Schrank und nahm aus dem oberen Fach einen Pulli und von der Kleiderstange eine Jeans.

Dann klappte sie mit zwei Handgriffen den Sessel zusammen und setzte sich zum Anziehen darauf.

Matthias hatte gesagt, er würde sie schützen, falls was schiefgeht. Deswegen hatte er sie auch in den Kofferraum gesperrt – damit es im Zweifelsfall so aussehen würde, als hätte er sie entführt. Nein. Wenn Matthias nichts gesagt hatte, wusste die Polizei nichts von ihrer Beteiligung.

Oder doch? Hatte sie vielleicht Spuren hinterlassen im Kofferraum – Haare, eine Kette, ein Armband, eine Feder, die sich aus ihrer Daunenjacke geschlichen hatte?

Verdammt.

Die Tasche mit den Klamotten!

Ihre Mutter kam gegen acht von der Arbeit, wie jeden Dienstag und Donnerstag, wenn sie den Laden noch putzte.

»Wie lang wohnen Sie schon mit Herrn Kriebl zusammen?« Die Frau. Der junge Polizist hatte immer noch nichts gesagt.

Ihre Mutter war ganz aufgewühlt. Verständlich. »Seit knapp einem halben Jahr, wir sind vor den Sommerferien eingezogen. Wir mussten kurzfristig aus der alten Wohnung raus, nach der Trennung von meinem Mann. Was ist denn jetzt passiert?«

Die Polizistin war wie ausgewechselt im Vergleich zu vorhin, nun ganz seriös: »Der Werttransport, den Herr Kriebl mit einem Kollegen gefahren hat, wurde überfallen.«

»Was?« Ihre Mutter, geschockt.

»Vorhin haben Sie doch gesagt, er hatte einen Unfall«, sagte Sabrina.

»Hatte er auch. Mit seinem Fluchtwagen.«

»Was?!« Ihre Mutter wieder, fassungslos.

»Er selbst hat den Transport überfallen«, sagte die Polizistin.

»Matthias?« Ihre Mutter, ungläubig. »Das würde er nie tun!«

»Anscheinend doch.«

»Das kann nicht sein! Er ist der ehrlichste Mensch, den ich kenne. Er würde nicht mal falsch parken! Er tut so was nicht.«

»Bisher vielleicht nicht.« Die Frau, mit Pokerface.

Ihre Mutter sagte verzweifelt: »Wissen Sie, wie ich ihn kennengelernt habe? Ich arbeite in einem Club. An der Garderobe. Die Kundschaft ist manchmal ruppig. Ein Kunde hat gesagt, ich hätte seinen Geldbeutel gestohlen. Matthias war dienstlich da, wollte gerade die Tageseinnahmen abholen. Und er war der absolute Gentleman. Bei so was würden sich viele Männer total aufplustern oder hinterher versuchen, die Situation noch für sich auszunutzen. Aber Matthias? Hat den Mann beruhigt und ihm geholfen, den Geldbeutel zu suchen.« Ihre Mutter verstummte.

»Und?«, fragte die Polizistin nach einer Weile.

»Er lag unter dem Tisch, wo der Mann gesessen hatte« antwortete ihre Mutter. »Matthias arbeitet seit acht Jahren für diese Firma und hat in dieser Zeit Unmengen von Geld durch die Gegend gefahren. Warum sollte er ausgerechnet jetzt –?«

Sabrina legte eine Hand auf die Schulter ihrer Mutter. Und fragte sich, wann sie ihre Mutter zuletzt umarmt hatte.

Ihre Mutter fing an zu weinen. »Davor war er zwölf Jahre bei der Bundeswehr, drei Auslandseinsätze, er würde so was nie machen!«

Die Polizistin berührte die Hand ihrer Mutter, eine Geste des Mitgefühls, aber so gut gespielt, dass sogar Sabrina beeindruckt war.

»Frau Kostic. Ich weiß, dass Sie die ganze Nacht durchgearbeitet haben. Aber Sie müssen mit uns zur Dienststelle kommen. Damit wir Ihre Aussage protokollieren können.«

»Muss das unbedingt jetzt sein?«, fragte Sabrina. »Kann sie sich nicht erst mal ein bisschen hinlegen?«

»Nein«, sagte die Polizistin – und dann zu ihrer Mutter: »Möchten Sie einen Anwalt kontaktieren?«

Ihre Mutter stutzte. Sie war sprachlos.

Und gefangen im Blick der Polizistin. »Wir müssen annehmen, dass Ihr Freund nicht alleine tätig war.«

»Was?!«, fragte Sabrina.

»Im Fluchtwagen befand sich ein Koffer mit Frauenkleidung«, sagte die Polizistin zu ihrer Mutter. »Müsste Ihnen passen.«

Die Frau war im Bad, sich frisch machen. Nur keine Eile, hatte Katrin Menschick gesagt. Mit ihr zusammen wartete er im Wohnzimmer: auf der Couch, nebeneinandersitzend.

Katrin Menschick sagte: »Vor zwei Jahren sind mal ein paar Geldkassetten aus einem Werttransporter gefallen. Bei voller Fahrt, auch auf der A 99. Die Fahrer werden wohl nicht gerade die Hellsten gewesen sein, aber egal. Ein paar Tage später gibt ein Bundeswehrfeldwebel die Kassetten auf einer Polizeiwache ab. Ein paar Tage später! Was ich damit sagen will: Egal, wer das Geld hat – ich würde mir wahrscheinlich auch Gedanken machen, was man alles damit anstellen könnte.«

Afrim redete leiser, die Wände waren hellhörig. »Glaubst du, die Frau hängt da mit drin?« Das *Du* fühlte sich immer noch seltsam an auf seinen Lippen.

»Nein, die hat sich nur den falschen Typen ausgesucht.«

»Was ist mit dem Mädchen?«

»Gefällt sie dir?«

»Was?«, sagte er. Auf dem falschen Fuß erwischt.

»Jetzt tu nicht so, als würde ich dir eine Waschmaschine andrehen. Wenn du nicht dienstlich hier wärst … Ich meine, sie ist sechzehn, du einundzwanzig, so weit ist das nicht auseinander. Und sie ist hübsch.«

»Nicht mein Typ«, sagte er möglichst beiläufig.

»Sie ist – nicht dein Typ?«

»Mal abgesehen davon ist sie irgendwie zu gelassen für das, was hier passiert ist – oder? Ich mein, schau dir ihre Mutter an und dann sie«, sagte Afrim.

Aber natürlich hatte die Menschick recht. Auch wenn er das nie zugeben würde. Die Kleine hatte was! Doch dass man ihm das ansah, wurmte ihn.

»Gut«, sagte sie. »Aber es geht hier auch nicht um *ihren* Freund. Sondern um den ihrer Mutter.«

»Stimmt. Aber hast du gesehen, wie sie ihre Mutter in den Arm nehmen wollte?«

»Ja, das kam mir auch ein bisschen arg pflichtbewusst vor.«

»Auf jeden Fall nicht gerade innig.«

»Vielleicht ist was vorgefallen zwischen den beiden?« Katrin Menschick deutete in den Flur, wo die Tochter aus ihrem Zimmer kam, Rucksack über der Schulter. »Wenn man vom Teufel spricht«, sagte sie leise.

Das Mädchen schaute ins Wohnzimmer. »Also, ich geh dann in die Schule.«

»Viel Spaß«, sagte die Menschick. Und dann mit einem Augenzwinkern: »Schön brav sein!«

Das Mädchen sparte sich eine Antwort, drehte sich ohne Eile um und war weg. Afrim wartete, ob sie sich noch von ihrer Mutter verabschiedete.

Nein.

»Siehst du, was ich meine«, sagte er, als die Wohnungstür ins Schloss fiel. »Viel zu cool.«

»Ja. Schade, dass sie nicht dein Typ ist. Sonst würde ich sagen, du gehst ihr hinterher und schaust mal, was sie so macht.«

Sabrina stapfte durch den Schnee zur Bushaltestelle und zwang sich dazu, nicht noch mal zurückzuschauen. Das fehlte noch: dass die beiden Bullen inzwischen mit ihrer Mutter schon vor dem Haus standen und nur auf irgendein Zeichen von ihr warteten, das ihr schlechtes Gewissen verriet.

Nein, nicht mit ihr. Sie setzte sich auf die Metallgitterbank unter dem Plexiglasdach und holte ihr iPhone aus der Tasche, ganz die Unschuld vom Lande.

Sie war allein an der Bushaltestelle. Auf dem Fußballplatz daneben lag immer noch kniehoch der Schnee, genau wie auf den Feldern hinter der Straße. Nur die Straße selber, der Gehweg und die Lkw-Teststrecke vor dem Industriegebiet waren freigeräumt. Sabrina tippte auf *Karten* und dann auf *Suchen*, nachdem sie *Grohmannstraße* eingegeben hatte.

Eigentlich hatte sie gar kein schlechtes Gewissen gehabt. Sie hatte sich bloß ertappt gefühlt und sich darüber geärgert. Die Frage war nur, ob die Bullen das gemerkt hatten.

Die Alte vielleicht – blöd war die nicht.

Doch selbst wenn die was ahnte, Sabrina blieb so oder so nur eine Möglichkeit: zu tun, als wäre nichts passiert. Oder vielmehr, als wäre mit ihr nichts passiert. Also würde sie erst mal ganz normal zur Schule gehen.

Grohmannstraße – Nummer 36, hatte der Junge gesagt. Nein, 36 a. Und Chris. Chris Müller.

Ob er heute zur Schule ging? Seine Straße jedenfalls lag auf halbem Weg zu ihrer Schule. Es gab sogar einen Bus dorthin, wenn sie am Hasenbergl aus der U-Bahn stieg.

Wie praktisch.

Vielleicht würde sie heute doch nicht zur Schule gehen. Auffällig verhalten würde sie sich dadurch nicht. Dafür hatte sie schon zu viele Verweise für unentschuldigtes Fehlen.

Waren die also auch zu was gut – wer hätte das gedacht?

Chris lag mit geschlossenen Augen, aber hellwach im Bett, während sein Bruder sich für die Schule fertig machte. Als

Phil ihn vorhin wecken wollte, hatte er ihm zugeraunt, dass Englisch bei ihm ausfalle – seine Lehrerin sei im Krankenhaus, seit gestern, Norovirus.

Eine glatte Lüge, schon immer eine Spezialität von ihm. Chris konnte so gut lügen, dass es ihm manchmal selber unangenehm war. Aber nur manchmal! Meistens war es sehr praktisch.

Chris wusste immer noch nicht, wie er es Phil sagen sollte. Und wann – viel Zeit würde ihm nicht mehr bleiben. Gestern, vorm Einschlafen, war es zu spät gewesen. Wenn Phil müde war, ließ man ihn besser in Ruhe. Und ein Morgenmensch war sein Bruder auch nicht gerade, also wartete er am besten, bis Phil aus der Schule zurück war.

Bis dahin würde Chris auch ihre Sachen schon gepackt haben: den großen Rollkoffer für sie beide, plus ein paar Klamotten für ihren Vater, falls der nichts mehr hatte.

Die zweite Tasche wäre die Tasche mit dem Geld. Und als Tarnung würden sie ihre Skier mitnehmen, es ging immerhin nach Österreich. Scheiße, hoffentlich bekam er überhaupt noch Tickets so kurz vor Weihnachten.

In Österreich hatte Onkel Willi seine Hütte, in den Hohen Tauern. Selber hergerichtet, im Blockhausstil, wie Dan Haggerty in *Der Mann in den Bergen* – ein Kindheitstraum, den Onkel Willi sich vor fünf Jahren erfüllt hatte.

Österreich. Zwei Stunden Fahrt, keine Grenzkontrollen. Auch wenn die Polizei schon auf der Suche nach dem Geld war, ihre Chancen standen gut. Außer das Mädchen hatte ausgepackt – und ihr Handy auf den Tisch gelegt. Mit dem Foto, das sie gestern von Chris noch gemacht hatte – bevor er gewusst hatte, wie ihm geschah. Dann wäre er geliefert.

Obwohl das natürlich auch von der Bildqualität abhing. Einen Fluchtversuch war es auf jeden Fall wert. Raus aus dem Drecksloch hier. Und ein besseres Versteck als bei Onkel Willi konnte er sich sowieso nicht vorstellen.

Auf 1500 Metern, bei den Schneeverhältnissen – wer würde da schon nach ihnen suchen? Und wenn doch jemand nach ihnen suchen sollte, hätte er eben Pech gehabt. Der Keller, den Onkel Willi damals ausgehoben hatte, mündete in einen alten Bergwerksstollen, der noch aus der Zeit stammte, als man in den Tauern Gold abgebaut hatte. Chris war bisher erst einmal in dem Stollen gewesen – und war sich wie in einem *Indiana-Jones*-Film vorgekommen.

Das einzige Problem an diesem perfekten Versteck war das Wetter. Es würde nicht leicht werden, bei dem Schnee zur Hütte hochzusteigen, schon gar nicht mit einer Tasche voll Geld, die so schwer war, dass ihm noch alle Knochen wehtaten von der Schlepperei gestern.

Aber die Geldtasche dürfte Phil hochschleppen. Konnte er mal zeigen, was er wirklich draufhatte – anstatt mit seinen Muskeln nur anzugeben.

Als Chris hörte, wie die Wohnungstür klackend ins Schloss fiel, zählte er vorsichtshalber noch bis zehn, dann stand er auf. Der Gedanke war ihm in der Nacht beim Pinkeln gekommen: Wem auch immer das Geld gehörte – jetzt gehörte es ihm.

Sie hatten es einfach verdient als Familie. Nach der ganzen Scheiße, die im letzten Jahr passiert war.

Und das Mädchen im Kofferraum? Chris versuchte, diesen Gedanken wieder abzuschütteln. Es gab Menschen, die für viel weniger Geld sogar töten würden. Nicht dass er einer von ihnen war, aber das Geld gehörte jetzt ihm – Punkt.

Auch wenn man das Mädchen in einen Kofferraum gesperrt hatte. Sogar, wenn es wirklich ihr Geld sein sollte. Herrgott noch mal, selbst wenn sie es irgendwelchen Kindern in Afrika spenden wollte!

Chris zog sich am Bettpfosten hoch und ging ins Bad – und fuhr herum, als hätte man auf ihn geschossen, als es an der Tür klingelte.

Afrim stand hinter dem Verschlag mit den Mülltonnen – Blackberry am Ohr, andere Straßenseite im Blick – und sagte: »Sie steigt also in den Bus. Ich mit dem Auto hinterher. Bis Feldmoching. Ich denk, klar, sie nimmt die U-Bahn, ihre Schule ist am Harthof, drei Stationen. Aber verdammt – wo find ich jetzt einen Parkplatz? Oder fahr ich gleich zur Schule und warte –?«

»Afrim?« Katrin Menschick, am anderen Ende der Leitung.

»Ja?«

»Sag mir einfach, was passiert ist. Wenn du bei *Germany's Next Topmodel* mitmachen willst, hast du meinen Segen! Aber erst, wenn die Sache hier vorbei ist. Also?«

Afrim spürte, wie er rot wurde, und dachte: Kein Wunder, dass niemand mit dir arbeiten will! Aber stattdessen sagte er: »Ich schaff's also gerade noch in die U-Bahn. Zum Glück. Denn sie steigt nicht Harthof aus, sondern Hasenbergl. Und nimmt den 144er.«

»Wohin?«

»Ein Wohngebiet am Stadtrand, Grohmannstraße. Also wirklich am Stadtrand, danach kommt nichts mehr, außer Feldern, Wald und Autobahn.« Er hielt sein Handy in die Luft, die von einem steten Rauschen erfüllt war, dann hielt er es sich wieder ans Ohr. »Hören Sie das? Muss einen wahnsinnig machen, wenn man hier wohnt.«

»Bin ich wirklich so alt für dich?«

»Wieso?«

»Weil du mich schon wieder siezt.«

»Ist einfach noch ungewohnt, das Du. Sie sind immer noch meine Vorgesetzte. Also du, mein ich. Jedenfalls – apropos Autobahn! Die Unfallstelle ist nicht weit von hier. Interessant, oder?«

»Kommt drauf an. Was macht die Kleine gerade?«

»Sie klingelt. Den ganzen Häuserblock durch!«

Die breite Straße wirkte gespenstisch in dem trüben Winterlicht und war fast menschenleer, eine reine Wohngegend: kastenförmige Mietshäuser auf der einen Seite, auf der anderen ein paar Hochhäuser. Hier und da eine gelbe oder blaue Fassade, um Farbe reinzubringen – als hätte ein Riese mit Bauklötzen gespielt und dann die Lust verloren. Sabrina hätte am liebsten geschrien. Vor Wut.

Wie hatte sie nur so naiv sein können? Chris Müller! Grohmannstraße 36a. Wie auch immer du wirklich heißt – wenn ich dich erwische, bist du dran!

Es gab in der ganzen Straße keinen Müller, was schon deshalb erstaunlich war, weil der Name sonst ganze Telefonbücher füllte. Ob der Typ das wusste? Hatte er sie nicht nur angelogen, sondern lachte sich jetzt auch noch kaputt über sie?

Sie hatte jeden Klingelknopf gedrückt, aber eigentlich schon am ersten Haus gewusst, Nummer 36a, dass er sie verarscht hatte. Und niemand, der sich auf den Gegensprechanlagen meldete, kannte einen circa Vierzehnjährigen, der Chris hieß. Nicht in dem Haus und auch nicht in den anderen.

Die wenigen Leute, denen sie auf den Gehwegen begegnete, hielt sie an: um ihnen das Foto zu zeigen, das sie mit ihrem iPhone gemacht hatte. Aber die Bildqualität war zu schlecht, es war schon zu dunkel gewesen, gestern. Sie erntete nur Kopfschütteln, und einmal eine Gegenfrage – von einer alten Frau, die ein fernsehreifes Münchnerisch sprach: Was sie denn wolle von dem Jungen? Er sei Zeuge gewesen, bei einem Unfall – hatte sie geantwortet –, sie brauche seine Aussage für die Versicherung.

Er hatte sie angelogen! Eiskalt. Das hieß, er konnte überall sein. Und ihr Geld auch. Wenn sie Glück hatte, überall im Hasenbergl, wenn sie Pech hatte, überall in München. Es war fast zum Lachen: Sie hatte tatsächlich das Gefühl, dass es *ihr* Geld war – jetzt, da es weg war. Es stand ihr einfach zu, nur sie hatte es verdient, ohne sie wäre es nie zu diesem Raub gekommen. Es war vielleicht eine Schnappsidee gewesen – aber eine, die ihr erst den Arsch gerettet und dann auch noch funktioniert hatte. Das muss man erst mal hinkriegen. Und das, obwohl sie die ganze Zeit improvisiert hatte.

Improvisieren musste sie auch jetzt wieder: Es würde ihr wohl nichts anderes übrig bleiben, als zur Unfallstelle zu gehen und nach Fußspuren oder irgendeiner anderen Spur von dem Jungen zu suchen.

Dumm nur, dass es angefangen hatte zu schneien, als sie sich gestern aus dem Kofferraum und durch den Wald gekämpft hatte. Spuren würde sie also kaum finden.

Trotzdem – was Besseres fiel ihr im Moment nicht ein.

Chris konnte durchs Fenster sehen, wie sie wegging – auf den Kiefernwald zu, der hinter dem Haus lag. Also Richtung Autobahn. Das Mädchen aus dem Kofferraum, kein Zweifel! Sein Herz schlug immer noch wie wild.

Er hatte nicht aufgemacht, als sie vor einer Stunde geklingelt hatte. Kurz darauf hatte er gehört, wie sie es bei der Nachbarin versucht hatte, die aber nicht zu Hause war.

Wahrscheinlich hatte sie es im ganzen Haus probiert. Denn danach war sie zum nächsten Hauseingang gegangen und hatte dort geklingelt. Um dann zum übernächsten Haus zu stiefeln.

Sie hatte ihm fast schon leidgetan. Fast.

Als Chris ihr gestern seinen Namen genannt hatte – überrumpelt, wie er war –, da hatte er vergessen, dazuzusagen, dass *Müller* immer noch nicht am Klingelbrett stand. Zum Glück. Die Hausverwaltung hatte versprochen, sich darum zu kümmern, aber das war vor einem halben Jahr gewesen, bei ihrem Einzug. Sie selber hatten sich seitdem auch nicht mehr darum gekümmert, sie hatten andere Probleme gehabt. Und auf ihren Briefkasten im Hausflur hatten sie *Müller* mit Edding geschrieben, Hauptsache, der Postbote wusste Bescheid. Besuch bekamen sie, wenn überhaupt, sowieso nur von Onkel Willi, und der hatte einen Schlüssel.

Trotzdem, dass das Mädchen heute hier auftauchte – damit hatte Chris nicht gerechnet. Er hätte sie im Krankenhaus vermutet oder bei der Polizei. Immerhin war sie entführt worden oder so was und verletzt gewesen – und wer weiß, ob der Mann am Steuer überhaupt den Unfall überlebt hatte?

Chris hatte im Internet immer noch nichts über irgendeinen Millionenraub hier in München und Umgebung gefunden. Vielleicht gab es ja so was wie eine Nachrichtensperre, um die polizeilichen Ermittlungen nicht zu behindern.

Also hatte Chris sich seine Version der Dinge selber zusammengereimt: Irgendjemand überfällt eine Bank, nimmt dabei das Mädchen als Geisel, flieht – die Flucht geht in die Hose, Chris holt das Mädchen aus dem Kofferraum.

Und mit ihr die Tasche mit dem Geld.

Oder: Das Mädchen war entführt worden, die Kohle war das Lösegeld, bei der Übergabe ist was schiefgelaufen. Aber das war schon sehr weit hergeholt – das Mädchen hatte wirklich nicht den Eindruck gemacht, als wäre sie irgendein reiches Töchterchen.

Eher eine Stripperin, die sich mit irgendwelchen Gangstern rumtrieb.

Wie auch immer: Dass sie ihn bat, mit dem Geld zu verschwinden, hieß jedenfalls, sie war keine Heilige. Es bedeutete, dass auch sie auf die Kohle aus war.

Na ja. Pech gehabt. Chris schaute auf die Uhr. Kurz vor elf. Er würde mit dem Packen anfangen und dann zum Hauptbahnhof fahren, Zugtickets besorgen. Dann müsste er ungefähr zur gleichen Zeit wie Phil wieder zurück sein.

In der zweiten Pause trafen sie sich wie immer auf dem Platz vor der Schule, an den Fahnenmasten, die sternförmige Kreuzung vor ihnen: Lukas, Adrian und Nati, der eigentlich Nathan hieß.

Adrian mit einer Zigarette im Mund, aber er bekam sie nicht an, der Anfänger, weil der Wind so stark blies.

Weswegen ihn Lukas verarschte, ganz der alte Hase, der

schon mit zwölf angefangen hatte zu rauchen. Phil war inzwischen der Einzige von ihnen, der nicht rauchte. Obwohl Adrian das mit den Zigaretten auch nur machte, um Gisèle zu beeindrucken – die Neue mit den Locken, deren Vater aus Jamaika kam, wieder eine, die Adrian um den Verstand brachte, jedenfalls benahm er sich so.

»Lass das, das sieht total schwul aus, Mann!«, sagte er zu Nati, der seine Jacke aufgeknöpft hatte, um Adrian Windschatten zu spenden, dabei aber von hinten aussah wie ein Exhibitionist.

Als Adrian seine Zigarette endlich angekriegt hatte, sah man ihm an, dass er erst seit Kurzem rauchte, fand Phil. Er wusste noch nicht so recht, wie er die Zigarette eigentlich halten sollte, und er kniff die Augen zusammen, weil ihn der Rauch störte.

»Schiel halt noch auffälliger da rüber!«, sagte Lukas. Er meinte den Haupteingang, aus dem Gisèle jeden Augenblick rauskommen musste. Jedenfalls in der Fantasiewelt Adrians, der jetzt vor allem dafür Freunde hatte, dass er sich nicht allein den Arsch abfror, bevor es wieder peinlich wurde und er einen weiteren Korb bekam.

Es war eine Pause wie immer mit den Jungs, und Phil war trotzdem nicht richtig bei ihnen, auch wenn er bei ihnen stand. Warum hatte er ihnen noch nicht gesagt, dass er umgezogen war? Es waren seine besten Freunde, seit der fünften Klasse. Sie waren nicht die Coolsten, okay – schon gar nicht Adrian, dem jetzt die Tränen kamen, weil er Asche ins Auge bekommen hatte. »Dieser Scheißwind!«

Aber wer war schon wirklich cool? Und er wollte mit keinen anderen rumhängen. Sie würden ihn bestimmt nicht verstoßen, nur weil er jetzt im Hasenbergl wohnte. Vor allem nicht, wenn er ihnen erzählte, warum das so war.

Nein, wenn es hier ein Arschloch gab, dann war das höchstens er selber. Und das war auch ein Grund gewesen, warum er seinen Freunden bisher nichts gesagt hatte. Wegen Nadine damals. Vor einem Jahr genau war es passiert, auf Finns Party, wo sie den letzten Schultag gefeiert hatten, vor den Weihnachtsferien. Sie hatten sich fast schon geküsst, im Zimmer von Finns Schwester – und Mann, wie lange hatte er darauf gewartet. Und das auch noch kurz vor Weihnachten!

Aber dann fing Nadine plötzlich an zu weinen, und nachdem er gefragt hatte, was los sei, erzählte sie es ihm: Sie erzählte von der Demenz ihrer Mutter, die damals gerade mal achtundvierzig war, und dass ihr Bruder nicht nur bei einem Autounfall im Sommer ums Leben gekommen, sondern absichtlich gegen einen Baum gerast war und dass ihre Mutter bei der Beerdigung gefragt hatte, warum sie denn hier sei, sie kenne doch überhaupt niemanden.

Es war irgendwie aus ihr herausgeplatzt, sie hatte es ihm erzählen müssen, bevor sie sich küssten – bloß war danach an Küssen nicht mehr zu denken. Wie ein Arschloch hatte er sich benommen – was für ein Feigling! Es war ihm selber klar gewesen und trotzdem konnte er damals nicht anders.

Er hatte mit den Jungs gesprochen, nach der Party. Dass ihm das zu unsicher war, was er sich da aufhalste, wenn er sie küsste. Dass das irgendwie zu viel Tragik für ihn war.

Er wollte Spaß haben im Leben. War das so schlimm?

Lukas, Kippe im Mundwinkel, hatte seine Standardantwort auf solche Fragen abgegeben: »Was stellst du dich mit den Frauen so an? Sind doch nur Frauen.«

Und Nati, hilfsbereit wie immer, war verständnisvoll gewesen. Selbst wenn er Phils Reaktion, objektiv betrachtet, schon auch arschlochmäßig fand.

Und Adrian? Auch der hatte reagiert, wie man es von ihm erwarten würde: Er hatte Phil gefragt, ob es okay wäre, wenn *er* sich jetzt an Nadine ranmachen würde. – Klar, völlig okay. – Was hätte er einem Kumpel anderes antworten sollen?

Nachdem Adrian es bei Nadine versucht hatte, schaute sie Phil nicht mal mehr an, wenn sie ihm im Gang begegnete.

Zum Halbjahr hatte sie die Schule gewechselt, unbekannt verzogen. Er hätte sich gerne bei ihr entschuldigt. Das mit seiner Mutter war im darauffolgenden März passiert. Seitdem hatte Phil eine Ahnung, wie Nadine sich gefühlt haben musste, als sie ihm von ihren Sorgen erzählt hatte.

Und er hatte sie einfach hängen lassen! Obwohl sie alles war, was er sich von einem Mädchen gewünscht hatte. Nicht nur hübsch, auch witzig und so lebendig – man spürte richtig, wie sie mitging, wenn man mit ihr redete, dass sie immer bei einem war und nicht nur zuhörte, sondern mitfühlte.

Und trotzdem konnte sie fluchen wie ein Müllmann, wenn man mit ihr Computer spielte, je blutiger es da zuging, umso besser. Sie war Kumpel, Traumfrau, aber keine Prinzessin – keine, die die Nase rümpfte, wenn man mal pinkeln musste, sie war der Jackpot gewesen.

Und er zu blöd, um das zu merken. Der Jackpot und das Arschloch – das war ihre Geschichte in einem Satz.

Wie er sich gegenüber Nadine benommen hatte, war nicht lange Thema gewesen. Aber anfangs war genau das der Grund dafür, dass er den Jungs nichts erzählte – von seinen Problemen und dem Umzug.

Er hatte sie einfach in dem Glauben gelassen, er würde immer noch in der Bismarckstraße wohnen, dort, wo er auch aufgewachsen war, nur ein paar Straßen von der Schule entfernt, gegenüber der Kirche. Das vorzutäuschen war nicht allzu schwer gewesen – sie trafen sich schon lange nicht mehr bei ihm zu Hause, weil Lukas jetzt fast immer sturmfrei hatte und man bei ihm auch rauchen durfte. Außerdem hatte er den besten Computer, den größten Fernseher, die neuesten Spiele.

Nein, der eigentliche Grund war der: Wenn er mit den Jungs zusammen war, war es, als könnte er die Zeit noch mal zurückdrehen. Für die paar Stunden jedenfalls, die sie gemeinsam rumhingen. Da fühlte es sich fast wirklich so an, als könnte er danach einfach in seine alte Straße zurückgehen. Wo er immer noch eine heile Familie hätte – mit der er nach der Schule in den Kaisergarten gehen könnte, wenn seine Mutter mal keine Lust hatte zu kochen. Und danach würden sie noch einen Abstecher ins Gelato Bartu machen, Ecke Wilhelmstraße.

Deswegen hatte er den Jungs nichts gesagt. Er wollte sich dieses kleine Stück Glück, so verlogen es auch sein mochte, nicht kaputt machen: dass er für ein paar Stunden einfach wegschieben konnte, was in seinem Leben wirklich los war. Manche brauchten für so etwas Drogen oder sie betranken sich, ihm reichten dafür seine Freunde.

Bisher jedenfalls. Seit ein paar Wochen funktionierte auch das nicht mehr. Die Wirklichkeit war einfach stärker.

Adrian warf seine Zigarette weg und musste ihr hinterherrennen, um sie auszutreten – als würde sich der Wind einen Spaß mit ihm erlauben.

»Fängst du sie halt nach der Schule ab«, sagte Nati, als Adrian wieder bei ihnen war.

»Wahrscheinlich war's ihr einfach zu kalt hier draußen.«

»Auf jeden Fall kälter als Jamaika.«

Worauf Lukas sagte: »Was habt ihr euch nur so mit den Frauen, echt?«

Dann gingen die drei voraus zum Haupteingang, nur Phil blieb zurück. Wie um ein Erinnerungsfoto zu betrachten.

Und Adrian drehte sich im Gehen noch mal um: »Kommst du?«

Sabrina setzte sich mit ihrem dampfenden Pappbecher an den Brunnen im Untergeschoss des Einkaufszentrums, gleich neben den Rolltreppen. Sie hatte schon wieder die falschen Schuhe an – gestern die Wildlederstiefel, heute die Moonboots: beide ganz hübsch, um bei drei Grad plus durch die Fußgängerzone zu spazieren – aber Schrott, wenn man sich im knietiefen Schnee durch die Pampa kämpfen musste.

Wie sie vorhin. Sie war von den Mietshäusern in der Grohmannstraße am Waldrand entlang bis zur Autobahn gelaufen, dann rechts in den Wald hinein. Laut Karten-App ihres iPhones musste sie dann irgendwann auf die Unfallstelle stoßen.

Aber so weit war sie nicht gekommen. Als sie in der Ferne die Polizisten sah, war sie umgekehrt. Es befanden sich mindestens ein Dutzend Leute innerhalb der Absperrbänder. Direkt an der Unfallstelle standen mehrere Feuerwehrmänner, von denen einer eine Motorsäge aufheulen ließ, die sich dann kreischend in einen Baum fraß. Wahrscheinlich machten sie den Weg frei, damit man das Autowrack die Böschung hoch und dann auf den Autobahnparkplatz ziehen konnte.

Sabrina schlürfte ihren Teebeutel-Tee aus dem Backshop, der zwischen dem türkischen und dem italienischen Imbiss eingeklemmt war. Natürlich – das Geld war weg, also würden die Bullen es suchen. Darauf hätte sie auch vorhin schon kommen können. Warum war sie einfach dorthin gestiefelt, als wäre die Sache gestern nie passiert? War das wegen des Unfalls, konnte sie nicht mehr richtig denken? Die Kopfschmerzen waren auch wieder da. Scheiße. Hoffentlich war ihr niemand gefolgt. Das fehlte noch. Wie sollte sie erklären, dass sie sich vor drei Stunden durch ein halbes Wohngebiet geklingelt hatte? Sie ließ ihren Blick wandern: Rentner mit Einkaufstrolleys, gestresste Mütter, Kleinkinder in Buggys, Angestellte mit Namensschildern am Hemd bei der Mittagspause, ein paar Jungs auf der anderen Seite des Brunnens. Aber niemand, den sie kannte – oder schon mal gesehen hatte.

Also kein Grund, paranoid zu werden. Sie musste ruhig bleiben. Okay, der Junge hatte sie gelinkt. Aber man trifft sich immer zweimal im Leben – hatte das ihr Vater nicht immer gesagt? Cool bleiben.

Und wenn jemand sie fragte, warum sie in geschätzten zwanzig Hauseingängen Sturm geläutet hatte?

Aus Liebe natürlich! Wie wär's damit? Sie hatte da diesen Jungen kennengelernt, er hatte ihr aufgeholfen, als sie ausgerutscht war. Vor ihrer Schule, gestern, als es wieder so geschneit hatte. Sie wollten sich heute treffen, doch er war nicht gekommen. Sie wusste die Straße, wo er wohnte, und dass er Chris hieß, aber nicht die Hausnummer, auch nicht seinen Nachnamen. Blieb ihr was anderes übrig, als überall zu klingeln? Vielleicht war er ja ihre große Liebe, wer weiß, das musste sie doch herausfinden!

Sie würde noch ein bisschen daran arbeiten müssen – aber sie hatte sich schon mit haarsträubenderen Lügen aus der Klemme geholfen, nicht nur ein Mal. Was den Jungen anging, würde ihr schon noch was einfallen. Irgendwas fiel ihr immer ein.

Sabrina trank aus und stellte den Pappbecher neben sich, nahm ihr iPhone aus der Tasche, klickte auf Fotos. Dann betrachtete sie lange das Foto des Jungen. Sein Gesicht war im Schatten, der Bildhintergrund zu dunkel – wahrscheinlich musste man ihn kennen, um ihn zu erkennen.

»Dein Freund?«

»Was?« Sabrina schaute auf.

»Also nicht.« Der Kerl schaute ihr über die Schulter, als wären sie alte Bekannte. Er hatte zwei Nullfünfer Flaschen Cola in der linken Hand – von denen er jetzt eine in die rechte nahm, dann »Hey!« rief und die Flasche quer über den Brunnen warf. Wo sie von einem anderen, schlaksigen Jungen mit tief sitzender Wollmütze gerade noch aufgefangen wurde.

»Was trinkst du – ich lad dich ein.«

Sein Gesicht kam Sabrina irgendwie bekannt vor. Nicht dass sie ihn schon mal gesehen hatte, aber er erinnerte sie an jemanden. »Nein danke«, sagte sie.

Er musterte ihren Pappbecher. »Pfefferminztee? Zu Hause haben wir ganze Blätter, getrocknet, so was Gutes kennst du wahrscheinlich gar nicht, mit Thymianhonig.«

»Wow. Bist du Apotheker oder so was?« An jemanden aus dem Fernsehen, das war's.

»Fast.« Er lächelte. »Meine Mutter arbeitet in einem Nagelstudio.«

Omar Epps. Der eine Arzt aus *Dr. House*.

»Machst du das immer so, wenn du ein Mädchen anquatschst«, fragte sie, »mit deiner Mutter auftrumpfen? Ich mein – bist du mit der Nummer schon mal bei einer gelandet oder bin ich dein Versuchskaninchen?«

Der Junge schraubte den Verschluss von seiner Colaflasche auf. »Also, es gibt welche, die bei dem Wort Nagelstudio ziemlich steil gehen. Aber du bist natürlich die Frau, auf die ich schon seit Jahren gewartet habe.«

»Ich glaub eher, ich bin die Wette, die du gerade verloren hast. So wie die drei Typen da hinten grinsen.«

Der Junge trank einen Schluck und setzte sich zur ihr: ganz selbstverständlich, als hätte sie ihn eingeladen. Trotzdem kam er nicht aufdringlich rüber, er ließ ihr Platz, ihr Pappbecher mit dem nassen Teebeutel stand zwischen ihnen wie ein kleiner niedriger Gartenzaun.

»Die da?« Er deutete auf die Jungs auf der anderen Seite des Brunnens. »Der Große ist mein Buder – und zwar mein kleiner Bruder, kannst du dir das vorstellen? Der grinst seit zwei Wochen so. Seit er endlich seine Zahnspange raus hat. Die anderen beiden sind – sagen wir mal – momentan einfach nur sehr gut gelaunt.« Dann sagte er augenzwinkernd: »Hübsches Smartphone übrigens. Haben dir das deine Eltern geschenkt? Ihr müsst ja ganz schön Kohle haben.«

»Deswegen hast du mich angequatscht? Das tut jetzt echt weh.«

Omar grinste. Nicht unsympathisch. »Ich bin Elom«, sagte er. »Mein kleiner Bruder heißt Yannick. Rechts von ihm, der mit dem Kübel Gel im Haar, das ist David. Und das Dickerchen neben ihm heißt Marvin.«

Also Elom, nicht Omar. Sabrina sagte: »Und du bist der

Vortänzer, Elom?« Der Name fühlte sich irgendwie gut an, es machte richtig Spaß, ihn auszusprechen.

»Die drei sind einfach zu schüchtern. Na komm, mach mich glücklich und sag mir, wie du heißt.«

Sabrina lachte. »Sag mal, kann es sein, dass du was geraucht hast?« Sie schaute ihm in die Augen.

»Vielleicht ein ganz, ganz kleines bisschen.« Elom legte einen Zeigefinger an den Mund. »Aber psst – wenn unsere Mutter das rauskriegt, bringt sie ihn um.« Er deutete mit einem Kopfnicken auf seinen Bruder.

»Dich nicht?«

»*Er* ist Mamas Liebling. Und ich bin ziemlich schnell.«

»Und dass Kiffen nicht gut für euch ist, haben sie euch in der Schule noch nicht beigebracht?« Elom war zwar älter als sie, aber nicht mehr als zwei Jahre, schätzte Sabrina.

»In manchen Ländern gilt es als Medizin«, sagte er.

»Seid ihr denn krank? Dann bist du mir nicht böse, wenn ich dir nicht die Hand gebe.« Sabrina stand auf. »War aber nett, dich kennenzulernen.«

»Willst du schon gehen?« Er schaute sie an, als würde sie ihm das Herz damit brechen.

»Ich muss«, sagte sie.

»Wohin denn?«

»Heim?« Sie lächelte. Sie konnte nicht anders. Das Lächeln kam ihr einfach ins Gesicht. So wie er sie anschaute.

»Also komm«, sagte er, »ist das alles, was du draufhast? Du kannst doch sicher besser lügen.«

»Wir laufen uns bestimmt mal wieder über den Weg.«

»Sagst du mir dann deinen Namen?«

»Vielleicht.« Sabrina beugte sich vor und fuhr mit einer

Hand sanft über seine kurz geschorenen Haare. Dann schenkte sie ihm noch ein Lächeln zum Abschied und drehte sich um.

»Grüß Chris von mir!«, sagte Elom.

Sabrina blieb stehen. »Was?«

»Der Junge auf deinem Foto. Das ist er doch, oder? Chris. Müller? Oder Meier – das bring ich immer durcheinander.«

»Du kennst ihn?«

»Na ja. Kennen ist übertrieben. Wir sind Nachbarn.«

Als Sabrina sich wieder hinsetzte, stieß sie den Pappbecher um und ein paar Tropfen Tee rannen über den Becherrand auf die steinerne Sitzfläche, die den Brunnen umgab. »Nachbarn.«

Elom unterdrückte ein Grinsen. Er wusste, dass er sie am Haken hatte. »Die Welt ist manchmal ganz schön klein, was?« Elom deutete auf ihr iPhone. »Deswegen hab ich dich angequatscht. Was willst du denn mit dem? Der ist bestimmt zwei Jahre jünger als du. Und lang nicht so hübsch wie ich.«

»Also wenn du nur nach dem Aussehen gehst – fühl ich mich natürlich geschmeichelt.«

»Sag jetzt nicht, dass dir Aussehen egal ist. Ich mein, es gibt Models, die mit hässlichen Typen zusammen sind, aber die sind Rockstars oder wenigstens schwerreich.«

»Vielleicht ist Chris ja schwerreich.«

»Wär mir aufgefallen. Wie gesagt, wir sind Nachbarn.« Elom wartete.

Sabrina wusste, dass sie jetzt was sagen musste, sonst würde er sie zappeln lassen. »Ich hab ihn gestern erst kennengelernt, vor der Schule. Er war total nett.«

»Nett?«

»Ja, nett. Ich weiß nicht, wie du und deine Jungs das so sehen. Aber *nett* ist ’ne gute Eigenschaft.«

»Ich hab nichts gegen *nett*.«

»Dann ist ja gut, dass wir das geklärt haben.« Sabrina zog sich den Haargummi aus dem Haar und steckte ihn sich zwischen die Zähne, während sie ihren Pferdeschwanz neu richtete. Dabei ließ sie den Blick nicht von Elom. Es war eine Geste, die immer gut ankam bei Jungs. »Ich bin ausgerutscht«, sagte sie. »Er hat mich aufgefangen. Wir haben uns unterhalten, so wie wir hier. Dann hat er gesagt, er muss leider weiter – und wir haben uns verabredet. Hier. Ganz spontan.«

»Und er ist nicht gekommen?«

»Dafür hab ich dich kennengelernt.«

»Aber lieber hättest du ihn wiedergesehen«, sagte Elom. Er nahm einen Schluck Cola.

»Weiß ich gar nicht mehr. Jetzt, wo er mich versetzt hat.«

»Vielleicht hatte er ja einen Grund?«

Sabrina steckte sich den Haargummi zurück ins Haar. Eine Strähne fiel ihr über die Stirn vors Auge. Sie blies sie weg. »Ja. Vielleicht«, sagte sie.

Elom stand auf. »Na komm, ich bring dich zu ihm. Ich muss sowieso nach Hause, meinen Bruder abliefern.«

Afrim drehte sich auf dem Platz vor dem Einkaufszentrum einmal um sich selbst, schaute vom McDonald's zur U-Bahn-Rolltreppe, dann zur Schleißheimer Straße, wo die Bushaltestellen waren. Er sagte in sein Blackberry: »Okay, die gute Nachricht ist –«

»Die gute Nachricht?«

»Wollen Sie erst die schlechte hören?«

Katrin Menschick seufzte am anderen Ende der Leitung.

»Ich mein, du!«, korrigierte er sich.

»Wie schlecht ist die denn?«

»Ich hab sie verloren.«

»Was!«

»Ich weiß.«

»Wie?«

»Sie saß unten bei den Imbissständen am Brunnen, hat gerade mit einem Jungen geredet, Afrikaner, der mit ein paar Freunden da war. Ich stand im ersten Stock am Geländer – und plötzlich spür ich, wie mir jemand, na ja, an den Hintern fasst.«

»Was!«

»Ich denk auch, ich spinn – versucht so ein Typ, mir mein Portemonnaie zu klauen! Ausgerechnet jetzt. Also hab ich ihn aufs Kreuz gelegt. Und meinen Ausweis gezeigt und gesagt, er hat Glück gehabt, ich bin dienstlich hier, hab keine Zeit für Scherereien – und was macht der Typ? Fängt an zu heulen, aua mein Rücken, ich brauch'n Arzt und so weiter!«

»Was heißt das – du hast ihn aufs Kreuz gelegt?«

»Nichts Schlimmes, ein bisschen Judo, dem Typ ist nichts passiert, aber als ich wieder zum Brunnen schau, ist die Kleine weg und die Jungs auch.«

»Das ist schlecht, Afrim. Richtig schlecht.«

»Ich weiß.«

»Und was ist die gute Nachricht?«

Mann, war die sauer – aber was hatte er erwartet? Er sagte ins Blackberry: »Nach ihrer Klingelaktion in der Grohmannstraße hat sie einen kleinen Waldspaziergang gemacht. Fast bis zur Unfallstelle. Bloß dass da noch die Kollegen am Werk waren. Ist doch kein Zufall, dass die dahin geht, oder?«

»Wäre ein bisschen viel Zufall«, sagte die Menschick.

Nicht mehr ganz so wütend.

Im Bus war es eng und laut und stickig – schmutzig nasser Boden, beschlagene Scheiben – man konnte fast Platzangst bekommen. Sie standen im grauen Mittelscharnier auf der metallenen Drehschreibe, die immer in Bewegung war auf der kurvigen Strecke: Sabrina mit Elom auf der einen Seite – ihnen gegenüber Eloms Bruder und die zwei anderen, Marvin und David, die sich lachend unterhielten. Worüber, das konnte Sabrina nicht verstehen – zwischen ihr und den Jungs standen noch Leute. Aber wahrscheinlich redeten die Jungs über sie, so bemüht beiläufig, wie sie zu ihr rüberschauten.

»Keine Angst, die ärgern sich nur, dass *sie* dich nicht angesprochen haben.« Elom neben ihr verlagerte sein Gewicht von einem Bein auf das andere, als der Busfahrer an einer Kreuzung wieder Gas gab.

»Angst sowieso nicht«, sagte Sabrina – vielleicht eine Nummer zu schnell. Sie fragte sich inzwischen tatsächlich, ob es eine so gute Idee gewesen war, mit den Jungs mitzufahren. »Aber der mit der Gelfrisur ist ein bisschen unheimlich.«

»David?« Elom lächelte. »Das musst du ihm unbedingt mal sagen, dann freut er sich.«

»Ach ja?« Ihr war nichts anderes übrig geblieben. Sie hatte vor dem Einkaufszentrum mehrmals versucht, die Adresse von Chris aus Elom herauszukitzeln. Aber Elom war jeder Frage geschmeidig ausgewichen, und irgendwann hatte sie es aufgegeben, um ihn nicht misstrauisch zu machen. Beziehungsweise: nicht noch misstrauischer.

Jetzt sagte er: »Er steht auf Gangsterrap und so, *La Vida Loca*, weißt schon. Du müsstest ihn mal im Sommer sehen: beige Chinos, Rippenunterhemd, Kopftuch – wenn er könnte, würde der sofort nach L.A. auswandern.«

Das spöttische Grinsen, das Elom mit sich herumtrug, schien ihr immer mehr wie eine Fassade, hinter der er seine wahren Gedanken verbarg.

»Und dein Bruder?«, fragte sie. Yannick hätte man sofort für ein Hip-Hop-Video casten können, zumindest als Komparsen.

»Der zieht sich nur so an«, sagte Elom. »Hört natürlich auch gern die harten Sachen. Aber sonst ist der zahm wie ein Hamster, Marvin auch.«

Marvin mit seinen dicken Backen hatte tatsächlich etwas Hamsterhaftes.

»Weißt du, was ich nicht ganz verstehe?«, sagte Elom, und Sabrina spürte sofort, dass der Small Talk jetzt vorbei war. »Wieso du ein Foto von Chris gemacht hast.«

Der Bus hielt an, die Türen gingen auf und sofort war es wieder kalt. »Wieso nicht?«, fragte Sabrina.

»Weiß nicht. Ich find's irgendwie – ungewöhnlich.« Elom warf einen Blick auf die alte Frau, die hustend einstieg, ein quengelndes Kind an der Hand.

Angriff war die beste Verteidigung, oder? Sabrina nahm ihr iPhone aus der Tasche.

»Kann ich von dir eins machen – oder wär dir das auch zu ungewöhnlich?«, fragte sie.

»Eben nicht. Weil wir uns ja gerade über Fotos unterhalten, da passt das dann natürlich.«

Das musste sie ihm lassen – er hatte immer eine Antwort auf Lager.

»Elom«, sagte sie und legte eine gute Portion Geduld in ihre Stimme – oder zumindest das, was in ihren Ohren danach klang. »Ich komme aus der Schule, rutsche aus – er geht zufällig gerade vorbei und hält mich fest. Ich bedanke mich, wir quatschen ein bisschen – er ist witzig, er gefällt mir. Dann sagt er, dass er's leider eilig hat, er muss weiter. Also hab ich ihn gefragt, ob ich ein Foto von ihm machen darf – von meinem Retter. Nur zum Spaß, ich wollt ihn aus der Reserve locken, du hast doch auch mit mir geflirtet im Mira.«

Elom ließ sich Zeit, darauf zu reagieren. Nichts drängte ihn. Er bestimmte das Tempo. Das war ungewöhnlich, dieses Selbstbewusstsein, das er an den Tag legte, ganz ohne Show. Zum Beispiel, wie er in den Bus gestiegen war: als würde der Bus jetzt ihm gehören.

»Klingt wie ein Liebesfilm«, sagte er. »Die Szene, wo sich das Paar das erste Mal über den Weg läuft. Schade, dass mir so was nie passiert.«

Sie versuchte es wieder mit ihrem Aussehen: drehte sich so, dass sie mit dem Rücken zum hüfthohen Geländer im Mittelscharnier stand, beugte sich leicht nach hinten – Brust raus, Bauch rein – und sagte: »Wie wir uns vorhin kennengelernt haben, hätte auch aus einem Film sein können.«

»Ja. Bloß bin ich in dem Film nur der Kumpeltyp, der dir hilft, deinen Angebeteten wiederzufinden. Und am Ende steh ich mit leeren Taschen da. Oder vielleicht – wenn ich Glück hab – mit deiner pummeligen Freundin!«

»Mir kommen gleich die Tränen.«

»Mir auch.« Elom musterte sie, Pokerface. Dann lachte er und sie stimmte erleichtert mit ein. Bis er sagte: »Hast *du* ihn gefragt? Ob er sich mit dir treffen will.«

Er ließ nicht locker, der Junge. »Ja«, antwortete sie knapp.

»Wie hat er reagiert?« Elom fragte sie schon aus wie ein Polizist.

»Erst mal gar nicht«, sagte sie. »Dann hat er mich gefragt, ob ich das ernst meine. Und ich hab gesagt, klar mein ich das ernst.«

»Warum kommt er dann nicht?«

»Werden wir gleich erfahren, wenn alles gut geht. Oder? Ist es noch weit?«

Elom warf einen Blick auf die elektronische Anzeigetafel an der Decke. »Wir sind gleich da.« Er nahm die Handschuhe, die er ausgezogen hatte, aus der Jackentasche. »Weißt du, was ich mich noch frage – was so wichtig ist, dass er dich gestern einfach stehen lässt? Ich mein, ein Mädchen wie du – *ich* würd dich nicht stehen lassen.«

Sabrina machte den Reißverschluss ihrer Jacke wieder zu. »Elom, Elom. Du hast es echt drauf mit deinen Schmeicheleien – kommen so ganz versteckt angeflogen! Was ist, wenn dein Bruder dich grad angerufen hat? Ein paar Typen haben es auf ihn abgesehen, an denen kommt er nicht vorbei – da würdest du dich doch auch beeilen.«

»Chris hat sogar wirklich einen Bruder.«

»Siehst du?«

»Aber der ist älter und kommt ganz gut allein zurecht, glaub ich.«

»Das war auch nur ein Beispiel. Mann, du stellst ganz schön viele Fragen. Ich komm mir schon vor wie in 'nem Polizeirevier.«

Elom streckte den Arm aus und drückte auf den *Wagen-hält*-Knopf. »Eine hab ich noch.«

Sabrina seufzte gekünstelt. Dann zwinkerte sie ihm zu. »Wenn ich dann meine Ruhe hab, raus damit!«

»Auf welche Schule gehst du eigentlich?«

Die Bustüren gingen mit einem tonlosen Pfeifen auf, das fast schon ein Stöhnen war.

»Hugo-Wolf-Straße«, sagte sie.

Eloms Bruder und die beiden anderen vor ihnen traten die Stufe hinunter auf den Gehsteig.

»Echt?«, sagte Elom. Und ließ ihr den Vortritt. »Da war ich auch mal!«

Chris rollte den vollgepackten Koffer aus ihrem Zimmer ins Wohnzimmer und stellte ihn neben die Skier und Skischuhe an die Wand. Die Fahrkarten hatte er in Phils alten Brustbeutel gesteckt und den Brustbeutel an der Bindung seiner Skier aufgehängt. Chris malte sich das so aus: Phil würde nichts ahnend in die Wohnung kommen, die Skier sehen und ihn fragend anschauen – und Chris würde auf den Brustbeutel deuten und sagen: »Schau da mal rein!«

Phil würde sich erst mal Zeit lassen, Hauptsache cool. Aber schließlich würde er den Brustbeutel aufmachen, die Fahrkarten rausnehmen und sehen, wohin die Reise gehen sollte. Dann würde er fragen: »Woher hast du das Geld dafür?« – und Chris würde sagen: »Erzähl ich dir unterwegs.«

Dann würden sie zusammen die Geldtasche holen.

Chris hockte sich auf die Klappcouch, die sein Vater als Bett benutzt hatte, und lehnte sich zurück. Jetzt musste er nur noch warten. Er legte die Füße hoch, schaute zur Decke – und es klingelte an der Wohnungstür.

War das wieder das Mädchen? Nein. Sie hatte an der *Haustür* geklingelt heute Morgen. Vielleicht ein Nachbar.

Aber welcher Nachbar sollte bei ihnen klingeln? Sie lebten nicht gerade in der Sesamstraße.

Vielleicht hatte jemand die Tür unten aufgelassen? Dann könnte es doch das Mädchen sein.

Oder Phil – endlich! –, der womöglich mal wieder seinen Schlüssel vergessen hatte.

Chris schlich zur Tür und horchte.

»Chris?«

Oh nein. Nicht der. Der hatte ihm gerade noch gefehlt, wie hieß er gleich?

»Ich bin's, Elom. Na komm, mach auf.«

Wieder klingelte es. Lange. Chris rührte sich nicht, er hielt sogar die Luft an.

»Chris, jetzt komm schon. Ich weiß, dass du da bist! Ich hab dich grad am Fenster gesehen.«

Sollte er einfach warten und nichts sagen, bis der Typ die Lust verlor?

»Chris! Mann, Alter. Was gehst du uns eigentlich aus dem Weg? Hm? Du grüßt nicht, wenn wir Hallo sagen, spielst nicht mit Fußball, und jetzt machst du nicht mal die Tür auf, wenn man höflich klingelt. Langsam glaub ich fast, dass du was gegen Schwarze hast. Bist du vielleicht so'n verkappter Skinhead? Hab gehört, die sind auch nicht mehr das, was sie mal waren – gehen nicht mehr regelmäßig zum Friseur und so. Bist du so einer?«

Scheiße, musste er sich jetzt schon in seiner eigenen Wohnung verstecken? Chris machte die Tür auf – Angriff ist die beste Verteidigung. »Ich bin kein Skinhead.«

»Ich weiß«, sagte Elom grinsend. »War auch'n bisschen gemein, geb ich zu – Rassistenkarte ziehen – aber hey! Ich hab doch gesagt, du bist zu Hause.«

Der Typ hatte ihn reingelegt. Na warte. »Und, was gibt's so Dringendes?«, fragte Chris.

»Erst mal Hallo, oder? Ich mein – wie geht's dir, schönen Tag gehabt, alles klar so weit?«

Als wären sie die besten Freunde.

»Könnt nicht besser sein«, sagte Chris.

»Wirklich?« Elom strahlte jetzt fast vor guter Laune. Als hätte er gerade erfahren, dass es heute sein Lieblingsessen geben würde. »Weil – ich hab da so jemand kennengelernt. Hübsches Ding, steht total auf dich. Ist tierisch traurig, dass du sie versetzt hast!«

Scheiße, das kann doch jetzt nicht wahr sein. Chris versuchte, sich nichts anmerken zu lassen. Er schaute Elom ruhig in die Augen und sagte eher gelangweilt: »Was?«

»Wie *was*? Willst du etwa sagen, du weißt nicht, wovon ich rede? Typ Traumfrau, fast so groß wie ich, ziemlich gut ausgestattet. Ich mein, als die ihre Daunenjacke aufgemacht hat, wow – das war, als würd sie ein Überraschungsei aufmachen. Jedenfalls, ihr wart verabredet und du warst nicht da.«

Elom konnte nur das Mädchen meinen. Auch wenn Chris keine Ahnung hatte, was er da ansonsten von sich gab. Er sagte: »Ach ja? Und wo?«

»Was weiß ich, wo du warst«, sagte Elom, »wahrscheinlich zu Hause.«

»Wo wir verabredet waren, mein ich.«

Elom streckte seine Arme aus wie ein Pfarrer, der seine Schäfchen zum Abendmahl ruft – jetzt kam also der Showteil.

»Das weißt du nicht mehr? Im Mira. Als ich sie da so traurig hab sitzen sehen, wollt ich sie natürlich trösten, kennst mich ja. Na ja, du kennst mich nicht, aber egal. Die Kleine will sowieso nur von dir getröstet werden.«

Chris vergewisserte sich, dass er den Türknauf fest im Griff hatte. »Ich hab keine Ahnung, von wem du da redest.«

»Tatsächlich?«

»Und ich will nicht unhöflich sein, aber ich hab grad zu tun.«

»Ja? Was machst du denn?«

»Wie gesagt, halt mich nicht für unhöflich – aber geht dich das was an?«

Elom lachte. »Nicht wirklich, aber da muss man schon mal nachfragen.« Er schüttelte den Kopf, immer noch lachend. »Ich mein, so ein Miezekätzchen und du machst bäh? Bist du etwa, na du weißt schon, stehst du mehr auf – Männerpopos?«

Das Licht im Treppenhaus ging aus, seine Chance. Aber Elom streckte nur den Arm aus und schaltete es wieder an, ohne ihn aus den Augen zu lassen. Chris ließ den Blick schweifen über den schwarz gesprenkelten Steinboden im Hausflur und blieb vor dem *Endlich-dahoam*-Fußabstreifer vor der Nachbartür hängen. Dann sagte er: »Ich bin am Packen. Weihnachtsferien. Falls du noch weißt, was das ist.«

»Ist schon 'ne Weile her, die Schule, aber ich erinner mich dunkel«, sagte Elom. »Wo geht's denn hin?« Er steckte den Kopf in die Wohnung. »Skifahren, seh ich – wow, toll. Na dann. Soll ich ihr wenigstens was ausrichten? Sabrina, mein ich. Schöne Grüße oder so?«

Chris seufzte. »Nicht nötig. Weil ich noch immer keine Ahnung hab, von wem du da sprichst.«

»Sie hat ein Foto von dir gemacht.«

Mist. Chris spürte, wie ihm heiß wurde, aber er sagte, als müsste er gleich gähnen: »Ist es was geworden?«

Elom schüttelte den Kopf.

»Dann verzicht ich auf einen Abzug.«

Wieder lachte Elom. »Gut, richt ich ihr aus.« Er rieb sich ein Auge, als hätte er eine Träne darin. »Chris, Mann, Chris. Ich find's schön, dass wir uns endlich mal näher kennenlernen. Aber sag mal – macht dich das gar nicht neugierig? Ich erzähl dir hier was von einer Traumfrau, die dich unbedingt wiedersehen will – und du? Tust so, als wär dir so was schon zu oft passiert. Oder glaubst du etwa, ich verarsch dich?«

»So was würd ich dir nie unterstellen«, sagte Chris. »Auch wenn ich es jetzt gerade für sehr wahrscheinlich halte«, bluffte er.

»Also, das tut jetzt aber weh.« Wenigstens verschwand jetzt endlich das Grinsen aus Eloms Gesicht. Er sagte: »Na, dann erzähl ich dir mal eine kleine Gutenachtgeschichte. Es war einmal eine schöne Prinzessin, die kam grad aus der Schule und es war furchtbar glatt draußen. Da fiel die Prinzessin hin, aber genau in dem Moment kam ein Prinz vorbei und fing sie gerade noch auf. Die Prinzessin schaute ihm in die Augen – und es war um sie geschehen. Aber der Prinz hatte es eilig, er musste noch irgendwelche Drachen töten. Doch bevor er wegritt, konnte die Prinzessin mit ihrem iPhone noch ein Foto von ihm machen – klingelt's jetzt bei dir?«

»Nein, aber ich kann dir gern ein Taxi rufen. In die Klappsmühle. Oder hast du nur irgendwas eingeschmissen?«

»Ein bisschen gekifft«, sagte Elom und legte den Zeigefinger an die Lippen. »Aber pscht.«

»Hab gehört, das soll nicht gerade gesund sein.«

Als Elom den Zeigefinger vom Mund nahm, war das Grinsen wieder da. »Doch, sehr sogar. Bist du wirklich nicht ihr Prinz?«

»Schau ich aus wie einer?«

»Das ist es ja gerade! Und wie! Allein die Frisur! Die ist doch mindestens fünfhundert Jahre alt. Ich mein, du weißt schon, dass es mittlerweile Friseure gibt. Oder?« Elom wickelte einen Kaugummi aus dem Papier und steckte ihn sich in den Mund. Dann hielt er Chris die Packung hin, aber Chris ignorierte sie.

»Mal abgesehen davon glaub ich der Kleinen kein Wort«, sagte Elom weiter. »Klingt einfach zu sehr nach *Disney Channel,* weißt du, völlig unrealistisch. Die Frage ist nur, warum tischt die mir diesen Käse auf? Man redet ja nicht einfach Scheiße – man redet Scheiße, um irgendwas zu erreichen, und ich frag mich schon die ganze Zeit, was. Ich mein, außer dass sie dich unbedingt wiedersehen will.«

Chris wünschte sich, dass sein Bruder jetzt zurückkäme. Breit wie ein Baum und richtig schlecht gelaunt. Dann hätte er keine Probleme mehr. »Frag sie doch einfach«, sagte er.

»Damit sie mir noch mehr Scheiße einschenkt?«, sagte Elom. »Das Foto, das sie von dir gemacht hat, zum Beispiel. Sie hat gesagt, sie hat es vor ihrer Schule gemacht. Aber das stimmt nicht. Ich kenn die Schule, da sind zu viel Bäume im Hintergrund. Es sieht eher aus, als hätte sie es in einem Wald gemacht. Und da frag ich mich natürlich: In einem Wald? Was macht ihr im Wald? Oder besser: Was machst du mit ihr im Wald? Böser Wolf spielen? Denn das Foto sieht aus, als hätte sie es im Liegen gemacht und du beugst dich gerade über sie. Die Perspektive, weißt du? Also bist du ihr vielleicht an die

Wäsche gegangen? Und deswegen sucht sie dich? Um es dir, ich weiß nicht, schnippschnipp …« Elom machte eine schnelle Scherenbewegung mit seinen Fingern. »… heimzuzahlen?«

Chris verschränkte die Arme vor der Brust. »Grad steh ich noch, wie hast du gesagt, auf Männerpopos – und jetzt soll ich eine vergewaltigt haben? Ich mein, wir reden immer noch von mir, oder, Prinz Christian?«

»Jetzt sei nicht gleich beleidigt. Hätt mein Kumpel David das gesagt, wär's ein Kompliment gewesen.«

»Ja. Vom Fachmann, was?«

Und auf einmal wurde Elom ernst. Weil es um einen seiner Freunde ging? »Jetzt komm«, sagte er. »David ist okay. Und das war auch kein richtiges Messer, das er damals nach dir geworfen hat, das war 'ne Attrappe, er hat nur Spaß gemacht.«

»Ich hab auch tierisch gelacht.« Chris schaute an Elom vorbei und sagte weiter: »Wenn man vom Teufel spricht, hm?« Ein alter Trick, aber Elom fiel darauf rein – er drehte sich um, und Chris nutzte den Moment, um die Tür zuzuwerfen.

»Chris«, kam es dumpf von draußen. »Mach wieder auf.«

»Nein.« Chris stemmte sich mit dem Rücken gegen die Tür und atmete durch. Dann ging er zum Fenster und schaute halb hinter dem Vorhang versteckt nach unten.

Tatsache. Da war sie wieder. Eingerahmt von Eloms Freunden, die drei standen wie Bodyguards um sie herum. Mist. Es wäre auch einfach zu schön gewesen.

Sie alle standen etwa zehn Meter vor dem Hauseingang. Die Jungs rauchten mit einem One-Hitter, der aussah wie eine runtergebrannte Filterzigarette. Sabrina glaubte nicht, dass sie damit vor ihr Eindruck schinden wollten. Sie machten das für sich, die Kifferei hatte auch was von einer Mutprobe hier.

Dabei hatte Elom gerade noch von seiner Mutter erzählt: wie streng sie war und was passieren würde, wenn sie ihre Söhne beim Kiffen erwischte, von wegen Kopf ab und so. Dann war er im Hauseingang verschwunden: »Bin gleich wieder unten, ich schau nur kurz, ob sie da ist.«

Ha ha ha. Sie wussten beide, dass das Bullshit war – er wollte sich Chris erst mal alleine vorknöpfen, vermutete Sabrina. Und sie war nicht schnell genug gewesen, die Tür aufzuhalten, die hinter ihm wieder ins Schloss fiel. Danach hatte ein Blick gereicht, und ihr war klar gewesen, dass sie die Jungs nicht fragen brauchte, ob sie ihr aufsperren würden.

Wahrscheinlich gaben sie ihr gerade zu verstehen, dass sie genauso lügen konnten wie sie. Aber immerhin hielt Yannick ihr den One-Hitter hin, nachdem er daran gezogen hatte.

Sabrina schüttelte den Kopf. Yannick reichte das Ding schulterzuckend an den Jungen weiter, der Marvin hieß. »Ist gut, das Zeug«, sagte der etwas schüchtern zu ihr.

»Freut mich für euch.«

»Lass sie«, sagte der mit der Gelfrisur, David. »Bleibt mehr für uns über.«

Als sie die Haustür aufgehen hörte, drehte Sabrina sich um und Elom grinste sie Kaugummi kauend an. »Du wirst es nicht glauben«, sagte er. »Aber er hat keine Ahnung, wer du bist. Sagt er jedenfalls.«

Mist. Also hatte er mit ihm geredet. »Das sagt er *dir* vielleicht«, sagte Sabrina.

»Warum sollte er mich anlügen?« Elom blieb stehen und warf einen etwas theatralischen Blick in die Runde.

»Weiß nicht«, sagte Sabrina. »Seid ihr Freunde?«

Sie hatte das nicht beabsichtigt, aber sie spürte, dass sie Elom getroffen hatte. Er schüttelte langsam den Kopf, mit einem Mal ganz ernst. »Das werden wir wahrscheinlich auch nicht. Du hast recht, vielleicht ist das der Grund.« Elom nahm Marvin den One-Hitter ab, zog daran, reichte ihn an David weiter. »Aber warum lügst *du* mich an? Sabrina. Ist das überhaupt dein richtiger Name?«

Sabrina verschränkte die Arme vor der Brust. »Wenn nicht, wärst du dann sehr enttäuscht?«

»Irgendwie schon. Das hat was mit Respekt zu tun, weißt du. Es ist nicht nett, jemanden anzulügen.«

»Und so wären wir wieder beim *nett*!« Sie durfte sich nicht in die Enge treiben lassen, dachte Sabrina, Angriff ist die beste Verteidigung. Sie stemmte die Hände in die Hüften. »Ich kann dich beruhigen, das ist mein richtiger Name. Und wenn du mir zeigst, wo ich klingeln soll, zeig ich dir, dass *er* lügt.«

»Natürlich lügt er«, sagte Elom. »Ihr lügt beide.« Er musterte sie ausdruckslos. »Und ich will einfach wissen, warum! Kennst du das – du hockst vorm Fernseher, zappst rum, bleibst an irgendeinem Film hängen, mittendrin, aber du kannst nicht abschalten. Du musst wissen, wie der Film ausgeht. So geht's mir mit dir.«

Sabrina lächelte. »Wie mit einem Fernseher? Du warst schon mal charmanter, Elom.«

»Ja. Das ist wahrscheinlich mein Problem. Ich bin *zu* nett zu den Leuten, und die Leute denken sich, den verarschen wir jetzt ein bisschen, mit dem kann man's ja machen.«

Okay, es wurde Zeit. Sie wusste jetzt, wo der Junge wohnte, dass er tatsächlich Chris hieß – allein das war schon mehr, als Sabrina sich heute Morgen noch erhofft hatte, nach ihrer erfolglosen Klingelaktion. Sie würde einfach später wiederkommen und warten – irgendwann musste der Junge ja mal rauskommen.

Im Prinzip hatte sie richtig Glück gehabt, dass sie Elom begegnet war. Bis jetzt jedenfalls. Sie konnte nicht einschätzen, wie gefährlich er und seine Jungs waren. Der Typ mit der Gelfrisur, David, mit dem war bestimmt nicht zu spaßen, auch wenn Elom das im Bus noch abgetan hatte: Elom, der jetzt selber nicht mehr auf Spaßvogel machte, wie vorhin noch.

Hm, was würde wohl passieren, wenn sie jetzt weglief? Vor allem, wenn sie nicht schnell genug war. Sie sagte: »Okay, du willst die Wahrheit wissen? Ein – sagen wir mal – Freund von mir hat einen Geldtransporter überfallen und auf der Flucht einen Unfall gebaut. Dabei ist ihm die Beute abhandengekommen. Chris hat sie. Deswegen will ich zu ihm.«

»Verstehe«, sagte Elom. »Du machst dich über uns lustig. Ich mein, Sabrina, irgendwann ist auch mal Schluss.«

»Und wenn ich dich nicht verarsche, Elom?«

»Das hättest du dir vielleicht vorher überlegen sollen. Ich mein, seit du hier bist, hast du da irgendwelche Leute gesehen? Abgesehen von uns eins, zwei, drei, vier Jungs. Sabrina, Sabrina. Glaubst du, du hast eine Chance, hier wegzukommen, wenn wir das nicht wollen?«

Sabrina schaute von Elom auf ihre Moonboots. Es war sowieso zum Rennen das falsche Schuhwerk. Und es war zu glatt, sie würde nicht weit kommen.

Die gute Nachricht war: Anscheinend war das keine Standardsituation. Zumindest Yannick und Marvin schienen genauso gespannt zu sein wie sie, wie es jetzt weitergehen würde. David allerdings nicht. Er klopfte den One-Hitter aus und steckte ihn weg. Ganz genüsslich. Er schien sich darauf zu freuen, was jetzt kommen würde. Was auch immer das war.

Schon der Gedanke daran, dass er ihr zu nahe kommen könnte, ekelte Sabrina. Sie konnte sich nicht vorstellen, dass irgendein Mädchen ihn freiwillig an sich ranlassen würde. Wenigstens nicht nüchtern. Wahrscheinlich war genau das jetzt ihr Problem.

Sie sagte: »Schade, Elom. Und ich hab schon gedacht, wir könnten Freunde werden.«

Chris öffnete das Fenster zum Innenhof – vorsichtig, er hatte nur den einen Versuch. Dann schaute er halb hinter dem Vorhang versteckt runter, um Maß zu nehmen. Er hatte keine Ahnung, warum die Jungs auf einmal durchdrehten – David zumindest: der das Mädchen jetzt vor sich herschubste, zur Hauswand hin.

Chris zog den Kopf wieder ein. Warum auch immer, das spielte jetzt keine Rolle. Chris wollte das Mädchen zwar loswerden. Doch dass dafür ein paar Typen über sie herfielen, wollte er nicht. Jedenfalls wollte er nicht dafür verantwortlich sein.

Er stemmte den Eimer hoch, setzte ihn langsam auf dem Fensterbrett ab und warf dabei noch einen kurzen Blick nach unten. Das Mädchen stand jetzt mit dem Rücken an der Hauswand und David direkt vor ihr.

Eloms Bruder und der rotbäckige Dicke standen links und rechts von den beiden, wahrscheinlich um das Mädchen am Weglaufen zu hindern.

Nur Elom stand etwas abseits und redete auf David ein. Aber was er sagte, konnte Chris nicht verstehen, weil das Rauschen der Autobahn es übertönte.

Es war schon seltsam – gerade eben hatte es noch so ausgesehen, als würden sich alle blendend verstehen.

Chris fasste den Eimer mit beiden Händen am Rand. Er hatte kurz überlegt, heißes Wasser zu nehmen, aber die Gefahr war zu groß, dass das Mädchen auch was abkriegte. Und er wollte die Jungs ja nicht foltern. Eigentlich wollte er nur, dass das Mädchen wieder verschwand.

Als Chris den Eimer vorsichtig nach vorne kippte, rief er noch »Hey!« – um die Gesichter der Jungs zu sehen.

Volltreffer!

Sabrina zögerte nicht lange, als der Schwall Wasser David erwischte. Sie trat ihm mit voller Wucht zwischen die Beine und hoffte dabei inständig, dass er bleibende Schäden davontragen würde.

David schrie auf, knickte ein, ging zu Boden – während die anderen drei, die wie sie nur ein paar Spritzer abbekommen hatten, immer noch ungläubig auf das offene Fenster im vierten Stock starrten.

Aus dem Chris jetzt rief: »Was schaut ihr so, wollt ihr 'ne Zugabe?«

David wälzte sich stöhnend und fluchend am Boden – ein herrlicher Anblick. Sabrina hätte ihn gerne noch weiter genossen, aber stattdessen lief sie quer über den eingeschneiten Innenhof zum Nachbarhaus und dann zur Straße. Sie wollte zum Tengelmann – wo sie vorhin aus dem Bus gestiegen waren –

unter Leute. Aber so weit kam sie nicht: Als sie den Gehweg erreichte, rutschte sie auf dem Kies aus, mit dem gestreut worden war. Nur: Sie fiel nicht hin.

Weil jemand sie am Arm packte und festhielt, sodass sie sich wieder fangen konnte.

Der Typ lachte, er war genauso überrascht wie sie. »Das war knapp«, sagte er. Er war fast einen Kopf größer. Kräftig. Sie konnte sich beinahe hinter ihm verstecken.

»Ja«, sagte Sabrina, immer noch perplex. »Danke.« Sie musterte ihn. Seltsam: Er hatte weder Handschuhe noch Mütze an, auch seine Jeansjacke war offen und darunter trug er nur ein Sweatshirt, trotz der Kälte. Na ja, vielleicht hatte er es nicht weit.

»Was hast du's denn so eilig?«, fragte er. »Alles in Ordnung? Deine Jacke ist ganz nass.«

Sabrina musste lachen. »Du wirst es nicht glauben«, sagte sie. »Aber da hat jemand einen Eimer Wasser aus dem Fenster gekippt.«

»Was?« Er schaute zu den Hauseingängen, amüsiert.

Sie folgte seinem Blick: Keine Spur mehr von Elom und den Jungs. Hatten sie sich versteckt? Sie sagte: »Ich hab auch gedacht, was ist denn hier los.« Oder hatten die Jungs nur David ins Haus gebracht, damit er sich nicht totfror?

»Und deswegen bist du weggelaufen?«, sagte der Typ.

»Irgendwie schon, ist 'ne längere Geschichte.«

»Oh, wie geheimnisvoll!« Nur ein Hauch von Ironie in der Stimme, staubtrocken. Der Typ fing an ihr zu gefallen.

Obwohl, er gefiel ihr eigentlich schon, seit er sie aufgefangen hatte. »Sag mal, wohnst du hier in der Gegend?«

»In dem Haus da hinten«, sagte er.

»Ist nicht wahr.«

»Doch.« Der Typ lachte wieder.

»In dem da, Nummer 36?«

»Daneben. 36 a.«

»Dann kennst du vielleicht Chris. Müller – wohnt im vierten Stock.«

Der Typ nickte. »Sag mir jetzt nicht, er war das mit dem Wasser.«

Chris hockte an der Wand neben der Wohnungstür – die im Rahmen zitterte: BUM BUM BUM! Jetzt hatte er natürlich *den* Penner an der Backe.

Ausgerechnet David – nass wie ein Pudel nach einem Vollbad. »Mach die verdammte Tür auf!«

Oh Mann. Na ja, dafür war er wenigstens das Mädchen los. »Sag mal – David, richtig? Du glaubst doch nicht wirklich, dass ich die Tür aufmach, solang du wütend wie 'ne Chili dagegenhämmerst.«

»Ich schwör dir – du bist so was von tot!«

Was für ein Vollidiot, echt. »Hast du eigentlich schon nachgeschaut, ob bei dir noch alles in Ordnung ist? So in der Körpermitte, mein ich. Ich find, du klingst ein bisschen schrill. Nicht dass da jetzt ein Eichen fehlt – die Kleine hat immerhin ziemlich zugelangt, so wie du da am Boden rumgejault hast. Also, versteh mich nicht falsch, ich hab gehört, eins weniger soll gar nicht so schlimm sein. Aber ich würd trotzdem mal nachschauen.«

Wieder machte es Bum, lauter diesmal, die Tür vibrierte richtig. Anscheinend hatte David mit dem Fuß dagegengetreten. Danach sagte er: »Willst du wissen, was ich mit dir machen werde?«

Nein, aber ich hätte gern meine Ruhe, du Arschloch, dachte Chris – und sagte: »Was, mir ’ne Oper vorsingen? David, wie lang geht das jetzt schon so, fünf Minuten? Ich meine, musst du dir nicht die Haare nachgelen oder so? Das bringt doch nichts. Ich werde die Tür nicht aufmachen.«

Auf einmal war es still draußen. Chris fragte sich, ob David gegangen war. Um mal ’ne Runde nachzudenken vielleicht. Was ihm bestimmt nicht leichtfiel.

Dann sagte David: »Irgendwann musst du mal rauskommen, dann krieg ich dich!«

Zu früh gefreut. Chris rieb sich das Gesicht und sagte: »Ja, vielleicht. Vielleicht auch nicht. Aber weißt du, was ich ganz klasse finde? Ich hab mir immer ein wenig Sorgen gemacht wegen der Sicherheit hier im Haus. Aber so einfach scheint das ja gar nicht zu sein, eine Tür einzutreten. Oder hast du nur eine Formkrise?«

BUM!

Mann, was war er froh, wenn dieser Tag endlich vorbei war. Er sagte: »David, ich mein’s ja nur gut – du hast dir heut schon mal wehgetan. Nicht dass jetzt noch was passiert. So ein Fuß ist vielleicht nicht ganz so viel wert wie ein Ei, aber beim Gehen ist er schon ziemlich hilfreich.«

Wieder trat David gegen die Tür, dreimal ziemlich schnell hintereinander.

»Außerdem kommt mein Bruder gleich nach Hause«, sagte Chris. »Und was du hier mit unserer Tür machst, findet er wahrscheinlich nicht so toll.«

Chris bekam keine Antwort. Er zählte die Sekunden. Bei

zwanzig dachte er schon, dass David diesmal wirklich gegangen wäre – aber dann sagte David doch noch was, leicht außer Atem: »Willst du wissen, wo meine Freunde sind? Wart's ab!«

Am Briefkasten klebte ein Stück Leukoplast, auf das jemand mit Edding *Müller* geschrieben hatte – wahrscheinlich ein alter Pfadfindertrick oder so, es war eindeutig eine Jungsschrift. Sabrina fragte sich, ob sie von Chris stammte oder von Phil – der jetzt die Einwurfklappe wieder zufallen ließ. Anscheinend war der Briefkasten leer.

»Hast du das gehört?«, fragte Sabrina.

Phil nickte. »Kleiner Ehekrach vielleicht.«

»Klang eher, als wollte jemand eine Tür eintreten.«

Phil lächelte sie an. Was war das denn? Flirtete er mit ihr?

»Es gibt leider keinen Aufzug«, sagte er, »wir müssen zu Fuß gehen.« Er zeigte mit der Hand zur Treppe, um sie vorzulassen.

Sabrina fragte sich, ob er das aus Höflichkeit machte oder um ihr Hinterteil zu studieren. Wie auch immer. Sie ging voraus. Sie hatte nichts zu verbergen. Im Gegenteil. Mal abgesehen davon hatte sie andere Sorgen. Elom wohnte auch in diesem Haus. Doch wenn sie Glück hatte, war er jetzt mit den Jungs in seiner Wohnung.

Nach jedem Stockwerk kam eine Zwischenetage, wo die Treppe eine Kurve machte und überdimensionierte Bullaugen Licht von draußen hereinließen. Zwischen zweitem und drittem Stock fragte Phil: »Woher kennst du Chris – aus der Schule?«

»Nein, wir haben uns zufällig getroffen. Ich hatte einen Unfall, er hat mir geholfen.«

»Ein Unfall? Er hat gar nichts erzählt.«

»War nicht so wild, ich war nur Beifahrer.« Sabrina hörte Schritte – jemand kam ihnen von oben entgegen. Sie beugte sich über das Geländer. Und sah David. Ausgerechnet.

»Was ist?«, fragte Phil.

»Du bist nicht zufällig bewaffnet, oder?«

Phil lachte. »Was?«

Sabrina deutete auf David, der jetzt im Zwischengeschoss zwischen viertem und drittem Stock stehen blieb.

»Ich glaub's ja nicht«, sagte David. »Du traust dich was, das muss man dir lassen!«

»Redest du mit mir?«, fragte Phil.

»Red ich mit Arschlöchern? Nur im Notfall. Jetzt hör mir mal gut zu, du Schlampe! Wir sind noch nicht fertig miteinander!«

Sabrina war sich nicht sicher, ob sie das auch alleine gesagt hätte: »Wieso? Hat dir der eine Tritt nicht gereicht?« Aber mit Phil an ihrer Seite konnte sie sich das einfach nicht verkneifen.

»Stopp mal«, sagte Phil zu David. »Hast du grad Arschloch zu mir gesagt?«

»Du bist ja 'n ganz Schneller! Du kannst deinem Bruder ausrichten, er soll sich schon mal einen Sarg bestellen!«

Phil lachte. »Was, ich? Ich dachte, du redest nicht mit Arschlöchern. Oder ist das jetzt ein Notfall?« Er drehte sich zu Sabrina um. »Hilf mir mal, ich steh grad ein bisschen auf dem Schlauch. Ist das da ein Freund von dir?«

»Freund ist übertrieben«, sagte Sabrina, ohne David aus den Augen zu lassen. »Wir zwei kennen uns – allerdings eher schlecht als gut. Aber apropos Freunde«, wandte sie sich jetzt direkt an David. »Ohne deine Freunde wirkst du irgendwie nicht ganz so mutig, kann das sein?«

David sagte zwar nichts, aber wie er sie anschaute, machte Sabrina klar, dass sie ihm besser nicht mehr allein über den Weg laufen sollte. Aber das hatte sie auch nicht vor.

Phil stutzte. »Warum ist *er* eigentlich so nass? Hat mein Bruder da auch seine Finger im Spiel?«

Sabrina nickte. Sie war froh, dass Phil neben ihr stand. Er war keiner, der Ärger unbedingt suchte – was ihn sympathisch machte. Aber auch keiner, der ihm aus dem Weg ging. Was ihn ihr momentan noch sympathischer machte.

Phil schaute David an. »Sag mal, der Lärm vorhin – warst das zufällig du?«

»Geht dich das irgendwas an?«

»Ich schätze schon – jetzt, wo ich dich gefragt hab.«

»Möglich.«

»Möglich? Was soll das heißen – kannst du dich nicht mehr erinnern? Ich sag dir jetzt mal, was ich gleich meinem Bruder sagen werde, von wegen Sarg bestellen und so. Ich werd ihm sagen, dass mir im Treppenhaus jemand begegnet ist – so ein Kotzbrocken, der David heißt. Hast du Probleme mit dem, Bruderherz? Wenn ja, morgen ist Weihnachten, darfst dir was wünschen. Das werd ich zu ihm sagen. Und weißt du, was *du* dir am besten zu Weihnachten wünschst? Dass Chris sagt, nee, den Typen kenn ich nicht. So. Jetzt verschwinde!«

Sabrina konnte sehen, wie David mit den Kiefern malmte. Er ging nicht sofort, so viel Würde musste sein. Dann hielt er sich mit einer Hand am Geländer fest, als er die Treppe runterkam. Er schritt haarscharf, aber ohne sie zu streifen, an ihnen vorbei. Keine Ahnung, wie Phil sonst reagiert hätte. Wäre interessant gewesen.

Chris aß ein Müsli auf der Klappcouch seines Vaters, immer noch halb in Alarmbereitschaft. Falls David doch noch mal zurückkehrte. Aber dann machte es dreimal Klack – als die Tür aufgesperrt wurde –, und Chris stellte erleichtert die Müslischüssel ab, sodass der Löffel darin sich einmal im Kreis drehte, wie in einem Miniaturkarussell. Endlich – Phil.

Sein Bruder unterdrückte ein Grinsen, als er hereinkam und sagte: »Ich hab jemand mitgebracht.«

Da ahnte Chris schon, dass dieser Tag so weitergehen würde wie bisher. Und tatsächlich stand dann das Mädchen lächelnd im Türrahmen.

»Überraschung«, sagte sie. Als würde sie Zahnpastawerbung machen.

Chris schaute auf die Skier an der Wand und den Brustbeutel, der an der Bindung hing. Scheiße.

Phil stand halb neben, halb hinter dem Mädchen. Amüsiert, neugierig. Interessiert. Nicht nur, wie es weitergehen würde. Auch an dem Mädchen selber, das fiel Chris sofort auf.

Na ja, war ihm nicht zu verdenken, so wie sie aussah. Sie hatte was. Das musste Chris zugeben. Geheuer war sie ihm trotzdem nicht. Aber welches Mädchen, das man in einem Kofferraum findet, war das schon?

»Jetzt schau nicht so betreten«, sagte sie. »Sag bloß, du freust dich nicht.«

Als sie sich neben ihn auf die Couch setzte, wollte Chris schon wieder aufstehen. Aber er zwang sich dazu, sitzen zu bleiben. Um sich keine Blöße zu geben.

»Danke für den Eimer Wasser«, sagte sie weiter. »Ich weiß nicht, was sonst passiert wäre. Wir sind David eben noch mal begegnet, auf der Treppe. Er war nicht gerade auf'm Jesustrip.«

Chris nickte. »Hier hat er auch angeklopft.«

Sie rutschte etwas näher an ihn heran. »Das war wirklich schwer in Ordnung von dir, Chris. Aber jetzt sag mal – hast du Angst gehabt, du gehst leer aus? Hast du deswegen nicht aufgemacht heute früh? Ich hab doch gesagt, über die Belohnung reden wir noch. Oder hast du bloß die Klingel nicht gehört?«

Phil lehnte sich mit der Schulter gegen die Wand, wo die Skier standen. Noch so etwas, was er nicht verstand: Was machten die verdammten Skier im Wohnzimmer? Er sagte: »Ich bin übrigens auch noch da. Erzählt ihr mir vielleicht mal, was ich alles verpasst habe?«

Sabrina warf ihm nur einen kurzen Blick zu, dann wandte sie sich wieder an Chris: »Wo ist die Tasche mit dem Geld?«

Das wurde ja immer besser. »Die Tasche mit dem Geld?«

»Unter meinem Bett«, sagte Chris. Zerknirscht. Ertappt. Aber ansonsten: als wäre das eine ganz normale Antwort.

»Hört ihr zwei mich überhaupt? Welche Tasche? Was für Geld?«

Wieder bekam er diesen Blick von Sabrina. Als wäre sie jetzt lieber allein mit Chris. Gerade vorhin war das noch anders. Da war sie ziemlich froh, dass er bei ihr war. Als David ihnen im Treppenhaus gegenüberstand.

»Willst du anfangen?«, fragte Sabrina.

Chris atmete tief durch. Dann sagte er in Phils Richtung, endlich: »Ich bin gestern ein bisschen rumgelaufen, auf der Panzerwiese. Nachdenken. Ich war schon auf dem Heimweg, da kracht dieser Wagen von der Autobahn und mir fast vor die Füße.« Chris deutete auf Sabrina. »Sie lag im Kofferraum.«

»Moment mal«, sagte Phil, »was? Gerade redet ihr noch von irgendeiner Tasche und jetzt –«

»Sie hat mich gebeten, eine Tasche für sie wegzuschaffen«, unterbrach ihn Chris. »Bevor die Polizei kommt.«

Phil hätte fast die Skier umgeworfen – die ihn immer noch irritierten, aber was die zu bedeuten hatten, dahinter würde er auch noch kommen, eins nach dem anderen. Er schaute Chris an und wartete darauf, dass der das grinsend als Scherz abtat, was er da gerade erzählt hatte.

Als das nicht passierte, sagte Phil: »Und in dieser Tasche ist Geld drin?« Es kam ihm selber schon fast so vor, als wäre er ein bisschen langsam unter den Haaren.

»Ungefähr vier Millionen«, sagte Sabrina. So beiläufig, als redete sie von Gummibärchen.

»Vier Millionen?«, wiederholte Phil ungläubig.

»Ungefähr«, schob Sabrina nach.

Na dann – könnten sie ja jetzt mal ans Abendessen denken. »Und was ist das für Geld?«, fragte Phil, immer noch nicht ganz sicher, ob die beiden ihn verarschten.

Chris zuckte mit den Schultern und diesmal schaute er zu Sabrina rüber. Und die sagte: »Der Freund meiner Mutter arbeitet für einen Sicherheitsdienst. Er macht vor allem Werttransporte. Gestern hat er seinen Partner gelinkt und ist mit der Ladung durchgebrannt. Beziehungsweise, das wollte er. Der Unfall ist ihm dazwischengekommen. Oder besser gesagt, uns.«

»Uns?« Okay, wenn die ihn verarschten, dann im großen Stil. Mit versteckter Kamera und so weiter. Na ja, wer wollte heutzutage schon nicht ins Fernsehen?

»Ist eine komplizierte Geschichte«, sagte Sabrina.

Phil unterdrückte ein Grinsen. »Du kannst dir ruhig Zeit lassen, ich hab heute Abend nichts mehr vor – du?« Er schaute zu Chris rüber.

Chris lächelte schwach. Ein bisschen zu schwach. Wie jemand, der kein schlechter Verlierer sein will.

Also vielleicht doch keine versteckte Kamera.

»Die Story ist auch nicht ganz jugendfrei«, sagte Sabrina.

Phil ging von der Wand zum Sofa und setzte sich auf den billigen Ikea-Tisch davor. Der Löffel in der Müslischüssel klimperte. »Wir halten uns schon die Ohren zu, wenn wir Angst kriegen«, sagte er mit Blick auf seinen Bruder.

Aber der ließ sich auf die Sofalehne zurückfallen und rieb sich das Gesicht – als hätte er tatsächlich verloren. Und das nicht bei *Mensch-ärgere-dich-nicht*.

Die Jungs warteten darauf, dass sie weitersprach, das spürte Sabrina. Also sagte sie: »Der Freund meiner Mutter, Matthias, stand vor ein paar Wochen plötzlich bei mir im Bad. Gerade als ich aus der Dusche komme.«

Sie konnte sehen, wie bei Chris die Kinnlade runtersackte. Auch Phil war sofort ganz Ohr. Jungs eben. Dankbares Publikum, wenn nackte Haut im Spiel war.

Sabrina sprach weiter. »Man muss dazusagen, er ist eigentlich ein netter Kerl. Hab ich jedenfalls bis dahin gedacht. Ich war total überrascht, als er vor mir stand.«

»Warst du – nackt?« Chris räusperte sich.

»Duschst du angezogen?«, fragte Sabrina zurück.

»Nein, ich mein – vielleicht hattest du ja ein Handtuch um, oder so?«

»Hatte ich nicht.«

»Lässt du sie vielleicht mal ausreden?«, sagte Phil.

»Ist ja gut, ist ja gut.«

Sabrina musste lächeln. Sie hatte sich immer Geschwister gewünscht. Jetzt wusste sie wieder, warum. »Was ich sagen will, ist – er war immer korrekt zu mir. Da war gar nichts bis zu dem Tag. Meine Mutter ist noch nicht so lang mit ihm zusammen, sie ist immer noch total verliebt. Ich hätte also mit vielem gerechnet, aber nicht damit. Doch als er da so vor mir steht und mich anstarrt, da war ich mir sicher, jetzt bin ich geliefert, gleich fällt der über mich her.«

»Oh Mann.« Phil verzog das Gesicht.

»Ja. Und ihr glaubt nicht, was er dann gesagt hat!« Sie machte eine Pause.

Und Chris sagte: »Ob er mal kurz pinkeln darf?«

»Halt jetzt endlich die Klappe, Chris!«

»Was denn – sie hat eine Frage gestellt!«

»Hat sie nicht!«

Sabrina verschränkte die Arme vor der Brust und lehnte sich zurück. »Soll ich kurz rausgehen oder noch schnell zu Ende erzählen?«

Phil warf seinem Bruder noch einen giftigen Blick zu, den Chris nur müde abwinkte, aber dann war wenigstens Ruhe.

Sie sprach weiter. »Er hat gesagt, dass er mich liebt! So richtig. Er meine es ernst, ihm gehe es nicht um Sex. Also, nicht nur, jedenfalls. Er habe sich in mich verliebt – schon beim ersten Mal, als er mich gesehen hat. Hat er gesagt.«

»Wie alt ist er denn?«, fragte Phil.

»Vierzig.«

»Ach du Scheiße.«

»Ja.«

Chris beugte sich auf dem Sofa nach vorne und musterte sie. »Und er war die ganze Zeit in dich verliebt – und mit deiner Mutter zusammen?«

Der Kleine traute ihr nicht, das war deutlich.

Sabrina sagte: »Er hat sich dagegen gewehrt, aber irgendwann war die Liebe stärker. Hat er gesagt. Ich weiß nicht, ob ihr euch das vorstellen könnt, ihr seid Jungs. Jedenfalls, ich steh da nackt vor ihm und denk mir, der Typ ist wahnsinnig geworden, der dreht gleich durch. Wenn ich jetzt was Falsches sage, dann …« Sie dachte zurück an die Szene im Badezimmer und wie sie sich da gefühlt hatte.

»... bist du geliefert!«, sagte Phil.

»Richtig.« Sie fing sich wieder. »Also, was mach ich jetzt? Ihr müsst wissen, der Kerl ist noch mal ein anderes Kaliber als unser Freund David von vorhin. Matthias war zwölf Jahre bei der Bundeswehr, drei Auslandseinsätze, der hat mehr Narben als Tätowierungen, wenn ihr versteht, was ich meine. Der hat diese ganzen Lehrgänge gemacht, er hat mir die Abzeichen gezeigt, Einzelkämpfer, Nahkampfausbildung, Fallschirmspringer.«

»Und, was hast du gemacht?«, fragte Chris. Immer noch misstrauisch. Fast schon wie Elom vorhin.

Sabrina seufzte. »Ich hab ihm gesagt – dass es mir genauso geht wie ihm.«

»Was?«, sagte Phil. Verblüfft. »Ich dachte, du hattest Angst, vergewaltigt zu werden?«

»Hatte ich auch. Aber in dem Moment hab ich gedacht, das ist meine einzige Chance: genauso rumsülzen. Ich meine, alles, was ich in dem Moment wollte, war, heil aus diesem

Badezimmer rauskommen. Also hab ich ihm gesagt, dass ich ihn auch liebe – aber nicht mit ihm zusammen sein kann. Nicht, solange er mit meiner Mutter zusammen ist. Weil ich meine Mutter nicht betrügen will.«

»Und das hat er dir abgekauft?«, fragte Chris.

Vielleicht konnte sie ihn auch noch überzeugen. Immerhin erzählte sie hier die Wahrheit. Mit der ein oder anderen Kürzung – okay. Aber ansonsten …

»Ja«, sagte sie weiter. »Und er hat gesagt, dass er sofort mit ihr Schluss machen wird. Und ich hab gesagt, das darf er auf keinen Fall. Wenn ich meiner Mutter den Freund ausspanne, kann ich ihr nicht mehr in die Augen schauen. Wenn wir zusammen sein wollen, müssen wir irgendwo ein neues Leben anfangen. Und dafür – bräuchten wir Geld.« Sie streckte den Arm aus, um ihre Jacke aufzuheben, die von der Sofalehne gerutscht war. Sie suchte in der Außentasche nach Kaugummis. Sie hatte keine mehr.

»Du hast ihn also angestiftet, seinen eigenen Werttransport zu überfallen?«, sagte Chris.

Sie sah, dass Phil schon etwas einwenden wollte, kam ihm aber zuvor: »Böse Zungen könnten das behaupten, ja. Was stimmt, ist – ich hab ihn wohl auf die Idee gebracht. Aber mein Plan war immer noch: heil aus dem Badezimmer rauskommen. Dann sofort zur Polizei gehen. Aber die haben mich wieder weggeschickt.«

»Du warst bei der Polizei?«, fragte Phil.

Gut, sie hatten es nicht eilig. Also holte sie etwas weiter aus. »Ja«, sagte sie. »Das Dumme ist nur, man kann jemanden erst anzeigen, wenn er was verbrochen hat, nicht vorher. Ich denk mir also: Ich muss sofort ausziehen, sonst ist es nur noch eine Frage der Zeit, dass der nachts in meinem Zimmer auftaucht und unter die Decke kriecht.«

Phil runzelte die Stirn. »Warte mal, warte mal, spul mal kurz zurück.« Er stand von dem Tisch auf und kippte dabei die Müslischüssel um. Weder er noch Chris scherten sich darum. Phil sagte weiter: »Inzwischen hast du es heil aus dem Badezimmer geschafft, versteh ich das richtig?«

»Ja«, sagte Sabrina. »Aber in derselben Nacht taucht er tatsächlich bei mir im Zimmer auf. Als meine Mutter schon schläft. Er sagt, dass er sich an unsere Abmachung halten wird, schon aus Respekt vor meiner Mutter, die ihm ja auch viel bedeutet, blablabla. Und dann – erzählt er mir von dieser Sonderfahrt, die er bald machen wird. Und wohin wir dann fliehen könnten, und dass er jemanden kennt, der ihm falsche Ausweise besorgen könne, und so weiter. Und ich denk mir, okay, vor dem bin ich erst sicher, wenn er im Knast sitzt. Und so ein Raubüberfall ist da bestimmt eine gute Eintrittskarte. Also sag ich ihm, klasse, genau so sollten wir's machen!«

»Wow«, sagte Chris. Nicht mehr ganz so skeptisch. »Aber eins versteh ich nicht – was hast du dann im Kofferraum gemacht?« Ein Hauch von Misstrauen schwang immer noch in seiner Stimme mit.

Sabrina sagte: »Na ja, du darfst nicht vergessen, er liebt mich. Und er ist auf der Flucht. Beziehungsweise, wir sind auf der Flucht. Und wie wir ja gestern gesehen haben, kann das auch schiefgehen. Damit ich in dem Fall mit weißer Weste dastehe, wollte er mich im Kofferraum haben. Damit wir, wenn wir Pech haben, sagen können, Matthias hätte mich entführt.«

Phil legte den Kopf in den Nacken, fuhr sich durch die Haare, sagte: »Okay, das muss ich jetzt erst mal verarbeiten.«

»Gut«, sagte sie. »Kann ich in der Zwischenzeit mal das Geld sehen?«

Sie warteten in der riesigen Tiefgarage, die die Häuser der Siedlung unterirdisch miteinander verband. Elom betrachtete die Tags links und rechts von der steilen Auffahrt, kunstlose Schmierereien. Die Schwänze, die sie sich früher gegenseitig in die Schulbücher gekritzelt hatten, hatten mehr Stil gehabt. »Was ist jetzt?«, fragte er Yannick, der auf einem metallenen Duplexparker hockte und die Beine baumeln ließ.

»Wart's ab, Mann, wart's ab.«

»Wie lang denn noch – bis du da oben einen kalten Arsch kriegst?«

Ab und zu hörte man ein nasses Pling, wenn es aus der rostigen Deckenfuge tropfte. Am Boden unter der Reißleine, mit der man das Garagentor öffnete, hatte sich eine Pfütze gebildet. David stand direkt davor und touchierte die Wasseroberfläche mit der Schuhsohle, bis sein Spiegelbild verschwamm. Er hatte, seit sie hier waren, kein Wort gesagt.

Dann ging endlich die schwere Feuerschutztür am anderen Ende der Garage auf und fiel hinter Marvin wieder zu, der ein breites Grinsen im Gesicht trug. Einen Augenblick später zeigte er ihnen, warum. Elom konnte es nicht fassen.

Er sagte: »Scheiße, Mann, das ist euer Plan? Wie bescheuert seid ihr denn eigentlich? Ihr könnt doch nicht einfach – woher hast du überhaupt die Knarre?«

»Von meinem Vater«, sagte Marvin.

»Von deinem Vater? Hat er sie dir gegeben?«

»Natürlich nicht.«

»Jetzt krieg dich wieder ein, Elom«, sagte David.

Elom drehte sich zu ihm um. »Oh, du kannst also doch noch reden.« Als David schließlich den Blick abwandte, knöpfte Elom sich wieder Marvin vor: »Und woher hat dein Vater sie? Ich meine, danke, dass du mir sagst, dass er zu Hause 'ne Knarre rumliegen hat. Merk ich mir, wenn ich mal wieder bei euch zum Essen bin – nicht dass ich da aus Versehen einen Pups lasse oder so!«

Marvin bedeckte die Pistole wieder mit dem Küchentuch, in dem sie eingewickelt gewesen war. »Die hat mein Vater so einem Typen abgekauft, der Geld brauchte. Ist aus'm Jugoslawienkrieg. Aber nicht geladen.«

Elom schüttelte den Kopf. »Na dann! Dann kann uns ja gar nichts mehr passieren.« Er schaute hoch zu Yannick, der von seinem Logenplatz aus Marvin über die Schulter schaute – interessiert, aber völlig unaufgeregt. Als hätte Marvin da nur eine Spielzeugpistole in der Hand.

Elom sagte: »Habt ihr vielleicht noch was anderes geraucht als ich? Ich meine, nur mal so rumgesponnen – was ist, wenn die anderen auch eine Knarre haben? Und die ist vielleicht geladen!«

»Wieso sollten die 'ne Knarre haben?«, sagte Marvin.

»Wieso hast du auf einmal 'ne Knarre, du Vollidiot?«

»Mann, Eli, was bist'n du so uncool?«

»Oh, tut mir leid, wenn ich so spießig bin, Bruderherz! Aber wisst ihr eigentlich, dass so was *verboten* ist? Jemandem 'ne Knarre in die Fresse halten!«

»Sie ist nicht geladen, Mann!«, sagte Yannick.

»Auch wenn sie nicht geladen ist! Und ich red nicht davon, dass unsere Mutter dann vielleicht sauer ist, wenn sie das mitbekommt. Nein, ich meine: verboten-verboten. Ich meine: Polizisten-die-einem-den-Arsch-aufreißen-verboten!«

Das Licht ging aus. David drückte auf den Schalter und die Neonröhren gingen flackernd wieder an. »Wenn du Schiss hast, musst du nicht mitkommen, okay?« David ging rüber zu Marvin und stellte sich neben ihn.

»Schiss?«, sagte Elom. »Du meinst, ich hab Schiss?«

Diesmal wandte David den Blick nicht mehr ab. »Sonst versteh ich dein Problem nicht, Elom. Ich meine, dein Bruder ist auch dabei und *den* hat sie nicht beleidigt.«

Yannick ließ sich geschmeidig von dem Duplexparker runter und kam fast lautlos in seinen Turnschuhen auf dem Betonboden auf. »Sie hat gar nichts zu mir gesagt. Wenn man 'ne Weile darüber nachdenkt, ist das auch 'ne Beleidigung.«

Es war einfach nicht zu fassen. »Und du *hast* nachgedacht, Yannick? Ehrlich? Das ist Nachdenken bei dir – wenn so was dabei rauskommt? Wir gehen da jetzt mit einer Knarre rüber und zeigen denen mal, was Respekt ist! Super Plan, echt, herzlichen Glückwunsch! Ich hoffe, dir gefällt's im Irrenhaus! Weil mit der Denke kommst du wenigstens nicht in den Knast! Aber Moment mal – stimmt. Du kommst ja auch gar nicht ins Irrenhaus. Hast du mal in deinen Pass geschaut? Steht da *Staatsbürgerschaft deutsch*? Nein, Yannick. Wir zwei können uns nicht so viel erlauben wie die beiden Bratwürste hier!«

Bevor Yannick antworten konnte, drängte sich David zwischen sie. »Die Schlampe hat dich total verarscht, Elom! Ist dir das auf einmal egal? Vorhin war's das noch nicht.«

Scheiße. Und das alles nur, weil er sich vor ein paar Stunden im Mira gedacht hatte: Mann, sieht die heiß aus! Vielleicht hab ich ja Glück.

Er sagte zu David, der jetzt keine Handbreit vor ihm stand: »Mein Gott, ich hab sie angegraben – es ist nichts draus geworden. Was soll's!«

»Du ziehst den Schwanz ein, gib's zu!«

Elom wusste nicht, ob er lachen oder weinen sollte. »Und das sagst ausgerechnet du, David. Ausgerechnet du!«

Chris hockte auf der Bettkante – ganz entspannt, als wäre er gerade aufgestanden. Vielleicht hatte er schon verloren. Aufgeben würde er trotzdem nicht. Die Nylontasche, die er unter dem Bett verstaut hatte, lag zu seinen Füßen am Boden.

Phil deutete auf das kleine Vorhängeschloss, mit dem die beiden Reißverschluss-Zipper miteinander verbunden waren. »Und der Schlüssel?«, fragte er.

»Keine Ahnung, wo der ist«, sagte Chris. »Hab ich erst hier gemerkt, dass die abgesperrt ist.« Er konnte sehen, wie es in Sabrina arbeitete: wie sie versuchte, sich zu erinnern, an die Tasche, an gestern, an das Schloss.

Phil grinste nur, als hätte er nach Jahren wieder einen alten Lieblingswitz gehört. »Willst du mir sagen, du hast vier Millionen Euro unterm Bett, aber die Kohle noch nicht mal angeschaut?«

Chris erwiderte ruhig Sabrinas prüfenden Blick. Dann sagte er zu Phil: »Ich war total fertig gestern.« Was auch stimmte.

Phil schüttelte den Kopf. »Du bist echt 'ne Nummer! Manchmal frag ich mich schon, ob du als Kind vielleicht nicht einen Purzelbaum zu viel gemacht hast. Ich meine, wie kann man denn da schlafen mit so viel Kohle unterm Hintern? Und wieso hast du mir gestern nichts davon erzählt?«

Phil hockte sich neben ihn. Die Antwort lag ihm anscheinend am Herzen. Aber Sabrinas Reaktion war jetzt wichtiger. Während er sie aus dem Augenwinkel beobachtete, sagte Chris beiläufig zu Phil: »Willst du eine ehrliche Antwort? Kann ich dir aber nicht empfehlen.«

Sabrina gab auf. Anscheinend hatte sie entschieden, dass es keinen Unterschied machte, ob sie sich nun an das Schloss erinnerte oder nicht. »Gut«, sagte sie sehr ernst. »Alles, was wir brauchen, ist ein Messer.«

Phil stand seufzend auf. »Ich hol eins.« Er ging in die Küche.

»Oder eine Zange«, rief Chris ihm hinterher. »Dann müssen wir nur den Zipper kaputt machen.«

»Der Werkzeugkasten ist im Keller«, rief Phil zurück.

»In der Schublade neben dem Herd, da ist Papas Leatherman.«

Sabrina entspannte sich ein wenig. Gut. »Willst du die Tasche etwa behalten?«, fragte sie.

»Warum denn nicht? Die kann man doch noch brauchen.«

Phil kam mit einem Schälmesser mit kurzer gebogener Klinge zurück. »Ich spendier dir eine neue, wenn wir hier fertig sind.« Er ging vor der Tasche in die Hocke, setzte das Messer an – und da klingelte es.

An der Wohnungstür. Ganz normal. Aber für Chris klang es wie Feueralarm.

Auch Sabrina war nicht glücklich.

Nur Phil sagte: »Oh Mann, nicht der Penner schon wieder!«

Afrim steckte sein Blackberry weg. Er hatte Ärger erwartet, nachdem er das Mädchen nicht mehr wiedergefunden hatte.

Aber Katrin Menschick hatte keine große Sache daraus gemacht: Die Kleine würden sie sich morgen vornehmen, die lief ihnen schon nicht davon. Und wenn doch, umso besser – dann wusste sie nämlich tatsächlich was von dem Raub. Und Ausreißer erwischte man immer irgendwann.

Afrim betrachtete die Wohnblöcke auf der nördlichen Seite der Grohmannstraße, während er sich eine Zigarette anzündete. Er hatte den ganzen Weg noch mal abgesucht, den das Mädchen am Morgen gegangen war. Vergeblich.

Ein Streifenwagen kam näher. Afrim stutzte. Kurz bevor der Wagen anhielt, wurde noch das Blaulicht angeschaltet, tonlos, der Fahrer machte sich nicht die Mühe, nach einem Parkplatz zu suchen.

Afrim zeigte seinen Ausweis. »Kann ich behilflich sein?«

Eine Kollegin mit Pferdeschwanz warf die Beifahrertür zu und setzte ihre Mütze auf. »Jemand hat versucht, in eine Wohnung einzudringen, und dabei Morddrohungen von sich gegeben. Eine Nachbarin hat angerufen.«

»Nummer 36, oder?«, fragte der Fahrer des Streifenwagens, der vorausging.

»36 a«, sagte die Kollegin und ging mit Afrim dem Mann hinterher: zum letzten der vier Eingänge, die das Haus hatte. Es war der Eingang, wo das Mädchen heute früh angefangen hatte zu klingeln. »Frau Rünger«, sagte die Kollegin weiter. »Vierter Stock.«

Der Fahrer des Streifenwagens klingelte, und als die Gegensprechanlage anging, nannte er seinen Namen und Dienstgrad. Dann hörten sie den Türsummer, und eine ältere Frauenstimme sagte: »Sie kommen grad recht. Diesmal sans viere. Und der eine hat a Pistoln.«

Afrim folgte den Streifenbeamten die Treppen hoch. Sie bemühten sich, leise zu sein. Im letzten Zwischengeschoss hörten sie: »Siehst du das, du Penner, siehst du das, hm? Damit werd ich dich fertigmachen!« Es war einer der Jungs aus dem Einkaufszentrum. Er hielt eine Pistole vor den Türspion. Der neben ihm sagte nervös: »Okay, die wissen jetzt, dass du's ernst meinst, lass uns abhauen!«

»Ist die echt?«, flüsterte die Kollegin.

»Sieht echt aus«, sagte ihr Partner.

Sie gingen mit gezogenen Pistolen die letzten Stufen hoch und riefen: »Polizei, Waffe weg, sofort! SO-FORT!!«

Der Schwarze, der sich im Einkaufszentrum mit dem Mädchen unterhalten hatte, reagierte als Erster: »Stopp, stopp, stopp! Die Knarre ist nicht geladen!«

Worauf die Kollegin sagte: »Meine schon!«

24. DEZEMBER
1:26 UHR

In der trockenen Heizungsluft lag der Geruch von Zigaretten, doch Phil entdeckte keinen Aschenbecher in dem Zimmer. Dafür mehrere Brandlöcher im Teppichboden, der vor langer Zeit einmal beige gewesen sein musste.

Phil ging ans Fenster. Man konnte auf den Sexshop gegenüber schauen, wo eine flimmernde Leuchtreklame über dem Eingang Live-Striptease versprach. Ein Taxi schlich sich davor vom Straßenrand zurück in den Verkehr und bog an der Y-förmigen Kreuzung links ab. Hinter der Kreuzung konnte man noch einen Teil des Hauptbahnhofs sehen. Interessante Gegend. Für eine Polizeidienststelle.

»Setz dich, Philip«, sagte die Frau, die sich ihm als Katrin Menschick vorgestellt hatte. Sie drückte auf den Lichtschalter, als sie wieder ins Zimmer kam. Die weiße Neonleuchte an der niedrigen Decke ging aus und im Schein der Schreibtischlampe war das Zimmer nur noch halb so hässlich.

»Ich bleib lieber stehen, bei der schönen Aussicht hier«, sagte Phil lächelnd und zeigte nach draußen auf die Leuchtreklame.

Die Frau zwängte sich an einem Aktenregal aus Metall vorbei, das zu nah an dem schubladenlosen Schreibtisch stand.

»Der Sexshop da drüben? Ich bitte dich. Da musst du noch ein paar Monate warten, bis du da reindarfst. Steht jedenfalls in deinem Ausweis.« Die Frau ließ sich auf einem Drehstuhl nieder, hinter dem ein übergroßer München-Stadtplan an der Wand hing.

Phil wandte sich der Frau zu und machte eine ausholende Geste mit den Armen. »Was ist das hier eigentlich?«

Die Frau lächelte hinter ihrem Schreibtisch. »Hat was, oder? Ein Hotel. War's jedenfalls mal früher. Wir sind hier provisorisch untergebracht.« Sie atmete ein, als hätte sie Schwierigkeiten, genug Luft zu bekommen. Dann deutete sie auf den Stuhl ihr gegenüber. »Na komm.«

Phil blieb stehen. »Krieg ich sonst einen Strafzettel?«

»Nein, aber ich schlechte Laune. Und das wollen wir beide nicht. Ich bin müde. Du wahrscheinlich auch, Philip. Außerdem bin ich schwanger. Weswegen ich mit dem Rauchen aufgehört hab. Aber das ist eine andere Geschichte.« Sie musterte ihn, abwartend. »Wir müssen uns über euch unterhalten, über dich und deinen Bruder, eure Situation.«

Phil setzte sich. »Wo ist er?«

»Im Aufenthaltsraum mit meinem Kollegen, knabbert an einem Döner, keine Sorge. Ich weiß zwar nicht, ob er so spät noch Cola trinken darf – wenn nicht, geht das auf meine Kappe. Aber wir werden hier auch noch eine Weile miteinander sitzen.«

Sie machte eine kurze Pause. Als Phil nicht reagierte, sprach sie weiter: »Gefällt mir übrigens, dein Bruder. Bleibt immer bei seiner Geschichte, ist noch kein Mal gestolpert, man könnte meinen, er sagt die Wahrheit. Und das mit seinen vierzehn Jahren! Ist er Krimifan? Interessiert er sich für Verhörtechniken und so was? Sieht mir fast so aus, ist ja ein kluger Junge und heute mit dem Internet kommt man ja an alles Mögliche ran.«

Also glaubte sie Chris nicht. War ja auch eine ungewöhnliche Geschichte. Er wusste selber nicht, ob er seinem Bruder glauben sollte. Vor allem war alles so schnell gegangen, zack zack zack. Er hatte gerade das Messer angesetzt, neben dem Reißverschluss der Nylontasche. Chris war links von ihm gestanden, Sabrina rechts. Dann hatte es geklingelt, er war zum Türspion gegangen, hatte David und die anderen draußen gesehen – David mit einer verdammten Knarre in der Hand, der Vollidiot. Und kurz darauf waren auch schon die Bullen da gewesen, zwei in Uniform und der junge Zivilbeamte, der sich jetzt gerade Chris vornahm.

In der Wohnung hatte der Bulle mit seiner Vorgesetzten telefoniert – die Frau, die jetzt hier vor Phil saß, in diesem seltsamen Büro –, und keine Viertelstunde später war die ebenfalls in der Wohnung aufgetaucht. Während die Streifenpolizisten David und Co. abführten, schnappte die Frau – Katrin Menschick – sich die Reisetasche. Im Gegensatz zu ihrem Kollegen zappelte sie nicht lange, als sie das Messer sah. Sie brachte das zu Ende, was Phil vorgehabt hatte, und schnitt die Tasche am Reißverschluss entlang auf.

Und da waren sie dann zu fünft dagestanden: Chris, Sabrina, er selber, der junge Zivilbulle und seine Chefin. Und sie alle hatten nicht schlecht gestaunt, als sie endlich sahen, was sich in der Tasche befand.

Phil musste das Ganze selbst erst mal in seinem Kopf sortieren. Was gar nicht so einfach war, weil da jetzt auch dieses Mädchen herumspukte. Sabrina. Allein wenn er den Namen aussprach, hatte er schon unanständige Gedanken.

Aber zu der Polizistin sagte Phil nur: »Warum sollte mein Bruder nicht die Wahrheit sagen?« Er hatte sich vorgenommen, sich von keinem hier einwickeln zu lassen – und mochten die Bullen sich auch noch so nett geben. Ihm war klar, dass er für sie in erster Linie nur Mittel zum Zweck war.

Katrin Menschick lächelte, bevor sie antwortete – als hätte sie seine Gedanken gelesen. »Weil's um viel Geld geht?«, sagte sie. »Warum sonst? Weil Kinder nicht wirklich einen Grund brauchen, um zu lügen? Weil sie einfach sehen wollen, ob sie damit durchkommen? Ich weiß es nicht. Es ist mir im Prinzip auch egal. Was mir nicht egal ist, ist mein Job. Und mein Job ist es, mich um die vier Millionen Euro zu kümmern, die aus diesem Werttransport entwendet worden sind. Das ist mein Job und somit irgendwie Ehrensache. Meine kleine persönliche Abschiedsvorstellung in diesem Laden. Aber wie gesagt, um meine Geschichte geht es hier nicht.«

Phil wollte sich zurücklehnen, aber die Sitzfläche des Stuhls war zu rutschig. »Warum fangen Sie dann schon zum zweiten Mal damit an?«, fragte er.

»Langweile ich dich etwa?« Die Frau beugte sich nach vorne, stützte die Ellbogen auf den Tisch und verschränkte die Hände locker ineinander.

»Überhaupt nicht«, sagte Phil. »Ich frag mich nur gerade, ob Sie nicht schon ein bisschen zu alt sind, um schwanger zu sein?« Mal schauen, wie tough die Frau hier wirklich war.

Sie lächelte. »Mit vierundvierzig? Das könnte man ganz unhöflich so auf den Punkt bringen, ja. Was vor allem daran liegt, dass es nicht geplant war. Hast du schon mal ein Mädchen geschwängert, Philip? Oder bist du noch Jungfrau?«

Okay, eins null für die Alte. Phil fiel keine gute Antwort

darauf ein, also schwieg er. Was sowieso oft die beste Antwort war. Man musste es nur aushalten können.

Katrin Menschick wartete, bis es unangenehm wurde. Was ihr zu gefallen schien. Dann sagte sie: »Wahrscheinlich erinnerst du dich nicht mehr daran, wie es war, als deine Mutter mit deinem Bruder schwanger war – du warst noch zu klein damals, zweieinhalb Jahre. Aber davon gehört hast du bestimmt schon. Dass bei Frauen, die schwanger sind, die Hormone verrückt spielen. Sie sind dann sehr nah am Wasser gebaut oder sehr ungeduldig. Manche sagen sogar, sie seien tickende Zeitbomben. Also, ich bin eine davon!«

»Läuft deswegen kein Tonband mit?«, fragte Phil. »Und keine Kamera? Weil sich das nicht so gut macht – mit einer tickenden Zeitbombe?«

»Nein, Philip, nicht deswegen. Wir zwei plaudern hier nur ein bisschen, ganz formlos, du und ich. Weil – sonst müsste ein Erziehungsberechtigter anwesend sein. Und den gibt's ja in eurem Fall nicht, so wie ich das sehe.«

Zwei null für die Alte. Aber was hatte er Chris immer gesagt, als der noch in der Grundschule war? Wenn einer dich Arschloch nennt, und das tut dir weh – dann bist du selber schuld, merk dir das.

»Unser Vater ist unterwegs«, entgegnete Phil. »Auf Jobsuche.« Er hatte sowieso nicht vorgehabt, der Frau irgendwas zu sagen. Was auch? Aber jetzt würde er erst recht nicht auspacken.

»Ach ja?«, fragte die Frau. »Wenn du mir irgendeinen Käse auftischen willst, solltest du dich vorher mit deinem Bruder absprechen.« Sie lehnte sich wieder zurück in ihrem Schreibtischstuhl.

»Also wissen Sie, wo unser Vater ist?«

»Ich weiß, was dein Bruder mir gesagt hat.«

»Und warum fragen Sie mich dann noch mal?«

»Denk mal drüber nach. Na, klingelt's schon? Weil du jetzt hoffentlich weißt, dass du mir keinen Scheiß erzählen brauchst! Versteh mich nicht falsch, Philip. Ich kann mir denken, wie unangenehm das ist, die Sache mit eurem Vater, und Jobsuche klingt auch viel besser als Säufer auf Entzug. Mir persönlich wäre es auch egal, wie und wo und mit wem – oder mit wem nicht – du mit deinem Bruder haust. Wem das jedoch nicht egal ist, ist das Jugendamt. Bei dir würden sie vielleicht noch ein Auge zudrücken, ich meine, ein paar Monate und du bist achtzehn, was soll's – aber dein Bruder? Er ist noch vierzehn, Philip. Mit vierzehn reicht es nicht, einen großen Bruder zu haben. Da kannst du dir noch so viel Mühe geben. In dem Alter braucht man ein –« Katrin Menschick malte mit den Fingern Anführungzeichen in die Luft: »Ein Heim! Wenn du verstehst, was ich meine. Jedenfalls denkt das Jugendamt so.«

Phil fragte sich, ob der Alten klar war, dass sie sich gerade einen Feind machte. »Wollen Sie mir –« Auch er malte jetzt Anführungszeichen in die Luft: »... etwa drohen?«

»Ich sage dir nur, wie es ist, ganz geradeheraus. Vielleicht ist es dir ja auch egal, wo dein Bruder landet. Vielleicht bist du sogar ganz froh, wenn du ihn vom Hals hast. Jedenfalls muss ich bloß zum Telefon greifen und dein Bruder landet im Heim. Heute noch. Auch wenn heut Heiligabend ist und auch wenn es noch mitten in der Nacht ist.«

Ja, der Alten war klar, dass sie sich mit ihrer Art keine Freunde machte. Und es war ihr egal. Phil versuchte, die Wut zu unterdrücken, die in ihm hochstieg. So weit kam es noch!

»Ist das Ihr erstes Kind?«, sagte er. »Wenn ja, dann mein herzliches Beileid. Können Sie ihm ausrichten, wenn es auf der Welt ist.«

Katrin Menschick lachte. »Philip, Philip! Oder was sagt dein Bruder? Phil, richtig? Du bist auch nicht ohne. Ich weiß gar nicht, wer mir besser gefällt, du oder dein Bruder?« Sie atmete seufzend aus, als hätte sie gerade über einen guten Witz gelacht. Dann sagte sie: »Aber eins versprech ich dir – wenn dein Bruder mich angelogen hat, dann ist Heim noch das Beste, was ihm droht! Und das sag ich nicht, weil ich so unglaublich böse bin. Sondern weil der Jugendrichter das so sehen wird.«

Phil musste gähnen, was ihm gerade recht kam. »Ist das jetzt der Moment, wo ich Angst kriege und anfange zu weinen, oder hab ich den schon verpasst? Wenn Sie was von mir wollen, dann sagen Sie's doch einfach!«

»Ich will dir einen Vorschlag machen, Phil. Ich geb euch die Feiertage! Aber sobald Weihnachten vorbei ist – und das ist bei mir am 27. Dezember um Punkt acht Uhr früh –, dann will ich das Geld hier auf meinem Schreibtisch sehen. Und kommt mir nicht auf die Idee, euch was abzuzweigen! Dann – und nur dann – vergess ich die Sache mit dem Jugendamt!«

Phil verschränkte die Arme hinter dem Kopf und stemmte einen Fuß gegen das Schreibtischbein vor ihm, damit er auf dem Stuhl nicht rutschte. »Ich soll Ihnen das Geld bringen? Diese mysteriösen vier Millionen.«

»Du, dein Bruder, der Weihnachtsmann – es ist mir ganz gleich, wer die alten Zeitungen in diese Tasche gepackt hat. Hauptsache, das Geld liegt pünktlich bei mir auf dem Schreibtisch!«, sagte die Frau und stand auf.

Chris musste aufpassen, dass ihm der Döner nicht schon beim Kauen wieder hochkam. Aber er gab sich alle Mühe, so auszusehen, als hätte er einen Mordshunger. Um Zeit zu schinden natürlich – die ganze Fragerei war furchtbar nervig. Aber auch, weil es sich vielleicht ganz gut machte: Wenn jemand mit so einem Appetit aß – wer könnte da schon glauben, dass der was auf dem Gewissen hätte?

»Schmeckt's?«, fragte der Bulle. Er war höchstens drei, vier Jahre älter als sein Bruder.

Chris nickte. Unter normalen Umständen wäre der Döner auch in Ordnung gewesen. »Danke«, sagte er mit vollem Mund, um noch eine Spur kindlicher rüberzukommen. »Fürs Besorgen.«

»Passt schon«, sagte der Bulle und schaute ihn weiter an wie ein Bilderrätsel, das er noch zu entschlüsseln hoffte.

Chris knüllte die Papiertüte zusammen, in der der Döner gesteckt hatte. Nahm die Serviette vom Tisch, wischte sich Mund und Hände ab. Dann trank er einen Schluck von seiner Cola. »Wie lang wird das hier noch dauern? So ungefähr.«

»Hast du noch Termine?«, fragte der Bulle.

»Es ist immerhin Heiligabend.«

»Erst in …« Der Bulle warf einen Blick auf die schmucklose Uhr an der Wand. »… ungefähr achtzehn Stunden.« Der große Kühlschrank im Eck fing wieder an zu vibrieren. Sein Summen übertönte das Geräusch der Neonleuchte über dem Tisch, die den fensterlosen Raum in ein kaltes, hässliches Licht tauchte.

»Ich hab auch nur gefragt«, sagte Chris und nahm noch einen Schluck Cola.

»Es hängt von dir ab, wie lang es noch dauert.«

Chris drehte die Coladose auf dem Tisch einmal um ihre

Achse. Der Typ schien eigentlich ganz in Ordnung zu sein. Aber vielleicht tat er auch nur so. So wie er selber so tat, als wäre er der nette Junge von nebenan. »Ich hab Ihnen doch schon alles gesagt. Ich weiß gar nicht mehr, wie oft. Fünfmal, sechsmal?«

Der Bulle rieb sich die Augen, Chris war also nicht der Einzige, der hier müde war. »Aber meine Chefin glaubt dir nicht.«

»Ihre Chefin mag mich nicht«, sagte Chris.

»Keine Sorge, da wärst du nicht allein. Aber darauf kommt's auch nicht an. Ich meine, Chris – da waren alte Zeitungen in der Tasche. Zeitungen!« Der Bulle stand auf und warf den Dönermüll in den versifften Papierkorb. Dann klopfte er einmal fest gegen den Kühlschrank, sodass Chris zusammenzuckte, und der Kühlschrank hörte auf zu brummen.

»Kann ich Sie mal was fragen?«

Der Bulle setzte sich wieder. »Nur raus damit.«

»Was hätten Sie denn an meiner Stelle getan? Ich weiß, Sie sind Polizist, da kommt man wahrscheinlich als Engel auf die Welt, da denkt man an so was gar nicht. Trotzdem. Nur so zum Spaß. Ich mein, da liegt dieses Mädchen im Kofferraum. Allein das ist doch schon absurd. Und dann sagt sie auch noch, ich soll'n Haufen Geld für sie verstecken. Ist das jetzt so 'ne miese Nummer, dass ich mir diese Tasche unter den Nagel reißen wollte? Es war ja anscheinend gestohlenes Geld und nicht so, dass ich da eine Sammelspende für Tsunami-Opfer stibitzt hab!«

Der Bulle warf einen Blick über seine Schulter, um die Entfernung zur Wand hinter sich abzuschätzen. Dann stieß er sich ab und kippte mit dem Stuhl nach hinten, bis die Lehne die Wand berührte.

»Hast du ja auch nicht«, sagte er, »sondern anscheinend hast du da eine Tasche mit alten Zeitungen mitgehen lassen. Wenn es stimmt, was du sagst.«

»Sie verstehen nicht, worauf ich hinauswill, oder? Ich hab *gedacht,* es ist Geld«, sagte Chris.

»Doch, ich versteh dich schon«, sagte der Bulle. »Du willst wissen, ob ich da vielleicht auch schwach geworden wäre. Hm? Ich bin jedenfalls nicht als Engel auf die Welt gekommen. Da kannst du meine Mutter fragen. Manchmal träum sogar ich davon, dass ich morgens als reicher Mann aufwache.«

Erzähl mir doch keinen Scheiß, dachte Chris und sagte: »Ach ja?«

»Ich spiel ab und zu Lotto. Wenn der Jackpot über zehn Millionen ist. Nur ein Feld. Jedenfalls, dann überleg ich mir, was für ein Auto ich mir zulege. Was für ein Haus ich meiner Mutter kaufe. Und hey – endlich mal erster Klasse fliegen! Vielleicht nach Dubai, ich war nämlich auch noch nie in einem Sieben-Sterne-Hotel.« Der Bulle grinste und musterte Chris.

Chris sagte: »Und, was für ein Auto?«

Der Bulle zögerte einen Moment zu lange, bevor er »Maserati« sagte. Und er sprach gleich weiter, die ersten Sätze eine Spur zu schnell. »Weißt du, dass hier schon mal was Ähnliches passiert ist, gar nicht so lang her? Auf demselben Autobahnstück sogar. Fallen drei Geldkassetten bei voller Fahrt aus einem Werttransporter. Man möcht's nicht glauben, aber die Fahrer haben anscheinend die Heckklappe nicht richtig zugemacht. Irgendwann merken sie das, rufen die Polizei, alles wird abgesucht, aber nichts gefunden. Jedenfalls, ein paar Tage später tauchen die Geldkassetten wieder auf. Ein Bundeswehrfeldwebel bringt sie in ein Polizeirevier. Ein paar Tage später!

Kein einziger Schein fehlt. Deswegen passiert dem Mann auch nichts. Alle Beteiligten sind froh, dass die Kohle wieder da ist, und schütteln sich nett die Hände. Was hältst du davon?«

Tja, was sollte er davon halten? Da hatte jemand kalte Füße gekriegt, so was soll vorkommen. »Ist das wirklich passiert?«, fragte Chris.

Der Bulle nickte. »Kannst du ja mal googeln.«

»Das heißt, Sie glauben mir nicht.«

»Meine Chefin glaubt dir nicht. Und ich glaub meiner Chefin. Sie hat mehr Erfahrung als ich. Aber mir wär das auch zu riskant. Ich würd's wahrscheinlich machen wie der Feldwebel. Wenn mir jemand sagt, hier sind vier Millionen drin, versteck die mal.«

Ja, dachte Chris. Und vor einem Jahr noch hätte er es wahrscheinlich genauso gemacht. Aber da war seine größte Sorge auch noch sein Halbjahreszeugnis gewesen. »Mein Vater hat früher gelegentlich gespielt«, sagte er. »Lotto. Wenn der Jackpot über zehn Millionen war.«

Der Bulle stutzte. »Ja?«

Chris trank die Cola aus und warf die Dose in den Papierkorb, dem er damit eine weitere Dreckschliere verpasste. Nicht dass es darauf noch ankam. »Hat aber nie geklappt«, sagte er. Und dann: »Also gut. Zum fünften, sechsten oder siebten Mal, ich hab nicht mitgezählt. Ich hab die Tasche genommen, auf die das Mädchen gezeigt hat. Sie war abgesperrt. Ich kam nicht dazu, nachzusehen. Weil mein Bruder zu Hause aufgetaucht ist und ich noch nicht wusste, ob ich ihn einweihen würde. Wir streiten uns ziemlich oft, wissen Sie. Gut, am nächsten Morgen hätte ich's tun können. Ich hätte nur eine Zange gebraucht, um den Zipper vom Reißverschluss durchzuknipsen – aber bis ich darauf gekommen bin, Sie können mich gerne für doof halten, war's auch schon wieder Mittag. Ich hab nämlich immer nur dieses dämliche Vorhängeschloss gesehen und gedacht, Mist, dafür reicht eine Zange nicht.« Chris schaute dem Bullen direkt in die Augen. Er nahm sich vor, den Blick erst wieder abzuwenden, wenn der Bulle das tat. *Nachdem* der Bulle es tat.

Der Bulle sagte: »Und du fragst dich immer noch, warum dir meine Chefin nicht glaubt? Es war eine verdammte Nylontasche, Chris. Warum hast du sie nicht einfach mit einem Küchenmesser aufgeschnitten? Jeder normale Mensch würde als Erstes nachschauen, ob da auch die Kohle drin ist, die da drin sein soll!«

Oh Mann. Nervensäge! »Ich hab nie behauptet, dass ich normal bin«, sagte Chris. Seine Augen fingen an zu brennen.

Der Bulle stieß sich von der Wand ab und die vorderen beiden Stuhlbeine kamen mit einem Klacken auf dem Boden auf. »Chris, du kannst doch nicht glauben, dass du damit durchkommst! In dieser dämlichen Tasche waren nur Zeitungen! Die du da reingetan hast. Nachdem du die Kohle rausgenommen und woanders versteckt hast! Wann gibst du das endlich zu?«

Chris fand einen Kaugummi in seiner Tasche und wickelte ihn langsam aus dem Papier. »Dann sag's ich Ihnen jetzt zum achten Mal. Wenn jemand weiß, wo das Geld ist, dann dieses Mädchen!«

Katrin klickte das Audioprogramm an und fuhr mit der Maus die Tonspur zurück. Das Gesicht der Mutter hatte sie noch vor Augen: als wäre die Frau geschlagen worden. Katrin klickte auf *Wiedergabe*:

»Er wollte mich vergewaltigen!«, hatte das Mädchen gesagt. »Vergewaltigen, verstehst du?«

»Das weißt du doch gar nicht!«, hatte die Mutter geantwortet.

»So was spürt man doch! Hätt ich vielleicht abwarten sollen, was passiert, wird schon nicht so schlimm? Er hat gesagt, dass er mich liebt! Liebt! Hörst du? Liebt! Kannst du dir das vorstellen? Dem ist das Wasser im Mund zusammengelaufen!«

»Weil du ihm schöne Augen gemacht hast!«, schrie die Mutter, den Tränen nahe. »Er hat dir von Anfang an gefallen! Und du hast mir nie gegönnt, dass ich mit ihm glücklich bin! Du hasst mich doch, seit ich deinen Vater verlassen habe!«

Katrin war sich wie in einer Talkshow vorgekommen. Wobei sie nicht überrascht war: Dass Mutter und Tochter nicht miteinander konnten, war schon am Morgen in der Wohnung zu sehen gewesen.

»Ich bin froh, dass ihr nicht mehr zusammen seid«, sagte das Mädchen. »Er hat alles für dich gemacht, alles, und du hast ihn wie Scheiße behandelt.«

»Er hat mich betrogen! So wie du jetzt. Deswegen war er so nett, dein toller Vater! Weil er ein schlechtes Gewissen hatte! Und du? Schau dich doch an! Wie du schon mit mir redest! Du bist so, so – undankbar! Schon immer gewesen. Aber dein Vater ist ja der Größte! Warum hat er dich dann nicht mitgenommen, dein toller Vater, hm? Überleg doch mal!«

Danach Stille. Mehrere Sekunden. Katrin erinnerte sich an den Blick des Mädchens. Undeutbar. Diese Auseinandersetzung hätte in alle Richtungen weitergehen können. Es hätte auch jemand in Tränen ausbrechen können. Doch dann sagte das Mädchen nur – so ruhig, dass es schon unheimlich war:

»Weißt du? Wenn du besoffen warst, fand ich dich immer unausstehlich. Früher hab ich gedacht, es war nur der Alkohol. Jetzt weiß ich, dass es daran nicht lag! Du *bist* einfach unausstehlich!«

Auch die Mutter ließ sich nicht lumpen. »Und du bist meine Tochter! Du weißt ja, was man über Mütter und Töchter sagt!«

»Nein, weiß ich nicht. Und ich weiß auch nicht, ob Papa dich wirklich betrogen hat. Aber wenn, dann hat er bestimmt seine Gründe dafür gehabt!«

Wie zwei benachbarte Vulkane, die um die Wette Feuer spuckten. Die Mutter zischte: »Du machst mir alles kaputt! Ich hab endlich jemanden gefunden, mit dem ich glücklich bin, und du – du! Wenn du dich nicht so angestellt hättest, wären wir jetzt nicht hier! Dann wär das alles nicht passiert!«

Katrin drückte auf *Pause,* dann hörte sie sich die Antwort des Mädchens dreimal hintereinander an. Die Fassungslosigkeit war nicht gespielt: »Was? Was willst du denn damit sagen? Hätt ich mich von dem Arschloch vielleicht ficken lassen sollen? Nimmst du ihn jetzt auch noch in Schutz!«

Aber es wurde noch besser, die Mutter war unglaublich: »Du brauchst dich doch nicht wundern, wenn du ihm schöne Augen machst! So sind Männer nun mal. Die sehen ein hübsches Ding wie dich nackt durch die Wohnung laufen –«

»Ich fass es nicht!«, sagte das Mädchen.

»Aber du musst ihn ja hinhalten! Auch noch anstiften, dass er seinen Geldtransport ausraubt!«

»Das war seine Idee!«

»Du hast ihn doch erst darauf gebracht!«

Katrin drückte auf *Stopp*. Sie klappte das Notebook zu und ging aus ihrem Büro rüber in den Besprechungsraum. Das

Mädchen saß, Kopf im Nacken, Blick zur Decke, zurückgelehnt auf einem der unbequemen Holzstühle und drehte nur den Kopf leicht zur Tür. »Wo ist meine Mutter?«, fragte sie.

»Gegangen. Hätt ich sie aufhalten sollen?« Katrin setzte sich dem Mädchen gegenüber.

»Ich dachte, es muss ein Erziehungsberechtigter anwesend sein …«

»Wenn einem die Formalitäten wichtig sind, dann schon.«

Das Mädchen fixierte sie jetzt. Müde. Kein Wunder nach dem Kampf, den sie sich mit ihrer Mutter geliefert hatte. »Sind die Ihnen nicht wichtig?«, fragte sie.

Katrin unterdrückte den Impuls, nach der Hand des Mädchens zu greifen. Sie durfte es nicht übertreiben. »Sabrina«, sagte sie sanft. »Glaubst du, ich will dich ins Gefängnis bringen? Was habe ich denn davon? Mir geht's nur um eines: das Geld. Wenn das Geld wieder auftaucht, bin ich happy und die Sache hier ist erledigt. Ich meine, natürlich wandert der Freund deiner Mutter trotzdem ins Gefängnis. Und ob du und deine Mutter euch jemals wieder vertragen werdet, ich weiß es nicht. Ich weiß auch nicht, ob dir das so wichtig ist. Oder sein sollte. Aber ich glaube dir. Ich habe mit der Kollegin gesprochen, bei der du Anzeige erstatten wolltest. Der Vorwurf der Anstiftung wird sich vor Gericht nicht halten lassen. Dafür sorge ich persönlich, Sabrina. Ich werde mich darum kümmern, dass dir nichts passiert. Das verspreche ich dir. Alles, was du dafür tun musst, ist mir sagen, wo das Geld ist.«

Das Mädchen atmete seufzend aus. »Ich weiß es nicht.«

Langsam verlor Katrin die Geduld. Sie sagte eine Spur schärfer, nur einen Hauch: »Sabrina, was soll das? Wir waren doch gerade dabei, uns anzufreunden.«

»Ich weiß es wirklich nicht!« Das Mädchen stand so abrupt auf, dass der Stuhl hinter ihr umfiel. »Er hat mich vor der Schule abgefangen, wir sind in das Auto gestiegen, ich hab was getrunken, danach kann ich mich an nichts mehr erinnern. Bis dieser Junge, Chris, auf einmal über mir stand – als ich im Kofferraum aufgewacht bin.«

Das darf doch nicht wahr sein. »Du hast was getrunken? Was?«

»Wasser«, sagte das Mädchen. »Ich hab immer eine Wasserflasche dabei. In meinem Rucksack. Matthias ist extra noch mal ausgestiegen, um sie aus dem Kofferraum zu holen.«

»Und das sagst du mir jetzt erst!« Katrin war froh, dass sie nicht die Hand des Mädchens ergriffen hatte. Sonst hätte sie ihr jetzt wahrscheinlich ihre Fingernägel ins Fleisch gebohrt.

Aber auch das Mädchen kam wieder in Fahrt: »Wenn Sie meine Mutter nicht hergeholt hätten, wär ich bestimmt schon eher dazu gekommen! Also noch mal: Ich hab was getrunken und danach kann ich mich an nichts mehr erinnern. Nur dass ich auf einmal wahnsinnig müde geworden bin. Jetzt wollen Sie wahrscheinlich wissen, ob mir das nicht komisch vorgekommen ist? Ja, ist es.«

Katrin atmete tief durch – ganz ruhig, Schätzchen. »Er hat dir K. o.-Tropfen gegeben. Damit hat er auch seinen Kollegen ausgeschaltet.«

Kriebl lag mit ein paar Kissen im Rücken halb aufrecht im Bett. Wie ein Boxer nach einer ordentlichen Tracht Prügel: zugeschwollenes Auge, aufgeplatzte Unterlippe, die Nase bandagiert. Afrim lehnte an der Wand und beobachtete ihn. Er hielt sich im Hintergrund, wie ausgemacht. Sein Job war es, sich kein Augenzwinkern, keine noch so zufällig wirkende Handbewegung entgehen zu lassen. Und auf sein Bauchgefühl zu hören: Log Kriebl oder nicht? Wenn das irgendwer aus ihm herauskitzeln konnte, dann die Menschick.

»Sie haben Glück«, sagte sie und hockte sich am Fußende halb auf den Rand des Bettes, als wäre sie eine alte Bekannte. »Die Ärzte wollen Sie noch zwei Tage hierbehalten, genießen Sie die Zeit! Sie wissen bestimmt, was im Gefängnis mit Vergewaltigern passiert?«

»Was?«, sagte Kriebl, irritiert, aber nicht beunruhigt.

»Jetzt tun Sie nicht so, wir sind doch hier unter uns. Aber vielleicht finden wir ja eine Einigung: Sie sagen mir, wo das Geld ist, und ich passe auf, dass Ihr Darmausgang im Knast nicht ungewöhnlich strapaziert wird.«

Kriebl ließ sich Zeit mit seiner Antwort. Wahrscheinlich hatten sie ihm Schmerzmittel gegeben. Als er endlich sprach, hatte er ein Lispeln in der Stimme, und er redete langsam, als wäre ihm die Zunge zu schwer. »Von was für einer Vergewaltigung reden Sie?«

»Waren es denn mehrere? Sie haben Sabrina K.o.-Tropfen verabreicht.«

Seine Chefin war jetzt wieder ganz in ihrem Element. Sie hatte Afrim auch anvertraut, dass sie daran dachte, diesen Job hinzuschmeißen. Doch Afrim konnte sie sich in keinem anderen vorstellen.

»Ja«, sagte Kriebl. »Das stimmt.«

Katrin Menschick lachte. »Sehr schön. Kinderschänder sind meine Favoriten. Da kann ich meine feministische Seite ausleben. Rein dienstlich, versteht sich. Wissen Sie, Beweise spielen da keine Rolle – nur was Ihre Mithäftlinge von Ihnen denken. Und das kontrollieren nicht Sie.«

Eines musste man Kriebl lassen. Er war nicht aus der Ruhe zu bringen. Aber vielleicht waren das auch nur die Schmerzmittel. »Drohen Sie mir?«, sagte er fast gleichgültig.

»So würde ich das nicht nennen«, sagte die Menschick. »Ich lege nur alle Karten auf den Tisch. Sagen Sie mir, wo das Geld ist, und ich schiebe Ihnen den einen oder anderen Trumpf rüber.«

Kriebl stützte sich mit den Armen ab, um sich aufrecht hinzusetzen. »Zum Beispiel?« Er verzog das Gesicht.

»Zum Beispiel wird es dann keine Anklage wegen Vergewaltigung geben. Nicht zu vergessen: einer Minderjährigen. Das hört kein Richter gern. Schon gar nicht die mit Kindern.«

Kriebl lächelte, erstaunlich gelassen. Das konnten nicht nur die Schmerzmittel sein. Er hatte einfach nichts mehr zu verlieren, das war's. »Sie ermitteln doch nur«, sagte er. »Anklagen wird mich jemand anderes. Außerdem ist Sabrina schon sechzehn. Sie bluffen nur.« Kriebl streckte die Hand aus und verzog wieder das Gesicht.

»Das sehen Sie dann im Gerichtssaal.« Katrin Menschick stand auf und gab ihm das Wasserglas, das für ihn außer Reichweite auf dem Nachttisch stand. »Aber anklagen kann Sie nur, wer was in der Hand hat gegen Sie – und das wiederum kriegt er von mir. Oder eben nicht.«

»Und dafür soll ich Ihnen sagen, wo das Geld ist? Da muss schon ein bisschen mehr hergehen.« Er trank das Glas aus und wollte es Katrin zurückgeben.

Doch sie machte keine Anstalten, es ihm abzunehmen. »Ich könnte Sie auch zwingen«, sagte sie. »Was meinen Sie? Ich muss natürlich schauen, dass das nicht zu sehr auffällt. Aber so wie Sie gerade aussehen, wäre das nicht allzu schwer.«

»Haben Sie deswegen den Kollegen mitgebracht?«, sagte Kriebl spöttisch und behielt das Glas in der Hand, die er jetzt wieder auf dem Bett ablegte.

»Nein. Das würde ich schon selber übernehmen. Möchten Sie nicht doch lieber einen Anwalt?«

Kriebl schüttelte wie in Zeitlupe den Kopf.

»Reden wir also über das Mädchen«, sagte Katrin.

Afrim hatte keine Sympathien für den Kerl. Aber er glaubte nicht, dass er log. Kriebl sagte: »Ich hab sie entführt. Deswegen die K.o.-Tropfen. Ohne das Zeug wär sie doch nie mitgekommen.«

Wahrscheinlich glaubte Katrin ihm auch. Aber sie ließ sich das nicht anmerken. »Sabrinas Mutter sieht das anders«, sagte sie. »Bei der Frau haben Sie vielleicht einen Stein im Brett, beeindruckend! Ich würd drauf wetten, dass sie Sie sogar zurücknimmt. In zehn, fünfzehn Jahren. Falls Sie da noch auf Frauen stehen.«

»Ich werd schon zurechtkommen im Knast, keine Sorge.« Die Augen fielen Kriebl zu.

»Wann kam Ihnen die Idee zu dem Raub? Sabrinas Mutter glaubt, Sabrina hätte Sie angestiftet. Und die Aussage des Mädchens lässt da durchaus Raum für Interpretationen.« Jetzt griff Katrin doch noch nach dem Glas und stellte es weg.

Afrim konnte sehen, wie Kriebl gegen die Müdigkeit ankämpfte: erst die Augen zusammenkniff, wie um seine letzten Kräfte zu sammeln, und dann öffnete. »Ich arbeite seit acht Jahren für die Firma. Und seit ungefähr siebeneinhalb Jahren an dem Plan, sie auszurauben.«

»Wieso haben Sie es jetzt erst getan?«, fragte Katrin.

»Ich hab auf die richtige Gelegenheit gewartet.«

»Und die gab es erst jetzt – nach siebeneinhalb Jahren?«

»Ich hatte noch keinen Grund. Den hatte ich erst mit Sabrina.«

»Weil Sie sich in sie verliebt haben?«

»Richtig.«

Katrin hockte sich wieder auf das Fußende des Bettes, diesmal auf der anderen Seite. Afrim musste einen Schritt nach rechts machen, um Kriebl im Blick zu behalten.

»Wie kann man sich in Ihrem Alter in so ein junges Ding verlieben?«, fragte Katrin. »Ich meine, das Mädchen ist sechzehn. Sechzehn!«

»Veranlassen Sie ein psychologisches Gutachten. Vielleicht versteh ich's dann auch. Immerhin ist mir jetzt klar, dass *sie* mich nicht liebt. Oder besser gesagt, nie geliebt hätte. Wozu so ein Unfall nicht alles gut ist!« Kriebl lächelte freudlos. »Sie hat mir was vorgespielt und ich hab ihr das nur allzu gern abgekauft. Es ist erstaunlich, wie gut das funktioniert – sich selber betrügen, mein ich. Ich hab all die Monate gehofft, dass es ihr irgendwann ähnlich gehen würde. Und dann seh ich sie im Bad, und sie sagt genau das, was ich hören will.« Kriebl lachte ungläubig. »Weil sie Angst hatte vor mir! Angst. Die hätte sie nicht haben brauchen. Ich hatte nicht vor, sie zu vergewaltigen. Ich wollte mit ihr schlafen, das stimmt, aber nicht gegen ihren Willen.«

»Womit wir wieder bei den K. o.-Tropfen sind«, sagte Katrin. »Mit denen konnte Sabrina nichts mehr dagegen haben.« Sie fixierte ihn und Kriebl hielt ihrem Blick stand.

»Ich hab sie nicht vergewaltigt. Fragen Sie sie.«

»Und was soll das bringen?«, sagte Katrin. »Das ist ja das Dumme an K.o.-Tropfen. Hinterher kann man sich an nichts mehr erinnern.«

»Es ist die Wahrheit.«

»Sagen Sie.« Katrin hatte sich in eine Sackgasse manövriert. Sie wusste das selber, das konnte Afrim ihr ansehen. Aber dann hatte sie Glück.

»Ich sag Ihnen noch was«, kam es von Kriebl. Er räusperte sich. »Wo das Geld ist.« Er versuchte zu schlucken – was ihm Probleme bereitete. »Wenn Sie was für mich tun!«

»Wollen *Sie mir* jetzt einen Handel vorschlagen?«

»Ich will noch einmal mit Sabrina sprechen.«

Katrin Menschick wohnte am Goetheplatz, in einer kleinen Seitenstraße mit Kopfsteinpflaster. Afrim hielt in zweiter Reihe und ließ den Motor laufen. Es schneite wieder: dicke Schneeflocken, die im Schein der Straßenlaternen aufflackerten. Vor dem Kiosk im Erdgeschoss wurden gerade Stapel mit Zeitungen abgeladen und der Kioskbesitzer unterhielt sich mit dem Lieferanten. Dann klebte er eine Werbung der Lottogesellschaft direkt neben dem Eingang in sein Schaufenster.

Der aktuelle Jackpot belief sich auf vier Millionen.

Afrim lachte leise, und Katrin warf ihm einen prüfenden Blick zu, während sie sich abschnallte. »Kriegst du das hin?«

»Mir ist nicht ganz wohl dabei.«

Der Gurt rollte sich peitschend auf Schulterhöhe auf, als Katrin ihn losließ. »Du hast wie er einen nicht deutschen Hintergrund, bist nicht viel älter, ihr kommt aus dem gleichen Viertel. Ihr sprecht sozusagen dieselbe Sprache, Afrim. Wichtig ist nur, dass ihr allein seid, wenn du mit ihm redest. Er wird sich nicht beschweren. Und wenn doch, sorg ich schon dafür, dass das wieder vorbeigeht.«

»Aber wir gehen doch davon aus, dass Kriebl das Geld versteckt hat.«

»Nein. Wir gehen davon aus, dass das möglich ist. Wir müssen uns nach allen Seiten hin absichern.«

Afrim machte den Motor aus und drückte auf den Knopf über dem Lüftungsregler. Das Nummernschild des Lieferwagens vor ihnen leuchtete gelblich auf, als der Warnblinker anging. »Ich weiß nicht«, sagte Afrim. »Hast du keine Angst um deinen Job?«

»Afrim. Ich habe dem Kerl vorhin quasi Prügel angedroht. Sehe ich so aus, als hätte ich Angst um meinen Job?«

»Das war doch Bluff. Das hast du doch nicht ernst gemeint!«

Der Warnblinker klickte wie eine Zeitbombe in der Stille zwischen ihnen. Katrin seufzte. »Sagen wir mal so: Ich würde so was nur tun, wenn es um Leben und Tod ginge. Alles andere halte ich für unsportlich.«

»Das glaub ich einfach nicht.«

Jetzt lächelte sie ihn beinahe zärtlich an. »Hör zu, Afrim. Du bist voller Idealismus. Das mag ich an dir. Aber du musst dir keine Sorgen machen, solange du mit mir arbeitest. Ich habe die beste Rückversicherung gegen dienstlichen Ärger, die man haben kann.« Sie deutete auf ihren Bauch.

»Weil du schwanger bist?« Afrim stutzte.

»Weil es dem Vater des Kindes äußerst unangenehm ist, dass ich schwanger bin.«

Er brauchte einen Augenblick, dann sagte er: »Dann stimmt es, was man sagt – dass du mit dem Chef im Bett warst.«

»Noch sieht man's nicht. Aber bald wird es nicht mehr zu leugnen sein.«

»Er ist verheiratet!«

»Das musst du mir nicht sagen.« Katrin lachte. »Ich geb dir einen Tipp, Afrim. Weil du noch nicht so lange dabei bist. Wenn du es bei uns zu was bringen willst, musst du dich von der Vorstellung verabschieden, dass du der Gute bist!«

Elom hockte auf der Pritsche – Rücken an der Wand, Beine angezogen. Er war müde, aber das Licht war zu hell, um zu schlafen. Elom fragte sich, ob es genau deswegen so hell war. Er legte die Arme auf die Knie und den Kopf darauf. Er versuchte, an nichts zu denken. Vielleicht ging die Angst, die er in seiner Bauchgegend fühlte, dann ja weg. Irgendwann mussten sie ihn hier rauslassen. Die Frage war nur, wohin es dann mit ihm ging.

Wie lange er schon wartete, als die schwere Tür aufgeschlossen wurde, wusste er nicht. Sie hatten ihm sein Handy abgenommen und in der Zelle gab es keine Uhr. Es gab nicht mal ein Fenster. Es gab nur diese Pritsche, ein Klo und ein Waschbecken aus Metall. Und diese weißen Kacheln am Boden und an den Wänden, in denen sich das viel zu helle Licht spiegelte, bis man Kopfschmerzen davon bekam.

Und über alldem lag der Geruch von Putzmitteln: Die Zelle machte den Eindruck, als könnte man einen Menschen hier gemütlich in Stücke sägen und fünf Minuten später hätte man alles wieder blitzblank sauber.

Die Tür blieb offen, als der Bulle eintrat. Er wartete, bis der Kollege, der ihn hergeführt hatte, wieder gegangen war.

Als der Bulle ihn nur anschaute, ohne etwas zu sagen, fragte Elom: »Was ist mit meinem Bruder?«

»Ist schon lange wieder zu Hause.« Der Bulle verschränkte die Arme vor der Brust und lehnte sich an die Wand ihm gegenüber. »Eure Mutter war ziemlich sauer, hab ich gehört. Auch die beiden andern haben versprochen, nie wieder Scheiß zu bauen.«

Elom schüttelte den Kopf. »Ja, gut. Aber mich sperren Sie ein!«

»Du bist achtzehn, Elom, erwachsen. Steht jedenfalls in deinem Pass. Hübscher Pass übrigens, schön bunt. Nicht so ein spießiges Ding, wie wir hier in Deutschland haben.«

Er hatte es ja geahnt. »Haben Sie deswegen mich eingesperrt? Ich hab nichts getan. Ich hab sogar versucht, das Arschloch davon abzubringen!«

Der Bulle ging in die Hocke, auf Augenhöhe zu ihm. »Elom«, sagte er. »Manchmal ist man einfach zur falschen Zeit am falschen Ort.«

»Ja. Jetzt zum Beispiel.«

Der Bulle grinste. »Soll ich später wiederkommen? Kein Problem für mich, ich hau mich 'ne Runde auf's Ohr und schau gegen Mittag noch mal vorbei. Vielleicht bring ich dir sogar was zu essen mit. Zu trinken hast du ja, frisch aus der Leitung.«

Das konnte nicht sein Ernst sein. Eloms Zeitgefühl war zwar durcheinandergeraten, aber eines wusste er mit Sicherheit: dass er schon lang genug hier drin saß. »Was?«, sagte er.

»Ich hab dich gefragt, ob ich später noch mal vorbeikommen soll?«

»So lang dürfen Sie mich doch gar nicht festhalten!« Elom

rutschte von der Pritsche runter und sofort stand der Bulle ebenfalls auf. Abwehrbereit. Elom wich einen Schritt zurück, in Richtung Waschbecken, und der Bulle entspannte sich wieder.

»Du kannst hier auch Weihnachten verbringen, wenn du möchtest. Das hängt von dir ab«, sagte er.

Es war einfach unglaublich. »Ich hab überhaupt nichts getan! Wenn ich irgendwas getan habe, dann nichts anderes, als diese zwei Vollidioten unter Kontrolle zu halten. Kommen da mit einer Knarre an!«

Der Bulle deutete mit einem Nicken zur Pritsche. Nachdem Elom sich wieder hingesetzt hatte, hockte der Bulle sich neben ihn und sagte: »Die zwei haben ausgesagt, das Ganze hätte damit angefangen, dass du dieses Mädchen angesprochen hast.«

Dieses verfluchte Mädchen! Der Bulle hatte recht, letztlich war er nur wegen ihr hier gelandet. So eine müsste man mit einem Hinweis ausstatten, wie eine Zigarettenschachtel: *Die EU-Justizminister warnen – sieht heiß aus, aber bringt dich in den Knast. Vorsicht!*

»Richtig oder falsch?«, fragte der Bulle.

»Ich hab sie angesprochen, ja. Das hätt ich mir wirklich sparen können.«

»Hinterher ist man immer klüger. Hast du das Mädchen da zum ersten Mal gesehen?«

»Im Mira?« Elom nickte. »Ich kannte nur Chris. Und seinen Bruder. Wir sind Nachbarn.«

Der Bulle gab sich jetzt ganz kumpelhaft, als würden sie vor der Tankstelle rumhängen. »Weißt du, woher Chris das Mädchen kannte?«

Elom schüttelte den Kopf. »Nur die Lügengeschichte, die sie mir aufgetischt hat.«

Der Bulle, der nicht viel älter war als er selber, musterte ihn. »Dann interessiert dich vielleicht die wahre Geschichte?«

In der Morgendämmerung gingen sie die Schillerstraße entlang, Richtung Kreuzung, Kopf eingezogen, Hände tief in die Jackentaschen vergraben, wegen der Kälte. Phil starrte stur geradeaus – Chris beobachtete ihn aus dem Augenwinkel: Schwer zu sagen, was gerade in Phils Kopf ablief. Ecke Bayerstraße stiegen sie die Treppe hinab in das labyrinthische Untergeschoss des Hauptbahnhofs.

Letztendlich hatte er ein unglaubliches Glück gehabt in der Wohnung, dachte Chris. Er hatte eigentlich nur noch auf Zeit gespielt, aber dann rettete ihn die Klingel, gerade als sein Bruder die Tasche schon aufschneiden wollte. Ausgerechnet David war ihm zu Hilfe gekommen – wenn man das so sagen konnte: mit dieser Gangster-Rap-Nummer, die er da mit der Knarre in der Hand vor der Tür abgezogen hatte.

Ein paar Obdachlose schliefen, in mehrere Kleidungsschichten gehüllt, am Boden, ansonsten war noch nicht allzu viel los auf dieser Ebene des Untergeschosses. Phil schaute Richtung Decke, auf der Suche nach dem Weg zur U2. Dann sahen sie das rote Emblem auf einem der Hinweisschilder und folgten ihm. »Ich versteh nicht ganz, warum sie uns laufen lassen«, sagte Chris vorsichtig. »Wenn sie doch immer noch glauben, dass ich die Kohle hab.«

Phil ging ihm eine Spur zu schnell, er wollte anscheinend nur noch weg hier. »Damit du sie ihnen bringen kannst«, sagte er. »Und damit ich dafür sorge, dass du das auch tust. Entweder das, oder sie glauben einen Scheißdreck.«

Okay, sein Bruder war nicht gerade zum Scherzen aufgelegt. Dann sollte er vielleicht nicht mit der Tür ins Haus fallen, dachte Chris und sagte: »Aber wir könnten doch genauso gut abhauen. Angenommen, ich hätte die Kohle.«

»Glaubst du, das geht so einfach? Die werden uns beobachten.«

Chris drehte sich im Gehen einmal um die eigene Achse. Es war niemand zu sehen; ihm fiel nur eine Überwachungskamera auf, die über einem noch geschlossenen Kiosk installiert war. »Und wie?«, sagte er. »Wie im Fernsehen – mit Satellitenfotos, Handyabhören und dem ganzen Kram?«

Im Nachhinein war es ja richtig gewesen, dass er Phil vor zwei Tagen noch nichts erzählt hatte. Nur, viel länger konnte er nicht mehr warten. Jetzt, wo die Polizei mit im Spiel war.

»Ich weiß es nicht, Chris. Immerhin sind wir nicht al-Qaida und wir sind nicht in Amerika. Ich hab mal gehört, dass das gar nicht so leicht ist, das alles genehmigt zu kriegen. Aber wer weiß, es ist Weihnachten, vielleicht haben die Bullen ja einen Wunsch frei. Ich hab zum Glück nichts zu verbergen. Du?«

Hm. Also ahnte er was. Oder? »Wie meinst du das?«, fragte Chris.

»Ganz einfach: Hast du die Kohle noch irgendwo? Ich meine, wenn ja, kann uns das eine Menge Ärger ersparen. Ich weiß ja nicht, was der Bulle dir genau gesagt hat. Aber die Frau hat sich ziemlich klar ausgedrückt: dass du ins Heim kommst, wenn sie die Kohle am Montag nicht hat. Ich vielleicht auch. Vielleicht aber auch nicht, weil ich fast achtzehn bin«, sagte Phil.

»Wenn die mich ins Heim stecken wollen, muss Papa eben zurückkommen.«

Phil blieb stehen und musterte ihn. »Ich weiß nicht, ob er in seinem Zustand gerade unser bestes Argument dafür ist, dass du nicht ins Heim sollst!« Er schüttelte den Kopf. »Aber du hast ja sowieso gesagt, dass du die Kohle nicht hast. Stimmt doch, oder?«

Chris nickte. Das war eh nicht der richtige Ort, das zu besprechen. Er würde warten, bis sie zu Hause waren.

»Gut«, sagte Phil. »Ich schätz mal, Sabrina hat sie auch nicht. Sonst hätte sie dich nicht gesucht. Bleibt also nur der Typ. Dass er sie irgendwo versteckt hat auf der Flucht.«

Also hatte Phil doch Blut geleckt. Ein bisschen zumindest. »Dann wüsste Sabrina doch davon«, sagte Chris zögernd.

Das Blech am Kopf der Rolltreppe schepperte einmal, als Phil drauftrat, und die Rolltreppe setzte sich quietschend in Gang. Aber Phil blieb stehen. »Na ja. Sie lag im Kofferraum, oder? Dumm ist nur, dass das überhaupt keinen Sinn macht – dass er sie mitnimmt, aber die Kohle irgendwo zurücklässt. Außer er hatte einen Plan B. Oder einen Partner, von dem Sabrina nichts weiß. Oder er hat die Kohle in der Zwischenzeit irgendwie verschickt. Dorthin, wohin er mit ihr fliehen wollte. Zeit dafür müsste er gehabt haben. Wann, hat sie gesagt, hat er sie in der Schule abgefangen?«

Aha. Sein Bruder *war* scharf auf die Beute. »Keine Ahnung«, sagte Chris.

»Sagen wir, zwischen eins und zwei. Und als du über die beiden gestolpert bist, ist es schon dunkel geworden. Das macht plus minus drei Stunden. Auf jeden Fall Zeit genug, die Kohle verschwinden zu lassen. Vielleicht hat er auch einfach die Panik gekriegt, als er die Bullen im Rückspiegel gesehen hat. Und da hat er die Kohle aus dem Fenster geschmissen. Und jetzt liegt sie irgendwo neben der Autobahn im Schnee. Das wär natürlich das Allerschärfste.« Phil lachte kurz auf. Dann trat er auf die hinabfahrende Rolltreppe und mit einem Schlag verdunkelte sich sein Blick wieder. »Wie auch immer, wir müssen dafür sorgen, dass du Montag nicht im Heim landest.«

Chris stellte sich eine Stufe hinter Phil, sodass ihre Köpfe jetzt auf gleicher Höhe waren. Er sagte: »Fahren wir doch zu Onkel Willi. Koffer ist schon gepackt, Skier stehen auch bereit.«

»Hörst du schlecht? Die Bullen werden uns beobachten.«

»Vielleicht müssen wir nur aufpassen. Und warten, bis sie gerade mal nicht hinschauen.« Chris spürte, dass er Phil gleich so weit hatte.

Doch dann deutete Phil auf den Bahnsteig vor ihnen. »Apropos hinschauen. Schau mal da!«

Oh Mann, nicht schon wieder! Chris stöhnte. Wann wurde er die endlich los? Phil war sofort wie ausgewechselt. Lächelte, als käme er gerade aus dem Solarium und nicht von der Polizei.

Chris fragte sich, ob Sabrina gewusst hatte, dass sie sie hier finden würde. Zuzutrauen war es ihr. Sie deutete auf die freien Metallgittersitze neben sich, als Phil und er von der Rolltreppe runter auf den Bahnsteig kamen. »Hab ich für euch freigehalten«, rief sie ihnen entgegen und lächelte.

Vielleicht war sie ja schon seit Stunden draußen und wartete nur auf sie: Ach, so ein Zufall aber auch!

Phil vor ihm schaltete auf Flirt-Modus und deutete mit einer Handbewegung auf den fast menschenleeren Bahnsteig. »War bestimmt ein harter Kampf.« Dann blieb er vor ihr stehen. Er steckte die Hände wieder in die Hosentaschen und setzte sein charmantestes Lächeln auf.

Chris hielt sich im Hintergrund. Er wusste nicht, wohin mit sich. Weggehen konnte er schlecht. Zu auffällig. Also tat er so, als würde er den Fahrplan studieren.

»Wo ist deine Mutter?«, fragte Phil. »War die nicht bei dir? Oder war das auch eine Polizistin?«

Sabrina schüttelte den Kopf. »Meine Mutter ist ziemlich enttäuscht von mir, sagen wir mal so.«

Der Fahrplan interessierte Chris natürlich überhaupt nicht. Er hörte Phil sagen: »Ich hätt jetzt eher drauf gewettet: enttäuscht von ihrem Typen.«

»Nein«, sagte Sabrina zu Phil. »Sie meint, wenn ich ihn einfach rangelassen hätte, wär das alles nicht passiert.«

Na, darauf muss man auch erst mal kommen, dachte Chris und trat einen Schritt zur Seite, als würde er sich jetzt für den Umgebungsplan interessieren.

»Was?«, sagte Phil ungläubig zu Sabrina.

Chris versuchte, seine Gedanken zu ordnen: Gut, vielleicht glaubten ihm die Bullen nicht. Doch ganz sicher waren sie sich anscheinend auch nicht. Somit konnte auch Sabrina sich nicht ganz sicher sein wegen der Kohle. Er hatte also keinen Grund, sich in die Hosen zu machen. Er musste nur Sabrina wieder loswerden. Und zwar unauffällig.

»Und was machst du jetzt?«, fragte Phil.

»Weiß ich noch nicht«, sagte Sabrina. »Nicht nach Hause gehen.«

Chris entspannte sich. Die U-Bahn kam in sechs Minuten. So lang würde er das hier schon noch aushalten.

Phil fragte: »Hast du irgendeine Freundin, zu der du kannst?«

Sabrina lachte etwas bitter. »An Weihnachten?«

»Was ist mit deinem Vater?«

»Der ist in Kroatien.« Sabrina senkte den Blick. »Ich hab versucht, ihn anzurufen. Ich erreiche ihn nicht.«

Moment mal, dachte Chris. Das Gespräch läuft völlig in die falsche Richtung. Dieses Luder. Das hatte sie einstudiert! Chris hätte seinen Arm drauf verwettet. Oder wenigstens seinen kleinen Finger. Phil schaute zu ihm rüber. Oh Mann, der kannte sie erst ein paar Stunden und war jetzt schon total blind.

Mist. Chris nickte schließlich. Was blieb ihm anderes übrig? Einen auf Unmensch machen und sagen, nein, die kommt nicht mit? Das wär zu auffällig gewesen.

Elom konnte Yannick schon von der Straße aus sehen – am Hauseingang hockte er unter den Klingelschildern. Hatte er auf ihn gewartet? Es sah fast so aus, so wie er angezogen war: mit Mütze, Schal und dicker Jacke. Seltsam war nur, dass ihr Weihnachtsbaum neben ihm an der Wand lehnte.

Elom blieb vor seinem Bruder stehen und deutete auf die Fichte, die sie vor zwei Tagen zusammen vom Tengelmann hierhergeschleppt hatten. »Kennst du den von der Blondine, die das Gartentor aufmacht, damit die Blumen Luft bekommen? Du erinnerst mich ein bisschen an die. Nur dass du nicht blond bist.«

Yannick streckte ihm die Hand entgegen und Elom zog ihn hoch. Alles, was er wollte, war eine heiße Dusche, was essen und danach ins Bett. Und selbst wenn Rihanna dort nackt auf ihn wartete, würde er sie wahrscheinlich wegschicken.

Okay, Rihanna vielleicht nicht.

Dann sagte Yannick: »Weihnachten fällt aus. Mama hat mich runtergeschickt, nachdem du angerufen hast. Sie ist sauer.«

Was? »Wieso ausgerechnet auf mich?«, fragte Elom.

»Auf mich auch. Aber auf dich noch mehr. Du brauchst gar nicht erst hochkommen, hat sie gesagt, sie redet nicht mehr mit dir.«

Das durfte doch nicht wahr sein. »Ich saß grad eine Nacht im Knast – unschuldig! Im Gegensatz zu ein paar anderen Typen in unserem Alter, von denen mir die Namen gerade nicht einfallen …«

Yannick trat von einem Fuß auf den anderen. Er musste sich dazu zwingen, Elom in die Augen zu sehen. »Die Bullen haben ihr Angst gemacht«, sagte er. »Sie war froh, dass *ich* mit ihr nach Hause durfte.«

Die Erleichterung, die Elom gespürt hatte, die Dankbarkeit – endlich aus dieser Zelle raus zu sein, endlich wieder frische Luft zu atmen, auch wenn es nur die Abgase waren auf dem Frankfurter Ring –, all das war weg. »Und was soll das heißen?«, fragte er, auch wenn er die Antwort schon ahnte, er kannte seine Mutter. »Dass ich nicht mehr in mein Zimmer darf? Da wär ich jetzt nämlich gerne, ich hab die ganze Nacht nicht geschlafen! Warte mal, warum eigentlich? Ach ja, weil ich im gottverdammten Knast war! Unschuldig!«

Yannick nickte betreten. Er tat Elom fast schon leid, wie er da mit seinem Hundeblick vor ihm stand. »Ich hab dir deine Matratze in den Heizungskeller gelegt«, sagte Yannick, »da ist es warm. Heut Abend hat sie sich vielleicht schon wieder beruhigt. Tut mir leid, Mann – ich weiß, ich hätt da nicht mitmachen sollen.«

Elom stöhnte. »Das kannst du wohl sagen. Du und deine schönen Freunde, die zwei sind echt unschlagbar!«

»Denen tut's auch leid«, sagte Yannick kleinlaut.

Elom schüttelte den Kopf. »Heizungskeller!« Er trat halbherzig gegen den Baum, der dann auch eine halbe Ewigkeit brauchte, um umzufallen.

»Wie war's denn eigentlich?«, fragte Yannick vorsichtig. »Im Knast.«

»Na ja, war ja nur die Ausnüchterungszelle. Aber auf eine Zugabe kann ich verzichten.«

»Und warum haben die dich erst so spät gehen lassen?«

Mist, das kam ja auch noch dazu. Einen Moment lang hatte er es ganz vergessen. »Weil sie noch was von mir wollten.«

Yannick schaute ihn fragend an. »Die Bullen?«

Elom nickte. »Dass ich ihnen immer schön sage, was unsere lieben Freunde so treiben. Ob sie zum Beispiel noch mit diesem Mädchen rumhängen.«

»Du sollst denen hinterherspionieren?«

»Wenn ich da nicht mitzieh, stecken die Bullen mich ins nächste Flugzeug! Und dann hab ich die freie Wahl: zwischen Ebola, Bürgerkrieg und Verhungern.«

Yannick schluckte. »Scheiße, das können die doch gar nicht machen.«

Ja, dachte Elom. Wenn er religiös gewesen wäre, müsste er sich jetzt wahrscheinlich fragen, ob Gott ihn strafen wollte. »Das hab ich dem Bullen auch gesagt, sozusagen von Ausländer zu Ausländer. Bloß hat der den richtigen Pass. Er hat gesagt, wir sind hier in Bayern, es wär nicht das erste Mal, dass das so gehandhabt wird. Er hat was von einem türkischen Jungen erzählt, Murat oder so, der war auch kriminell, und da fanden es anscheinend alle ganz klasse, als der endlich weg war. Den haben sie jedenfalls abgeschoben.« Elom lachte bitter. »Aber man muss ja immer positiv bleiben! Dafür weiß ich jetzt endlich, wie die beiden sich kennengelernt haben, Chris und das Mädchen.«

Sein Bruder schaute ihn Hilfe suchend an. Dann legte er den Kopf in den Nacken. Elom folgte seinem Blick. Im vierten Stock brannte Licht. Yannick sagte: »Die sind übrigens auch grad zurückgekommen.«

Sabrina stand im Türrahmen vor der Küche, um nicht im Weg zu sein. Sie hatte angeboten, zu helfen. Aber Phil hatte abgelehnt: augenzwinkernd – ob sie ihn etwa beleidigen wolle? Er gab sich jetzt überhaupt sehr kumpelhaft. Er wollte, dass sie sich wohlfühlte, das spürte sie.

Rührend irgendwie, auch wenn er versuchte, kein großes Ding draus zu machen. Er schob den Holztisch zur Seite, zeigte auf die Armlehnen, die man abnehmen konnte. Sagte: »Als Kissen musst du dir so was nehmen.« Dann bückte er sich und zog die Zweisitzer-Couch in die Liegeposition.

»Danke«, sagte Sabrina. Sie hatte tatsächlich nicht gewusst, wohin. Irgendwas wäre ihr schon noch eingefallen, doch jetzt war sie froh, dass sie sich darüber keine Gedanken mehr machen musste.

Phil nickte nur knapp. Dann kam Chris mit einem Bettlaken und einer dicken Wolldecke etwas mürrisch aus dem Zimmer der Brüder. *Er* war gar nicht glücklich, dass sie hier war – auch das spürte sie. Aber das amüsierte sie eher.

Vor der Couch schüttelte Chris das Laken wie einstudiert

auf. Phil nahm es auf der anderen Seite der Couch genauso souverän in Empfang. Die beiden brauchten keine zehn Sekunden, um die Couch damit faltenfrei zu beziehen. Wow. Wenn sie irgendwann mal ein paar Zimmermädchen brauchte, wusste sie, wen sie fragen würde.

Danach ging Chris wortlos zur Tür. Als er sich Mütze und Jacke anzog, sagte Phil: »Was hast du denn vor?«

Gute Frage, dachte Sabrina. Chris schlüpfte in seine Stiefel. »Ich hab gestern meine Schulsachen vergessen.« Er griff sich ein Paar Handschuhe.

Damit hätte sie jetzt nicht gerechnet. Phil anscheinend auch nicht. »Du willst in die Schule?«, fragte er. »Jetzt? Wir haben gerade die Nacht bei der Polizei verbracht!«

Chris drehte sich noch einmal zu ihnen um. »Muss ich mich dafür auch noch rechtfertigen? *Du* meckerst doch immer, dass ich die Schule nicht ernst genug nehme.«

Der Kleine hatte es faustdick hinter den Ohren. Oder er war ein ganz normaler Junge, nur eben mit besonders großer Klappe. Schwer zu sagen. Die Nacht bei der Polizei hatte Sabrina nachdenklich gemacht. »Soll ich euch kurz allein lassen?«

Chris schnappte sich seinen Rucksack. »Nicht nötig.« Er schaute durch den Türspion, bevor er die Wohnungstür aufmachte, dann war er weg.

»Hey, ich hab's nur gut gemeint«, rief Phil ihm hinterher.

Dass Matthias das Geld versteckt haben könnte, während sie ohnmächtig war, darauf war sie selber nicht gekommen. Aber klar, auch das war möglich. Er hatte sie ja sogar schonend darauf vorbereitet: dass sie sich nicht wundern sollte, wenn sie jetzt müde wurde. Danach musste er angehalten und sie in den Kofferraum gelegt haben. Als sie schon eingeschlafen war. K.o.-Tropfen – deswegen hatte sie so einen dicken Schädel gehabt am nächsten Tag.

»Ich werde euch nicht lange nerven«, sagte sie zu Phil.

»Ach was! Mein Bruder kriegt sich schon wieder ein. Das darfst du ihm nicht übel nehmen. Wenn er dir nicht begegnet wäre, hätten wir wirklich ein paar Probleme weniger.« Phil grinste. »Aber wir hätten auch ohne dich genügend Probleme am Hals. Na ja. Ich hol dir mal ein Handtuch. Dann kannst du dich frisch machen. Womit ich aber nicht sagen will, dass du das nötig hättest.«

Sabrina lächelte. »Was denn für Probleme?«

Phil blieb stehen, als hätte sie ihn am Arm festgehalten. Er zögerte. Dann hockte er sich auf den Holztisch, der jetzt an der Wand stand, und deutete auf die frisch bezogene Couch. »Da schläft normal unser Vater. Ist schon ’ne Weile unbenutzt.«

Sabrina versetzte es einen Stich, so wie Phil sie anschaute. Als hätte er das gerade zum ersten Mal jemandem erzählt. Kurz kam ihr in den Sinn, dass sie ihn das vielleicht nicht hätte fragen sollen. Aber dann setzte sie sich ihm gegenüber und wartete.

»Er ist auf Entzug«, sagte Phil. »Unsere Mutter ist gestorben. Hat er nicht verkraftet.« Er räusperte sich. »Eines Tages ist er morgens einfach nicht mehr aufgestanden. Ein paar Tage später war er sturzbetrunken. Dann ist er weg und nicht mehr nach Hause gekommen. Er hat seinen Job verloren. Wir mussten aus unserer Wohnung raus. Und sind hier gelandet.«

Dieser große Junge – breit wie ein Baum, das Gesicht wie gemeißelt, mit einem Kiefer zum Nüsseknacken. Und jetzt musste er darum kämpfen, nicht die Fassung zu verlieren. »Was ist mit eurer Mutter passiert?«, fragte Sabrina.

Phil atmete tief durch und hatte sich wieder im Griff. »Autounfall. Wir wollten zum Skifahren. Vereiste Straße, blöde Kurve, Gegenverkehr. Chris war erkältet. Unser Vater ist mit ihm daheimgeblieben. Das wollte Mama eigentlich auch. Aber er hat sie überredet, zu fahren. Wär doch ein Jammer, hat er gesagt, habt wenigstens ihr euren Spaß!«

»Ihr?«, sagte Sabrina. »Du warst dabei?«

Phil nickte. »Auf dem Beifahrersitz. Unser Vater denkt, er hat sie in den Tod geschickt.«

Sie wusste nicht, was sie sagen sollte. »Und du?«

»Er hat's nur gut mit uns gemeint.« Phil stand auf. »Was ist *deine* Story?« Er lachte trocken, ging zum Fenster und drehte den Heizkörper darunter auf. »Abgesehen davon, dass der Freund deiner Mutter scharf auf dich ist und deswegen einen Geldtransport überfallen hat.«

Sabrina lächelte, fühlte sich aber immer noch mitgenommen. »Abgesehen davon ist meine Story relativ unspektakulär. Meine Eltern haben sich scheiden lassen und mein Vater ist zurück nach Kroatien. Er möchte sich auf einer der Inseln vor der Küste was aufbauen. Ein Strandcafé oder eine kleine Pension.«

Phil stand jetzt etwas unschlüssig vor ihr. »Klingt gut.«

»Ja. Ich hab mir gedacht, ich mach vielleicht eine Hotelfachlehre. Aber mit mittlerer Reife schaff ich's wahrscheinlich nur in irgend so eine kleine Klitsche.«

Phil grinste. »Du siehst dich wohl eher in so einem Fünf-Sterne-Teil.«

Sabrina musste gegen die Deckenlampe anblinzeln, als sie Phil anschaute. »Eigentlich sogar lieber sieben Sterne in Dubai, aber Bayerischer Hof wär auch okay. Leistest du mir noch ein bisschen Gesellschaft?«

Phil schaute sie lange an. Dann setzte er sich zu ihr. »Da war ich mal«, sagte er. »Im Bayerischen Hof. Familien-Frühstück, hat sich meine Mutter zum Geburtstag gewünscht.«

Sabrina rutschte neben ihn. »Und?«

»Na ja. Sehr teuer. Aber auch sehr lecker.«

Eine Weile schwiegen sie. Sabrina fühlte eine angenehme Schwere. Sie sagte: »Es tut mir leid, das mit eurer Mutter. Und eurem Vater.«

Phil nickte. »Wir haben uns alle ganz fein gemacht. Danach sind wir zum Schlittschuhlaufen am Nymphenburger Kanal. Unsere Mutter mit Kleid, in ihrem besten Mantel, wir Jungs in Anzug und Krawatte. Es gibt ein Foto von uns, das hat mein Vater in diesem Sepia-Ton entwickelt – da sehen wir aus wie vor hundert Jahren.«

Sabrina merkte, wie ihr die Augen zufielen. Es war angenehm. Sie sagte: »Klingt nach einer schönen Erinnerung.«

»Ja. An solchen Tagen denkt man nie, dass die irgendwann mal vorbei sein könnten.«

Sie machte noch mal die Augen auf, weil sie spürte, dass Phil sie anschaute. Er sagte: »Hast du eigentlich Hunger oder magst du was trinken?«

Sabrina schüttelte den Kopf. »Ich mag jetzt einfach nur so mit dir hier sitzen. Wenn das okay für dich ist.« Als Phil nickte, rutschte sie zu ihm und lehnte sich an seine Schulter. Irgendwann schloss sie die Augen. Bevor sie einschlief, merkte sie noch, wie Phil sie mit der Wolldecke zudeckte.

David kam die U-Bahn-Rolltreppe hoch und blieb vor dem Kindergarten stehen, der auf dem Weg zum Mira lag. Die jetzt dunklen Fenster waren mit gebastelter Weihnachtsdeko beklebt: Sterne und Schneeflocken aus Krepp und Glitzerpapier, krakelige Weihnachtsmänner aus Wasserfarben, die einen aufgeklebten Stoffsack mit sich trugen.

Eine Bande Kids strömte von der Neubausiedlung an David vorbei Richtung Einkaufszentrum: Endlich Ferien! Und noch besser – in ein paar Stunden gab es Geschenke, Jackpot! David grinste, er konnte sich noch gut an diese Vorfreude erinnern. Der 24.12. war auch für ihn bis vor ein paar Jahren noch *der* Tag im Jahr gewesen.

Überhaupt fühlte David sich großartig. Vor nicht einmal fünfzehn Stunden hatte er mit einer Pistole in der Hand drei bewaffneten Polizisten gegenübergestanden. Wer konnte das schon von sich behaupten?

Der Vorplatz des Einkaufszentrums war trotz der Kälte voller Leben: Die Kids von gerade eben hatten zwei Gruppen gebildet und warfen Schneebälle, ein Witzbold hatte eine rote Nikolausmütze auf. Aber schon die etwas älteren Jungs, die vor dem McDonald's herumstanden, versuchten vor allem, cool zu sein, dachte David.

Heute liebte er dieses Chaos, diese Farbigkeit: die jungen Afrikanerinnen, Asiatinnen, ein paar Türkinnen mit Kopftuch – auf dem Weg ins Mira oder wieder heraus zur U-Bahn oder zur Bushaltestelle; und die Jungs, die er vom Sehen aus der Schule kannte, mit ihren Truckercaps und herunterhängenden Jeans – die Gruppen, die sich jetzt bildeten mit ihren Handschlag-Ritualen, den angedeuteten Kung-Fu-Tritten, dem Gelächter. Fast wie auf dem Pausenhof. Und er mittendrin.

Aber wie von einem unsichtbaren Schutzschild umgeben. Wer ihn kannte, machte einen Bogen um ihn. Manche musterten ihn verstohlen. Aber keiner, der ihn aus Versehen anrempelte oder sich ihm in den Weg stellte. Nein. Das würde jetzt für immer vorbei sein, auch wenn die Schule wieder losging in zwei Wochen. Ab heute war er der Typ mit der Knarre.

Er hatte sie in einer fließenden Bewegung abgelegt, gestern vor Chris' und Phils Wohnung, filmreif cool. Worauf er brutal erst gegen die Wand gestoßen und dann zu Boden geworfen wurde. Früh genug am Abend und mit so lautem Gebrüll, dass es die meisten Nachbarn mitbekommen hatten. Und als er, mit Handschellen gefesselt, zum Streifenwagen geführt wurde, hatte er genügend bekannte Gesichter gesehen, um zu wissen, dass sich die Geschichte schnell rumsprechen würde.

David schaute in den wolkenbehangenen Himmel. Er konnte sich an keinen besseren Tag in seinem Leben erinnern. Er zog sein Handy aus der Hosentasche, drückte auf *M,* dann auf *Marvin,* dann wartete er.

Marvin hockte in seinem Acht-Quadratmeter-Zimmer am Bettrand und starrte auf das Display. David. Schon wieder, sein fünfter Versuch jetzt. Marvin seufzte. Er hatte seiner Mutter versprechen müssen, nie wieder auch nur ein Wort mit David zu reden.

»Was gibt's, Mann?«, sagte er, als er den Anruf schließlich entgegennahm.

»Was es *gibt*?«, sagte David. »Wo steckst du, warum gehst du nicht ans Telefon?«

Marvin kratzte sich am Kopf. »Hausarrest. Meine Mutter lässt mich erst wieder raus, wenn mein Vater zu Hause ist. Und keine Ahnung, was dann passiert – du kennst meinen Alten.«

Geschenke heute Abend waren wahrscheinlich auch gestrichen, dachte Marvin. Aber seine Mutter hatte nicht mit dem Backen aufgehört, Weihnachten fiel also nicht ganz aus. Wenigstens roch es so.

»Hat dein Vater Ärger bekommen wegen der Knarre?«, fragte David.

»Noch nicht. Er ist noch in Köln, Messe abbauen.«

»Und du hockst da oben wie'n Hühnchen vorm Kochtopf und wartest, dass er dir den Arsch versohlt?«

Marvin nahm genervt das Handy vom Ohr, unschlüssig, ob er es ausschalten sollte. Dann brüllte er es an: »Was soll ich denn tun, Mann?«

»Hat dich deine Mutter eingesperrt?«, sagte Davids Stimme leise, metallisch.

Marvin klemmte sich sein Handy wieder ans Ohr, während er sich seine Socken anzog. »Nein.«

»Was *nein*? Hält sie Wache vor deiner Tür?«

»Sie ist einkaufen!«

»Sie ist nicht mal zu Hause?«

Marvin wuchtete sich vom Bett hoch und schlurfte zum Fenster, wo er den Vorhang zur Seite schob. »Hältst du mich für blöd? Ich weiß, dass ich abhauen könnte. Aber ich hab so schon genug Ärger!« David stand unten vorm Hauseingang. Mit Yannick, der von einem Fuß auf den anderen trat.

Dann entdeckte Yannick ihn am Fenster, stieß David an, und David schaute, auch er mit dem Handy am Ohr, zu ihm hoch. Und sagte: »Marvin. Wir biegen das schon wieder hin.«

»Und wie?«

»Mit Geld.«

David wischte den Schnee von der Lehne der Parkbank am Spielfeldrand des Fußballfeldes. Er lächelte, als er das eingeritzte D sah. Er lehnte sich halb sitzend, halb stehend gegen die Lehne und überlegte, wie oft sie sich hier schon getroffen hatten.

»Na komm, erzähl's ihm«, sagte er zu Yannick, der mit Trippelschritten den Schnee um sich herum platt trat, die Hände tief in die Hosentaschen gesteckt. Man konnte sehen, wie er fror, ohne Handschuhe und Mütze. Irgendwas vergaß er immer, wenn er das Haus verließ. Im Sommer war er sogar mal ohne Schuhe, nur in Socken nach unten gekommen – sie hatten sich kaputtgelacht, erinnerte sich David. Und das nicht zum ersten Mal.

»Ich weiß auch nur, was mein Bruder mir gesagt hat.«

»Und das wäre?«, fragte Marvin, der sich jetzt neben ihn auf die Parkbanklehne setzte.

Der Spielplatz lag gleich hinter den Häusern. Hier war eigentlich schon immer ihr Treffpunkt gewesen, dachte David. Schon als sie zusammen im Kindergarten waren und ihre Mütter sie endlich alleine nach draußen zum Spielen ließen. Nur hatte es damals noch nicht die Fußballtore aus Metall gegeben oder die Pingpongtische, die Kletterwand und die Burg mit der Hängebrücke. Damals hatten sie bloß das Hundeklo gehabt – so hatten sie den popeligen Sandkasten genannt, der jetzt zugeschneit war. David wusste nicht mehr, wem von ihnen der Name eingefallen war. Na ja, und die lahme Rutsche, auf der man immer auf halbem Weg stecken geblieben war.

»Elom soll rausfinden, ob das Mädchen noch mit den Brüdern rumhängt«, sagte Yannick. »Und was die so treiben. Das Mädchen ist in irgend so ein krummes Ding verwickelt – was genau, hat der Bulle nicht gesagt, meint Elom. Aber so geheimnisvoll, wie er getan hat, könnte es vielleicht was Größeres sein.«

»Wow«, sagte Marvin. »Was Größeres! Da kann man die Millionen ja schon riechen!«

Ein Fenster wurde aufgerissen, und man konnte laut die Schlusstakte von *Last Christmas* hören, das schließlich in *Driving Home for Christmas* überging, was zwar irgendwie passender war bei dem Autobahnlärm im Hintergrund – aber immer noch schlimm genug, fand David.

»Jetzt geh mal vom Gas runter!«, sagte er. »Erinnerst du dich, was sie gestern gesagt hat? Von wegen Geldtransporter, Flucht und Unfall – und dass Chris die Kohle hätte?«

»Damit wollte sie uns doch verarschen, Mann!«

»Hab ich auch gedacht. Aber jetzt lies dir mal das hier durch!« David hielt Marvin den Zeitungsschnipsel hin, den er heute in der U-Bahn aus einer herumliegenden *Abendzeitung* gerissen hatte. Dann deutete er mit einem Kopfnicken auf Yannick. »Weißt du, wo sein Bruder heute pennen muss wegen dieser Sache? Im Heizungskeller!«

»Na und? Mein Vater kann im Knast landen wegen der Knarre!«

»Ja, dein Vater! Aber nicht du!«

Yannick sagte: »Elom wird abgeschoben, wenn er bei den Bullen nicht den Arsch hinhält. Wir müssen ihm helfen!«

»Und wie?«, fragte Marvin gereizt.

»Zum Beispiel könntest du endlich mal anfangen, dir das durchzulesen!«, sagte David.

Marvin nahm ihm den Zeitungsschnipsel ab. Es waren nur zehn Textzeilen unter einer kleinen Überschrift, es gab auch kein Foto. »Da wurde wirklich ein Geldtransporter überfallen?«, sagte Marvin.

»Und der Typ wurde da hinten geschnappt!« David zeigte zur Autobahn genau auf der anderen Seite des Kiefernwaldes, der gleich hinter dem Spielplatz anfing. »Keine zwei Kilometer von hier! Und die Kohle haben sie nicht gefunden. Ist doch interessant, oder?«

»Und das Mädchen hängt da mit drin?«

»Überleg doch mal! Ich versteh ja, dass die Bullen uns aufs Revier ziehen, wir hatten immerhin eine Pistole. Aber die Brüder und das Mädchen? Die haben doch eigentlich gar nichts gemacht. Bloß dass der eine Bulle plötzlich ganz aufgeregt rumtelefoniert, als er diese Reisetasche sieht. Und dann kommt auf einmal diese Alte daher, macht auf Domina und übernimmt das Kommando.«

Man konnte sehen, wie es in Marvin arbeitete.

»Wann haben dich die Bullen wieder gehen lassen?«, fragte Yannick. »So kurz nach Mitternacht, oder?«

»Könnte hinkommen«, sagte Marvin.

»Yannick hat das Mädchen heute Morgen mit den Brüdern gesehen«, sagte David. »Als er auf Elom gewartet hat.«

»Ja, die sind erst um halb acht nach Hause gekommen!«

»Das beweist doch nichts«, sagte Marvin.

»Vielleicht.« Wahrscheinlich mussten sie Marvin abschreiben bei dem, was er vorhatte, dachte David. Trotzdem versuchte er es noch mal, immerhin war es sein ältester Freund: »Aber es schadet auch nicht, da mal ganz höflich nachzuhaken, oder? Wir wollen doch Elom helfen. Wir haben ihm schließlich die Scheiße eingebrockt. Und wer weiß, vielleicht springt dabei ja auch was für uns raus.«

Yannick stieß David mit dem Handrücken gegen die Schulter. »Schau mal da vorne«, sagte er und David folgte Yannicks Blick zum Kiefernwald.

»Na, wenn das nicht das Christkind ist!«

Chris ging durch den tiefen Schnee zurück. Obwohl Winter war, erinnerte ihn dieses lichte Waldstück an den Campingplatz in Italien, wo sie ihren letzten gemeinsamen Familienurlaub verbracht hatten: die langen Stämme der Kiefern auch hier windschief und nackt bis auf Höhe der Hausdächer dahinter; erst ab da wuchsen Äste aus den Stämmen und die Bäume wurden grün. In Italien hatte er damals zwei Wochen lang versucht, seinen Fußball bis über die Wipfel zu schießen, aber nur Phil hatte das geschafft. Chris legte den Kopf in den Nacken und schaute in den blauen Himmel, der zwischen den Baumwipfeln hindurchleuchtete. Für einen Augenblick schien es ihm fast möglich, in der Zeit zurückzugehen.

Er war natürlich nicht in der Schule gewesen. Er war ans Grab seiner Mutter gegangen. Vor zwei Tagen, als er Sabrina im Kofferraum des Fluchtwagens gefunden und sie ihn gebeten hatte, mit der Geldtasche zu verschwinden, war ihm das als Erstes in den Sinn gekommen: dort die Tasche zu verstecken. Der Friedhof befand sich auf der anderen Seite der Autobahn, über die eine Fußgängerbrücke führte, und war von der Unfallstelle nicht weiter entfernt als die kasernenartige Mietshaussiedlung, wo er wohnte. Man musste nur in die entgegengesetzte Richtung gehen.

Aber vor zwei Tagen war es noch zu früh gewesen – zwar schon dunkel, aber noch Nachmittag: Das Risiko, auf dem

Friedhof jemandem zu begegnen, während er sich mit einer Schaufel an einem Grab zu schaffen machte, war ihm zu groß erschienen. Mal ganz abgesehen davon, dass es sich bei dem Grab um das Grab seiner Mutter gehandelt hätte.

Also hatte er sich vor zwei Tagen für das Kellerabteil als Übergangsversteck entschieden. Bis ihm beim Aufsperren eingefallen war, dass er *ihr* Kellerabteil auf keinen Fall benutzen durfte. Sollte man ihn verdächtigen, im Besitz der Beute zu sein, würde man dort auf jeden Fall suchen – und mit dieser Vermutung hatte er schließlich ja auch richtig gelegen.

Was er gebraucht hatte, war ein Kellerabteil, das man nicht mit ihm in Verbindung bringen konnte, das aber auch möglichst selten aufgesucht wurde. Am besten nie. Es hatte eine Weile gedauert, bis er das Richtige gefunden hatte.

Chris lachte. Und dann waren in der Tasche nur Zeitungen gewesen! Was hätte er in dem Moment für eine Kamera gegeben! Aber die Gesichter der Bullen würde er auch so nicht vergessen. Ebenso wenig das Gesicht seines Bruders und das von Sabrina. Manchmal konnte das Leben richtig gut sein.

»Was gibt's denn da zu lachen?«

Manchmal. Oft genug trat es einem auch von hinten in die Eier.

»Also auf den Witz bin ich ja mal gespannt!«, sagte David weiter.

Chris hatte die Jungs nicht kommen sehen. Sie mussten sich von Baum zu Baum geschlichen haben – und bildeten jetzt ein Dreieck, wie beim Fußball: David ihm gegenüber, Marvin und Yannick links und rechts von ihm, bereit, ihn in die Zange zu nehmen, alle drei etwa fünfzehn Meter von ihm entfernt.

Vielleicht hätte er ohne Schnee eine Chance gehabt – Marvin wäre er auf jeden Fall davongelaufen, der sah jetzt schon ziemlich fertig aus. Aber David und Yannick waren gute Fußballer, die im Herbst fast täglich auf einem der Bolzplätze hinter den Mietshäusern gespielt hatten, zusammen mit Elom und ein paar anderen.

Chris blieb nur eines übrig: Er machte auf dem Absatz kehrt und lief zurück Richtung Autobahn – wobei er weniger lief, sondern sich in einer Mischung aus Stapfen und Springen vorwärtsbewegen musste. Dabei nahm er sein Handy aus der Hosentasche, drückte die Tastensperre weg und klickte Phils Nummer an. Er hielt sich das Handy ans Ohr und wagte einen Blick zurück.

Marvin hatte schon aufgegeben. Dafür hatte David den Abstand zu ihm bereits halbiert. Wie ein bissiger Hund jagte er ihm hinterher.

Das Freizeichen in der Leitung ertönte. Einmal, zweimal.

Dann ging Phils Mailbox ran.

Sabrina fand das Handy am Boden. Sie drückte den Anruf weg, damit Phil auf der ausgezogenen Couch nicht aufwachte. Dann ging sie in die Küche – die genauso klein war wie das Badezimmer. Auch hier konnte so eine Menge Geld eigentlich nicht versteckt sein. Vor allem hätten die Bullen es dann schon vor ihr finden müssen. Die hatten die ganze Nacht gehabt, um die Wohnung auf den Kopf zu stellen.

Trotzdem – wann konnte man schon absolut sicher sein?

Vielleicht hatte Matthias das Geld auf der Flucht versteckt.

Vielleicht aber auch nicht.

Also machte Sabrina jede Schranktür auf und schaute, so

leise es ging, in jeden Kochtopf, hinter jede Pasta- und Müslischachtel, hinter die Milchkartons und die leeren Pfandflaschen, sogar im Gefrierfach sah sie nach.

Erfolglos. Natürlich. Mist.

Als Sabrina die Küche verließ, um sich als Nächstes das Zimmer der Brüder vorzunehmen, sagte Phil: »Also entweder hast du einen Bärenhunger und findest nichts Passendes. Oder –?«

Sabrina blieb mitten im Wohnzimmer stehen.

»Oder glaubst du wirklich, dass die Kohle hier irgendwo rumliegt?« Phil stützte sich verschlafen auf die Ellbogen.

»Irgendwo muss sie sein.«

»Die Bullen wären dann aber ziemliche Idioten.«

»Oder dein Bruder ein Genie.«

»Chris? Wenn der ein Genie wäre, wüsste ich das, glaub mir.«

Sabrina hockte sich auf den Couchtisch. Sie spürte den Anflug eines schlechten Gewissens. Sie musste aufpassen, dass sie nicht weich wurde. »Bist du sauer?«, fragte sie.

Phil richtete sich auf und rieb sich das Gesicht. »Weil du dich an meinem Handy vergriffen hast?« Er hob es auf und steckte es beiläufig in seine Hosentasche.

»Weil ich hier rumgeschnüffelt habe.«

»Trinkst du einen Kaffee mit mir?«, fragte Phil.

Sabrina nickte.

»Dann verzeih ich dir noch mal.« Phil stand auf und ging in die Küche. Sabrina folgte ihm und beobachtete an den Türrahmen gelehnt, wie er Wasser in den Wasserkocher laufen ließ.

Als sie durch das Fenster die bunten Lichterketten am Nachbarhaus sah, fiel ihr erst auf, dass in der Wohnung der

Brüder nichts auf Weihnachten hindeutete. »Was meinst *du,* wo das Geld ist?«, fragte sie.

Phil stellte den Wasserkocher auf die Andockstation. »Was hättest du denn damit vor? Wenn du es finden würdest.« Er drückte auf einen Knopf am Griff des Wasserkochers und ein Lämpchen leuchtete rot auf.

Als Kind hatte sie Weihnachten geliebt. Jetzt vermisste sie es nicht mal. Sie fragte sich, ob sie sich irgendwann mal wieder darauf freuen würde. »Das weiß ich noch nicht.«

Phil grinste. »Da musst du dich schon mehr reinhängen, wenn du willst, dass ich dir das abkaufe. Weißt du, was ich glaube?« Er verschränkte die Arme vor der Brust und stellte sich so hin, dass er ihr direkt in die Augen schauen konnte. Er hatte seinen Spaß. »Du wolltest den Typ vielleicht wirklich nur loswerden«, sagte er. »Anfangs. Aber dann – plant er tatsächlich diesen Raub. Und du denkst dir: Okay, jetzt werd ich ihn *garantiert* los, das klappt nie, der landet im Knast. Aber die Sache ist noch nicht vorbei. Auf einmal liegen vier Millionen Euro neben dir im Kofferraum. Und jetzt denkst du dir, hm, wie wär's denn mit der Variante: *Er* wandert in den Knast, aber die Kohle bleibt bei mir.«

Phil hatte schöne Augen, das musste sie zugeben. »Wow«, sagte sie. »Wo hast du denn die Menschenkenntnis her – warst du mal in Indien oder so?«

»Auf krumme Gedanken kann man auch hier kommen.«

»Vergiss nicht, dass ich *k.o.* im Kofferraum lag. Und dass *Matthias* anscheinend das Geld versteckt hat. Aber – nur mal angenommen – was würdest *du* denn damit machen? Greenpeace spenden?«

Phil lachte. Dann sagte er: »Die Polizistin will, dass ich es ihr auf den Schreibtisch lege. Spätestens am Montag, acht Uhr früh. Sie denkt, mein Bruder könnte es noch haben. Deswegen droht sie uns ein bisschen. Um auf Nummer sicher zu gehen, schätz ich.«

Der Wasserkocher gab knackende Geräusche von sich, als er heiß wurde. »Und?«, fragte Sabrina. »Würdest du ihr das Geld bringen? Wenn du die Wahl hättest.«

»Sonst macht sie Chris fertig. Hat sie gesagt.«

»Das wär natürlich ein Grund.«

»Oder ein Grund, es gerade nicht zu tun. Wahrscheinlich würde ich versuchen, mit der Kohle so schnell wie möglich von hier wegzukommen.« Phil stellte eine Thermoskanne neben den Wasserkocher, in dem es zu brodeln anfing, und nahm einen Kaffeefilter vom Regal.

»Und dein Bruder?«

»Den nehm ich natürlich mit. Den kann ich ja schlecht hier alleine zurücklassen, oder? Die Frage wär nur, *wie* hauen wir ab?« Er schraubte den Deckel von einer silbernen Kaffeedose und zog die Stirn in Falten.

»Da bin ich auch noch am Brainstormen«, sagte Sabrina.

»Trinkst du zur Not auch Tee?«, fragte Phil. »Kaffee ist aus.«

»Schwarz«, sagte Sabrina. Sie lächelte. »Vielleicht fällt uns ja zusammen was ein?«

Phil nahm zwei Teebeutel aus einem Karton und aus dem Regal zwei Tassen und goss dampfendes Wasser auf. »Wieso, willst du dich an meiner Greenpeace-Spende beteiligen?«

»Die Frage ist wohl eher, ob ich *dich* beteilige. Wir reden hier immerhin von vier Millionen Euro.«

Phil reichte ihr eine Tasse. »Na ja. Alleine kann man die doch gar nicht ausgeben.« Er grinste.

Sabrina nahm den Teebeutel am Papierende und ließ ihn wie ein Jojo in Zeitlupe in der Tasse immer wieder aufsteigen und absinken. Dann sagte sie: »Wir werden uns schon irgendwie einig.«

Phil setzte sich mit seiner Tasse an den schmalen Küchentisch, der an der Wand gegenüber vom Herd stand. »Hältst du es für möglich, dass Kriebl das Geld irgendwohin geschickt hat? Irgendeinem Komplizen vielleicht. Ich meine – du hast doch gesagt, er hat was angedeutet, wohin er mit dir fliehen wollte. Von wegen falsche Pässe und so was.«

Sabrina fischte den Teebeutel aus der Tasse und ließ ihn ins Spülbecken fallen. »Ja, aber nichts Konkretes. Je weniger ich wüsste, desto sicherer wäre ich, falls was schiefläuft, hat er gemeint. Deswegen lag ich ja auch im Kofferraum. Damit es so aussieht, als hätte er mich entführt.«

Phil drehte seine Tasse mit Daumen und Mittelfinger um die eigene Achse. Es sah aus, als suchte er eine Antwort auf dem billigen Porzellan. Er sagte: »Ich kann mir nicht vorstellen, dass jemand mit so einem Haufen Geld in der Tasche am Flughafen einchecken würde. Mir wär das zu riskant.«

»Aber ein Risiko wäre das doch immer – ob man damit jetzt am Flughafen steht oder in der Post. Und ein Paket könnte zum Beispiel auch verloren gehen.«

Phil nickte. Dann lehnte er sich nach hinten und verschränkte die Hände hinter dem Kopf. »Oder eben, er hat die Beute irgendwo versteckt. Bevor er dich abgeholt hat. Oder danach, als du k. o. im Kofferraum lagst. Bevor ihr die Bullen am Hals hattet.«

Das würde ich auch gerne wissen, dachte Sabrina. »Würde das Sinn machen?«, fragte sie. Sie stellte ihre Tasse ab.

Phil seufzte. »Ich weiß es nicht. Wenig. Ich überleg nur.«

Sabrina setzte sich auf den anderen Stuhl. Jetzt fiel ihr auf, dass auf Phils Tasse, wenn man genau hinsah, ein verblasster Schneemann zu erkennen war, den ein Kind mal vor langer Zeit daraufgemalt hatte.

»Hast du einen Computer?«, fragte sie. Sie war nahe dran, nach Phils Hand zu greifen.

»Ja. Ist aber ziemlich lahm. Mit deinem iPhone bist du schneller im Netz. Oder ist dein Akku leer?«

Sabrina nickte, und Phil schob seine Tasse beiseite und ging zur Tür, wobei er sie leicht streifte. Er lächelte sie an, eher gut gelaunt als entschuldigend. Dann verschwand er in dem Zimmer, das er sich mit seinem Bruder teilte. Kurz darauf kam er mit einem klobigen Laptop zurück, das er zwischen sie stellte und anschaltete.

»Dauert ewig, bis der hochfährt. Was hast du denn vor?«

Sabrina sagte: »Eine kleine Stadtrundfahrt durch München. Vielleicht haben wir ja eine Eingebung.« Sie griff nach der Tasse mit dem Schneemann. »Hat den dein Bruder mal gemalt? Das war übrigens er, der vorhin angerufen hat.«

Elom hatte sich im Halbdunkel der schwachen Glühbirne bis auf Jeans und Unterhemd ausgezogen – frohe Weihnachten, echt! Die Hitze empfand er zwar als wohltuend. Doch ein unrhythmisches Hämmern erfüllte den Heizungskeller: von einem Rauschen begleitet, als würde woanders jemand unter Wasser mit einer Eisenstange gegen die Heizungsrohre klopfen – mit letzter Kraft und weit weg. Schlafen war bei dem Lärm unmöglich. Dafür war es auch zu eng. Die Rohre verliefen überall:

von der Decke an den Wänden entlang bis in den Boden. Manche von ihnen vibrierten, in anderen blubberte es. Auch der Heizkessel wirkte nicht mehr allzu vertrauenswürdig – wenn man die Nadel an der Temperaturanzeige gesehen hatte, die sich zitternd den maximalen hundertzwanzig Grad näherte.

Also hatte Elom seine Matratze in der Mitte geknickt, damit er sich im Sitzen wenigstens bequem an die Wand lehnen konnte. Er aß das Stück Lasagne von gestern, das Yannick für ihn aus der Küche geschmuggelt hatte – zusammen mit einer Literflasche inzwischen lauwarmer Cola.

Nachdem er fertig gegessen hatte, betrachtete er die Visitenkarte, die der Bulle ihm zugesteckt hatte. Es war die Karte seiner Chefin – der Bulle hatte seine Handynummer auf die Rückseite geschrieben.

Jetzt war er also Polizeispitzel.

Dieser Scheißkerl! Es war so einfach, den harten Mann zu geben – mit Pistole, Handschellen und Polizeimarke. Eloms Wut wurde nur von seiner Müdigkeit gedämpft. Diese Bullen waren nicht anders als die Typen damals in der Grundschule, die einen erst blöd anmachen und dann ihren großen Bruder um Hilfe rufen, wenn man ihnen deswegen eine mitgab.

Aber es half nichts, sich über Ungerechtigkeiten zu beklagen. Wenn Elom eines gelernt hatte in den letzten Jahren, dann das: Man musste sie umgehen.

Manchmal ließen sie sich auch nutzen. Nur brauchte man meistens eine Weile, bis man wusste, wie.

Also?

Er sollte die Brüder bespitzeln und das Mädchen? Na gut!

Elom stand auf, als es an der Metalltür klopfte, und drehte den Schlüssel im Türschloss um. Den Schlüssel, den Yannick heute Morgen in dem kleinen, roten Glaskasten am Kellereingang gefunden hatte.

Kaum hatte er die Tür geöffnet, sagte sein Bruder außer Atem: »Okay, vielleicht findest du das jetzt total scheiße, aber flipp nicht gleich aus, ja!«

»Was habt ihr denn jetzt schon wieder angestellt?«

»Flippst du aus?«

»Nein, ich bin ganz cool.«

»Wir waren gerade am Bolzplatz, als wir Chris gesehen haben, und da haben wir ihn uns gekrallt.«

»Was? Und wo ist er jetzt?«

Yannick schaute nach rechts, wo sich der Kellergang T-förmig gabelte, und stieß einen Pfiff aus. Einen Augenblick später kamen Marvin und David aus Richtung Tiefgarage um die Ecke. Sie hatten Chris in die Mitte genommen, jeder hatte sich einen Arm von ihm um die Schulter gelegt. Chris ließ den Kopf hängen. »Ist er bewusstlos?«, fragte Elom.

»Er hat angefangen zu schreien«, sagte Marvin keuchend.

»Was?!«

»Du hast versprochen, du flippst nicht aus«, sagte Yannick.

»Tu ich auch nicht. Das ist meine scheißgute Sonntagslaune! Wessen gottverdammte Idee war das?«

David sagte: »Hey, wir wollen dir nur helfen, Elom, okay?«

»Ja, wenn ich euch nicht hätte! Was habt ihr mit seinem Mund gemacht?«

»Einen Handschuh reingestopft, damit er nicht gleich losschreit, wenn er wieder aufwacht.«

Elom machte einen Schritt zur Seite, um erst Yannick und dann Marvin und David vorbeizulassen. »Oh Mann. Los, rein hier!« Die drei schleppten Chris gebückt zur Matratze. Elom sperrte den Heizungskeller wieder zu. Er ging vor Chris in die Hocke und zog den Handschuh aus seinem Mund.

»Glückwunsch, Jungs«, sagte er. »Ich glaub, er lebt noch.«

Sie saßen jetzt nebeneinander in der Küche vor dem Laptop. Manchmal berührten sich ihre Arme. Nicht ganz aus Versehen, jedenfalls was Phil anging – zum Beispiel wenn einer von ihnen zum Touchpad langte, um eine andere Seite anzuklicken. Gerade hatten sie auf einer Straßenkarte im Internet die Strecke markiert, die von Sabrinas Schule zur Unfallstelle führte. Schon das warf mehrere Fragen auf.

Der kürzeste Weg von der Schule zur Autobahn ging – in etwa fünf Minuten Fahrzeit bei normalem Verkehr – über eine Autobahnauffahrt, die erst *nach* der Unfallstelle kam.

Um *zur* Unfallstelle zu gelangen, musste Kriebl eine Autobahnauffahrt davor genommen haben und damit mindestens einen Umweg von dreißig Minuten gefahren sein – und zwar über Landstraße in die entgegengesetzte Richtung als die, in die er anscheinend wollte. Dieser Umweg ergab aber insofern einen Sinn, als auf dem Weg dorthin Kriebls Wohnung lag.

Was er da gemacht haben könnte, war wieder eine andere Frage.

Falls er überhaupt angehalten hatte, überlegte Phil. Sabrina konnte sich an keinen Zwischenstopp erinnern, weil sie ja bewusstlos gewesen war. Und das wiederum sprach dagegen, dass Kriebl sich auf dem Weg zum Flughafen befunden hatte. Mit einer halb ohnmächtigen Sabrina im Arm wäre er spätestens an der Sicherheitskontrolle aufgefallen, wenn nicht schon am Check-in-Schalter.

Außerdem waren neben der vermeintlichen Geldtasche noch zwei andere Reisetaschen im Kofferraum gewesen: eine davon mit Kleidung vollgepackt, die andere mit Lebensmitteln. Wahrscheinlich hatte Kriebl also vorgehabt, mit dem Auto zu fliehen. Das Auto gehörte einem ahnungslosen Nachbarn, der für mehrere Wochen in Thailand war. Er hatte Kriebl, dem vertrauenswürdigen Werttransportfahrer, seine Wohnungsschlüssel überlassen, um hin und wieder nach dem Rechten zu sehen. Es war ein nahezu perfekter Fluchtwagen.

Das Dumme war nur: Kriebl war auf dem Autobahnring unterwegs gewesen, der um die ganze Stadt herumführte. Seine Flucht hätte überallhin gehen können: Richtung Norddeutschland, vielleicht ans Meer; in den Osten, zum Beispiel über den Bayerischen Wald nach Tschechien; oder südlich nach Österreich und dann nach Slowenien oder Italien, wer weiß.

Sabrina sagte: »Vielleicht wollte er auch bloß nicht in München abfliegen? Sondern von Nürnberg aus, weil er dort weniger Kontrollen vermutete.« Sie klickte auf der Landkarte nach Norden, bis sie Nürnberg fand, dann zeichnete sie mit der Maus den Weg dorthin nach.

»Willst du mir meine schöne Anti-Flughafen-Theorie kaputt machen?«, fragte Phil.

Sabrina lächelte. »Ich weiß, du glaubst, er wollte ans Meer und irgendein Boot chartern. Vielleicht sollten *wir* das tun, wenn dir die Idee so gefällt?« Als sie sich zurücklehnte, berührte sie ihn wieder am Arm.

Langsam fragte sich Phil, ob sie das vielleicht absichtlich machte. Nicht dass er was dagegen gehabt hätte. Er sagte: »Vielleicht, ja.« Dann musste er lachen.

Sabrina stutzte. »Was ist?«

»Na ja. Vorhin hab ich gedacht, das wird ein Kinderspiel. Rausfinden, wo die Kohle versteckt ist. Da war ich wohl ein bisschen zu optimistisch. Wir wissen nicht mal, wo Kriebl seinen Partner gelinkt hat. Die Beute könnte überall sein!«

Sabrina sagte: »Lass uns eine Pause machen, okay? Müsste dein Bruder nicht langsam mal zurückkommen? Er wollte doch nur seine Schulsachen holen.«

Phil unterdrückte ein Gähnen. »Vielleicht ist er in der U-Bahn eingeschlafen, der muss hundemüde sein.«

»Ruf ihn doch mal an.«

Phil nickte und zog sein Handy aus der Hosentasche. Als er die Tastensperre entriegelte, poppte das Nachrichten-Symbol auf dem Display auf.

Sabrina schaute ihm über die Schulter. »Vielleicht hat er dir was auf die Mailbox gesprochen.«

Phil drückte mit dem Daumen länger auf die *1*, dann hielt er sich das Handy ans Ohr. Die Stimme seines Bruders versetzte ihm einen Stich. Er schaltete auf laut, und auch Sabrina erschrak, als sie Chris keuchen hörte: »Phil, Scheiße, die sind hinter mir her!«

Elom musterte Chris, dem sie mit Marvins Gürtel die Arme hinter dem Rücken gefesselt hatten. »Wehr dich nicht dagegen«, sagte Elom. »Das bringt nichts.« Er nahm vorsichtig das Ei, das Yannick für ihn geholt hatte, zwischen Daumen und Zeigefinger und hielt es Chris vor die Augen. »Ich möchte dir was zeigen, Chris. Schau bitte genau hin.«

»Wo sind wir?«, fragte Chris, immer noch benommen.

»Bisschen unheimlich, was? Ich bin heut auch zum ersten

Mal hier.« Elom deutete auf das Heizungsrohr rechts von ihm an der Wand und vergewisserte sich, dass Chris das Ei auch im Blick hatte, bevor er es zerbrach.

Das am Rohr hinablaufende Eiklar färbte sich sofort weiß. Nach einer Weile fing es an zu brutzeln und Elom warf die zerbrochene Eierschale zu Boden. »Verstehst du, worauf ich hinauswill?« Er wischte sich die Hand an Chris' Hosenbein ab.

»Dir ist klar, dass mein Bruder dich umbringt, wenn du mir wehtust?«, sagte Chris.

Elom lächelte. »Ja. Die Frage ist bloß, ob dich das trösten wird. Wenn du morgens in den Spiegel schaust.« Das Eiweiß bekam einen braunen Rand und kleine Rauchschwaden bildeten sich darüber. »Die Sache ist nämlich die: Ob mich dein Bruder fertigmacht oder die Bullen – ist für mich kein großer Unterschied. Das ist das Gute daran, wenn man schon verloren hat. Man ist nicht mehr erpressbar. Aber jetzt halt dich fest: Ich will dir ja gar nicht mal wehtun.«

Als es anfing, verbrannt zu stinken, nahm Elom den Spachtel, den er in einem Putzeimer im Eck gefunden hatte. Er kratzte die Überreste des Eis vom Heizungsrohr.

Chris beobachtete ihn dabei, und Elom konnte sehen, dass er Angst hatte.

»Ich wäre nur dazu *bereit*«, sagte Elom. »Falls es gar nicht anders geht.«

»Was willst du von mir?«, fragte Chris.

»Sag mir, warum die Bullen so einen Narren an dir gefressen haben. Und an dem Mädchen.«

Chris antwortete nicht gleich. Es schien Elom, als würde der Kleine eine Entscheidung treffen. Wahrheit oder Lüge.

»Sie ist in einen Raub verwickelt«, sagte Chris.

Die richtige Entscheidung, dachte Elom.

David grinste zu Marvin rüber, der mit ihm und Yannick am Zählerkasten neben der Tür stand: »Schau mal einer an!«

Elom drehte sich zu ihm um und David hob abwiegelnd die Hände. Dann wandte sich Elom wieder Chris zu. »Weißt du, was? Genauso hab ich mir das vorgestellt. Ich frag dich was und du antwortest, knapp und auf den Punkt, kein Reden um den heißen Brei. Je früher wir damit durch sind, umso besser für uns alle. Ist immerhin Weihnachten, oder? Und wir haben alle den Schnee draußen gesehen. Kannst du dich erinnern, wann wir das letzte Mal weiße Weihnachten hatten? Wir sollten so schnell wie möglich anfangen, zu feiern, oder, Chris?«

Chris nickte. »Was willst du noch wissen?«

»Präzise und auf den Punkt, guter Junge. Was *du* mit der Sache zu tun hast!«

Chris hustete. Wahrscheinlich die trockene Luft in dem Loch hier. »Die Bullen haben den Typen, aber nicht die Kohle.«

»Den Typen, der den Raub begangen hat?«

»Richtig.«

»Das erklärt immer noch nicht, was du damit zu tun hast.«

Chris schaute ihm direkt in die Augen, als er antwortete: »Ich hab die Kohle.«

Damit hatte Elom nicht gerechnet. Und wenn der Kleine ihm Scheiß erzählte? Nicht hier und nicht jetzt. Elom konnte sehen, dass er Angst hatte. »Du hast die Kohle?«, sagte er.

Chris nickte, und Elom warf seinem Bruder einen Blick zu, nur kurz, wobei er sich mit dem Zeigefinger über die Augenbraue strich, das Zeichen für Yannick. Während David jetzt gut gelaunt lachte und Marvin sich davon anstecken ließ, sagte

Yannick skeptisch: »Du verarschst uns doch! Wenn du die Kohle hast, wieso lassen die Bullen dich dann laufen?«

Chris versuchte, die Arme zu bewegen, die ihm wahrscheinlich gerade einschliefen. »Entweder weil sie glauben, dass ich sie *nicht* hab. Oder weil sie nicht beweisen können, *dass* ich sie hab. Sie haben sich da nicht so klar ausgedrückt.«

Yannick duckte sich und kam näher. »Jetzt hör mal zu, du Arschloch! Meinem Bruder drohen sie mit Abschiebung, nur weil er dich *kennt* – und dich lassen sie einfach laufen? Obwohl du die Kohle aus irgendeinem Raubüberfall hast? Erzähl doch keinen Scheiß!« Yannick sah aus, als wäre er am liebsten sofort auf ihn gesprungen – wenn nicht so viele Rohre im Weg gewesen wären.

Chris sagte: »Hey – beschwer dich bei den Bullen, okay?«

Das gute, alte *Good-Cop-Bad-Cop*-Spiel. Was man schon tausendmal im Fernsehen gesehen hatte, funktionierte also auch in der Wirklichkeit. Elom hielt seinen Bruder mit einer Hand zurück und sagte betont amüsiert zu Chris: »Um wie viel Geld geht's denn hier überhaupt?«

»Ich hab's noch nicht nachgezählt, aber es sieht nach einer ganzen Menge aus.«

»Jetzt komm schon«, sagte Elom. »Zehntausend, fünfzigtausend oder eher hunderttausend Euro?«

»Ich würd eher sagen, ein, zwei Millionen.«

Das wurde ja immer besser, fand Elom. »Millionen?«, wiederholte er und lachte. David und Marvin stimmten mit ein. Nur Yannick blieb unbeeindruckt, wie abgesprochen, auch wenn es ihm jetzt schwerfiel.

»Vielleicht auch drei«, sagte Chris.

Elom packte ihn an den Haaren und drückte seinen Kopf

zum Heizungsrohr, bis sein Hals nur einen Zentimeter davon entfernt war. Etwas Speichel tropfte von Chris' Lippen und verdampfte sofort auf dem heißen Metall.

»Jetzt erzähl mal schön von Anfang an! Die Sache mit dem Ei vorhin hast du doch mitbekommen, oder?«

»Ja!«, flehte Chris. »Mann! Ich war im Wald laufen. Da ist ein Unfall passiert, ein Wagen von der Autobahn ist fast vor meinen Füßen gelandet. Im Kofferraum war eine Tasche voll Geld.«

Yannick schüttelte den Kopf. »Scheiße, der lügt doch!«

Chris schrie auf, als Eloms Hand sich noch fester in seine Haare krallte. »Ich zeig euch das Geld! Dann seht ihr, dass ich nicht lüge.«

Elom glaubte ihm. Einen Moment lang ließ er Chris noch zappeln. Dann zog er seinen Kopf weg und sagte: »Steh auf!«

Phil hatte das Küchenfenster geöffnet und kniete jetzt auf dem Fensterbrett, damit er eine bessere Sicht hatte. Das Fernglas hatte er vor zwei Jahren auf dem Flohmarkt für Chris zum Geburtstag gekauft. Er stellte es mit dem Zeigefinger am Rädchen in der Mitte scharf und überblickte den Kiefernwald und am anderen Ende des Bolzplatzes noch einen Teil der Schrebergartensiedlung. Chris hatte gesagt, dass er gerade Richtung Autobahn lief. Aber er konnte ihn nirgendwo ausmachen. Auch David und Co. nicht.

Na ja, der Anruf war ja auch schon eine Weile her.

Und wem hatte er das zu verdanken?

»Okay, ich kann das nicht mit ansehen!«, sagte Sabrina, die unter ihm am Küchenfenster stand.

Plötzlich spürte Phil eine Hand, die sich hinten an seiner Hosentasche festkrallte. »Hey!«, rief er. »Was machst du denn da?«

»Du fällst sonst runter!«

»Kein Wunder – wenn mir jemand ohne Vorwarnung an den Hintern geht!«

Sabrina stützte sich am Fensterbrett ab. »Glaub ja nicht, dass mir das Spaß macht! Kannst du wenigstens was sehen?«

Phil machte einen Schwenk am Nachbarhaus vorbei bis zu den Wohntürmen auf der anderen Straßenseite. »Nur Spaziergänger mit Hunden.« Er reichte Sabrina das Fernglas, sie nahm die Hand von seiner Hosentasche, und er sprang vom Fensterbrett auf den Küchenboden. »Danke fürs Lebenretten«, sagte er.

»Und jetzt?«, fragte Sabrina. »Eloms Mutter hat doch bestimmt schon die Polizei gerufen.«

Phil nahm ihr das Fernglas wieder ab. »Weil ich ihre Wohnung abgesucht hab, ohne vorher Bitte zu sagen? Die hat Besseres zu tun, als ihre Jungs bei den Bullen hinzuhängen.« Er ging an Sabrina vorbei aus der Küche.

Unglaublich: Sie schien nicht den Hauch eines schlechten Gewissens zu haben – obwohl sie es gewesen war, die den Anruf von Chris weggedrückt hatte.

Aber sie folgte ihm. »Phil, jetzt warte mal, wo gehst du hin?« Also tat es ihr vielleicht doch leid.

Oh Mann, er musste sie aus seinem Kopf kriegen, wenigstens jetzt, er musste seinen Bruder finden. Aber wenn das so einfach wäre! Sie war zum Greifen nahe und sie sah nicht gerade aus wie ein Sack Kartoffeln. Alles andere als das.

»Im Treppenhaus gibt es eine Dachluke«, sagte er. »Die führt in den Speicher. Ich hab zwar keinen Schlüssel, dafür aber eine ziemlich gute Bohrmaschine im Keller!«

»Und was willst du im Speicher?«

Phil öffnete die Wohnungstür. »Wenn man von dort aus aufs Dach klettert, hat man ein besseres Blickfeld als von unserem Küchenfenster aus.« Er drückte Sabrina sein Handy in die Hand. »Versuch's du noch mal bei Chris!«

Sabrina nickte und tippte auf Wahlwiederholung. Sie hatte Mühe, mit ihm Schritt zu halten. Er sprang die Treppen mehr hinunter, als dass er rannte.

»Wieder nur Mailbox«, sagte Sabrina hinter ihm. »Wollen wir nicht doch die Polizei rufen?«

Phil blieb im Keller vor einer schweren Metalltür stehen, auf der in schwarzen Blockbuchstaben *Tiefgarage* stand. »Kannst du gerne machen«, sagte er. »Aber ich werd hier nicht Däumchen drehen, bis die vorbeikommen.« Er langte zum Türgriff.

Sabrina berührte ihn an der Schulter. »Phil, ich weiß, ich hätte seinen Anruf nicht wegdrücken dürfen!«

Phil zögerte einen Augenblick. Dann sagte er: »Ja. Stimmt.« Er machte die Tür auf.

Und hörte Schritte! Er legte den Zeigefinger an seine Lippen und Sabrina nickte. Dann hörten sie die Stimme von dem Dicken, Marvin: »Was war das?«

Phil zeigte auf die Tür, die von selber klackend zufallen würde, wenn er sie losließ – und Sabrina hielt die Tür für ihn auf, während er in den schmucklosen Kellergang schlich. Am Ende des Gangs führte eine Treppe runter in die Tiefgarage. Vorher gab es zwei Abzweigungen: Laut Markierung an der Wand führte die eine zu Heizungskeller, Waschkeller und Trockenräumen – und die andere zu den Kellerabteilen.

Dann konnte er David hören: »Soll ich nachschauen?«

»Nein. Los, weiter«, zischte Elom. Die Stimmen kamen aus Richtung der Kellerabteile.

Phil blieb vor der Abzweigung stehen und drückte sich gegen die Wand. Dann hörte er ein sattes Klacken, als eine andere Metalltür ins Schloss fiel. Er schaute vorsichtig um die Ecke. Und machte Sabrina ein Handzeichen, zu ihm zu kommen. Sie ließ die Tür, an der sie stand, leise ins Schloss gleiten.

Als Sabrina neben ihm war, gab Phil ihr seinen Wohnungsschlüssel. »In meinem Zimmer, unter dem Bett, liegt ein Baseballschläger«, flüsterte er.

»Du hast einen Baseballschläger unter dem Bett?«

»Ja. Ich spiel eben gern Baseball. In der Küche findest du ein japanisches Fischmesser, aus einem Guss, etwa so lang.« Er hielt beide Zeigefinger in Lineallänge auseinander. »In der Schublade neben dem Herd. Vorsicht, es ist sehr scharf.«

Sabrina starrte ihn entsetzt an. »Was hast du denn vor – die Typen erst weichklopfen und dann Sushi draus machen?«

Phil zog den Ledergürtel aus den Schlaufen seiner Jeans. »Das hängt von denen ab.«

Das Kellerabteil war ein einfacher Holzverschlag, etwa sechs Quadratmeter groß. Eines von zehn insgesamt, die sich hinter dieser Metalltür befanden. Chris hatte es vor zwei Tagen ausgesucht, weil offensichtlich war, dass seit Jahren schon niemand dieses Abteil betreten hatte: Der Staub lag fingerdick auf den Umzugskartons, Farbeimern, Matratzen und dem anderen Gerümpel, das sich teils bis zur Decke stapelte. Außerdem hatte Chris nicht mal das Vorhängeschloss aufbrechen müssen, um reinzukommen: Es hatte gereicht, einen der beiden Eisennägel, mit denen der Türbeschlag befestigt war, mit einer Zange aus dem weichen Holz zu ziehen.

Und da der Nagel inzwischen schon einmal gelöst worden war, brauchte er jetzt auch keine Zange mehr. *Jetzt* brauchte er nur noch das Vertrauen von diesen vier Arschlöchern.

»Meine Fresse, ist das euer Keller?«, sagte Marvin. »Da kriegt man ja schon 'ne Stauballergie, wenn man nur reinschaut!«

Was Chris auf keinen Fall wollte, war hier auf nett machen. Das würde auffallen. Also sagte er: »Sieht man dir gar nicht an, dass dich Schmutz so stört.« Er fing an, den Nagel mit Daumen und Zeigefinger aus dem Holz zu pulen. »Wenn das unser Keller wäre, würde ich ihn wohl nicht aufbrechen müssen.« Trotzdem musste er die Penner spüren lassen, dass er Schiss vor ihnen hatte – also schob er etwas kleinlaut hinterher: »Keine Ahnung, wem der Keller gehört. Vielleicht jemand, der seit Jahren tot vorm Fernseher hockt. Wär nicht der Erste hier im Haus.« Er zog die Tür auf.

Elom hielt ihn an der Schulter fest. »*Ich* geh da rein!«

Mist. »Elom«, sagte Chris mit einem genervten Unterton, der keine große Schauspielkunst von ihm erforderte. »Versteh mich nicht falsch, ich bin echt geschmeichelt. Aber ich bin vierzehn, eins sechzig groß und gerade mal fünfzig Kilo schwer. Und der einzige Weg hier raus ist an euch vorbei. Ich würde spätestens an Dickerchen da hängen bleiben. Außer vielleicht, Marvin zieht aus Versehen gerade den Bauch ein.«

Sogar David konnte sich jetzt ein Grinsen nicht verkneifen. Auch Elom musste schmunzeln. Sehr gut.

Nicht mal Marvin war wirklich sauer, als er sagte: »Willst du etwa sagen, ich bin fett?«

»Willst du etwa sagen, du bist es nicht?«

Marvin wusste nicht, was er darauf antworten sollte.

»Na also«, sagte Chris.

Aber dann schob sich Yannick, der ihn schon die ganze Zeit misstrauisch beobachtet hatte, an Marvin vorbei. »Jetzt mal ehrlich, Jungs. Kommt euch das nicht komisch vor, dass diese Pfeife hier uns das Geld einfach so überlassen will?«

»Von Wollen kann hier nicht die Rede sein«, sagte Chris. »Aber ihr dürft mir gerne was übrig lassen. Ein kleines Trinkgeld. Oder besser noch: ein großes.«

Yannick schaute jetzt nur noch Elom an: »Ich meine, was ist mit seinem Bruder? Was ist mit den Bullen? Kaufst du ihm die Story wirklich ab?«

Chris wollte Elom nicht groß zum Nachdenken kommen lassen und sagte extra genervt: »Oh Mann! Was ist mit den Arschhaaren vom Papst? Was ist mit der Schlechtwettervorhersage für Silvester? Nicht dass ich unser Gespräch hier nicht genießen würde – aber wollt ihr die Scheißkohle nicht wenigstens mal sehen?«

»Schau mal, wie der schwitzt!«, sagte Yannick zu Elom.

»Es ist verdammt heiß hier, okay?«, antwortete Chris.

Elom nahm die Hand von Chris' Schulter. »Gut. Dann zeig uns mal die Kohle.«

Chris zwängte sich in das Kellerabteil, stieg über die Kartons am Boden – bis er zur hinteren Wand gelangte, an die eine Matratze gelehnt war. Obwohl David flüsterte, konnte Chris ihn hören: »Wollen wir ihm wirklich was abgeben?«

»Eins nach dem anderen«, antwortete Elom. »Du sagst, wenn du Hilfe brauchst!«, rief er in seine Richtung.

»Passt schon, ich hab's gleich.« Chris schob die Matratze

ein Stück zur Seite, dann ging er davor in die Hocke. Er atmete durch, dann streckte er die Hand aus.

In dem Moment knallte die Metalltür, durch die sie vorhin gekommen waren, gegen die Wand. Chris konnte sehen, dass der Putz an der Stelle absprang, wo der Türgriff aufschlug, noch bevor er Phil erkannte. Phil, der in der einen Hand das japanische Fischmesser hielt – ein immer noch unbenutztes Werbegeschenk für ein altes Zeitungsabo ihres Vaters – und in der anderen den silberfarbenen Baseballschläger mit der Gummibeschichtung am Griff. Mit dem sie genau ein Mal Baseball gespielt hatten.

Oder besser gesagt, nicht gespielt hatten, denn keiner von ihnen hatte damals auch nur ansatzweise den Ball getroffen. Trotzdem, zusammen mit der schwarzen Jeans und dem engen T-Shirt sah Phil jetzt aus wie der Fiesling in einem Comic.

War das alte Zeug also doch noch zu was gut. Elom und die anderen schienen erst jetzt zu realisieren, dass sie zwar in der Überzahl, aber nicht bewaffnet waren.

Da alle Blicke sich auf Phil richteten, konnte Chris sich unbeobachtet von der Rückwand in die Mitte des zugemüllten Kellerabteils begeben. Dann richtete er seelenruhig die Pistole, die er hinter der Matratze hervorgeholt hatte, auf Elom – der ihm, wie die anderen auch, immer noch den Rücken zuwandte.

»Scheiße, Mann, woher hast du die Knarre?«, sagte Phil, und wie auf Kommando drehten sich die anderen zu Chris um.

»Tut mir leid, wenn ich dir die Show stehle«, sagte Chris.

Elom stöhnte. David und Marvin starrten Chris mit offenem Mund irritiert an. Yannick sagte: »Ich hab's doch geahnt!«

»Ja, herzlichen Glückwunsch!«, sagte Chris.

Afrim versuchte es ein letztes Mal. Wieder ging nur die Mailbox an. Er steckte sein Blackberry weg. Blieb am Treppenabsatz zwischen zweitem und erstem Stock stehen. Er lehnte sich gegen das Gitter vor dem bullaugenförmigen Fenster, rieb sich das Gesicht. Im Haus gegenüber blinkte ein kletternder Plastikweihnachtsmann an einem Balkongeländer. Es sah aus, als wäre er mit einem Sack voller Geschenke auf dem Rücken gerade auf dem Weg in die Wohnung.

Hatte er es versaut?

Auch Eloms Mutter hatte ihm nicht weiterhelfen können: eine eigentlich noch junge Frau, die ihre Söhne alleine großzog und dafür neben ihrem Hauptberuf als Kosmetikerin noch zwei Vierhundert-Euro-Jobs unterhielt. Sie hatte den Umzugskarton mit dem Christbaumschmuck zugeklebt – Weihnachten würde dieses Jahr wohl ausfallen, hatte sie gesagt – und ihm das Zimmer der Jungs gezeigt. Dann hatte sie es telefonisch bei beiden versucht – während er neben ihr stand –, doch auch bei ihr kam immer nur die Mailbox.

Afrim glaubte ihr, dass sie nicht wusste, wo ihre Söhne waren. Er kannte diesen sorgenvollen Gesichtsausdruck, der zwischen Hilflosigkeit und Aufgeben balancierte. Sie war eine Frau, die ihr Bestes gab und ahnte, dass das nicht reichte.

Es war normal, dass Jungs in dem Alter Scheiße bauen, manche mehr, manche weniger. Aber manche werden sogar dazu getrieben. Und das ausgerechnet von ihm!

Dabei hatte er doch bloß das gemacht, was seine Vorgesetzte ihm aufgetragen hatte. *Sie* führte die Ermittlungen. Auch wenn sie nicht ganz astrein war, einer musste die Richtung vorgeben. Sollte er jede Anweisung erst hinterfragen?

Ja. Sollte er eigentlich. Er wählte Katrin Menschicks Nummer, wartete, bis sie sich gemeldet hatte, dann sagte er ohne Umwege: »Elom Mbamu ist weg. Sein Bruder auch. Die Mutter weiß nicht, wo, und ich hab überall gesucht.«

Er konnte ihr lautloses Lachen fast vor sich sehen, als sie antwortete: »Ich schätze mal, er ist untergetaucht. Der Arme hat sich deine Drohung wohl ein bisschen arg zu Herzen genommen.«

»*Meine* Drohung? Sie haben gesagt, ich soll ihn unter Druck setzen.«

»Sie? Bitte nicht schon wieder!«

»*Sie* haben mich da reingezogen!«

»Afrim! Dass er abgeschoben wird, wenn er nicht mitmacht? War das etwa meine Idee?«

»Die Geschichte von dem Türkenjungen kam doch von Ihnen!«

»Ja. Aber der hatte ein Vorstrafenregister so lang wie 'ne Klorolle. Mal abgesehen davon wurde der in die Türkei abgeschoben. Da gibt's Strom, fließend Wasser und eine Dönerbude an jeder Ecke. Anders als im Kongo, wo die Kinder mit Kalaschnikows durch die Gegend laufen und einem der Kopf mit 'ner rostigen Machete abgehackt wird, wenn man aus Versehen mal auf der falschen Straßenseite gähnt!«

»Ich sollte ihm Angst machen!«

»Was dir gelungen ist. Keine Sorge, der Junge taucht schon irgendwann wieder auf, wenn er sich von seinem Schreck erholt hat. Irgendwann merkt er auch, dass er immer noch nicht in Afrika gelandet ist. Und wenn wir Glück haben, freut er sich so sehr darüber, dass er nie wieder in seinem Leben Mist bauen wird. Vielleicht kriegst du in ein paar Jahren sogar mal einen Brief von ihm, wo er sich extra bei dir bedankt.«

»Glaubst du wirklich?«

»Nein. Aber ich glaube, du solltest jetzt langsam mal aufhören, dir in die Hosen zu machen! Es war ein Versuch mit ihm, mehr nicht. Möglicherweise hätte Elom ein paar Informationen für uns gesammelt. Aber das war's auch schon. Jetzt holen wir uns diese Informationen eben selber.«

Afrim setzte sich auf die Treppe, beugte sich vor, stützte die Ellbogen auf die Knie. »Was ist mit dem Mädchen?«, fragte er in sein Blackberry.

»Siehst du? Die meldet sich auch nicht. Heule ich deswegen gleich los? Nein. Aber das liegt vielleicht auch daran, dass ich weiß, wo das Mädchen ist. Das ist das Gute an den Handys heutzutage. Man kann sie so schön orten.«

»Wer hat denn das genehmigt?«

»Niemand. Also bitte nicht weitersagen.«

Chris ließ sich auf sein Bett fallen, und Phil nahm sich den Hocker, den sie, um Platz zu sparen, unter dem Schreibtisch stehen hatten. »Wie geht's dir?«

»Müde mit Kopfweh«, sagte Chris.

»Dann sollten wir ins Krankenhaus. Du hast vielleicht eine Gehirnerschütterung, wenn sie dich k. o. geschlagen haben.«

Phil warf Sabrina einen Blick zu. Sie stand im Türrahmen. Falls sie ein schlechtes Gewissen hatte, dann verbarg sie es jedenfalls meisterhaft.

»Ich will nicht ins Krankenhaus«, sagte Chris und rappelte sich ächzend wieder auf. »Nur was trinken und mich ausschlafen!«

Phil überlegte einen Augenblick, dann nickte er. »Na gut.«

Er deutete auf die Pistole, die Chris ihm schließlich in die Hand gedrückt hatte. »Wenn du mir noch sagst, woher du die hast!«

Chris schaute skeptisch in Sabrinas Richtung und dann zu Boden. Phil konnte die Kiefermuskeln in seinem Gesicht arbeiten sehen.

Sabrina lächelte. »Wenn ich jetzt raten müsste, würd ich sagen, aus der Geldtasche.«

Klar, dachte Phil, woher sonst? »Hast du nicht gesagt, da hättest du nicht reingeschaut? Weil sie *abgeschlossen* war.«

»War gelogen«, sagte Chris schließlich.

Phil lachte auf. Er legte die Pistole auf den Schreibtisch. »Du hast also die Zeitungen da rein?«

Jetzt musste sogar Chris grinsen. »Die hatten die Papiertonne nicht geleert, da hab ich mir gedacht, räum ich ein bisschen auf. Das Vorhängeschloss hab ich in Papas Werkzeugkoffer gefunden.«

Phil schüttelte langsam den Kopf, um das Lachen aus seinem Gesicht zu kriegen, aber er schaffte es nicht. »Du hast die Bullen eiskalt angelogen?«

Chris nickte. »Dass das so gut funktioniert, hätt ich selber nicht gedacht. Aber mir war's in dem Moment einfach egal, ob die mir das abkaufen oder nicht.«

Phil musterte Chris. Seinen *kleinen* Bruder. Phil kam nicht umhin, ihn dafür zu bewundern. So was musste man erst mal bringen.

»Und wo ist das Geld jetzt?«, fragte Sabrina – die er fast vergessen hatte. Für ein paar Sekunden immerhin. Er machte also Fortschritte.

»Das werd ich *dir* gerade sagen«, kam es von Chris.

»Ohne mich gäb's dieses Geld gar nicht!«

»Und ohne mich hätten es schon längst die Bullen!«

»Was soll denn das bitte heißen?«

»Dass ich nichts dagegen habe, wenn wir das Geld teilen. Aber du hast sicher Verständnis dafür, dass ich euch erst morgen sage, wo es ist. Wenn ich wieder wach bin.« Chris schnappte sich das Kabel der Stehlampe und schaltete sie aus.

»Glaubst du etwa, dass wir ohne dich abhauen würden?«, fragte Phil.

»Du vielleicht nicht. Sie vielleicht schon!« Chris ließ sich zurückfallen und kickte sich die Schuhe von den Füßen.

Sabrina ging aus dem Zimmer. Kurz darauf konnte man in der Küche das Wasser laufen hören. Chris drehte sich zur Wand hin. Phil stand auf und schob den Hocker zurück. »Ich lass die Tür angelehnt. Falls irgendwas ist, schreist du, ja?«

»*Anrufen* werd ich bestimmt nicht.«

Das musste ja kommen. Phil hockte sich zu Chris auf die Bettkante. »Okay, sie hat den Anruf weggedrückt. Aber da hat sie nicht gewusst, dass du in Schwierigkeiten steckst.«

»Das hätt ich ihr schon noch gesagt – wenn sie *drangegangen* wäre!« Chris zog sich mit einer Hand umständlich die Bettdecke über die Schulter.

Phil seufzte. »Chris, Mann, jetzt hör mal zu –«

»Hey«, unterbrach Chris. »Mir musst du nichts erzählen. Die könnte sich vor deinen Augen in den Teufel verwandeln, das wär dir egal. Solang ihre Titten noch dran sind.«

Okay, es war ein harter Tag gewesen. Unter Heiligabend stellte man sich was anderes vor. Und wahrscheinlich hatte Chris sogar recht.

Sabrina kam mit einem Glas Wasser zurück. »Hier, du wolltest doch was trinken.«

Chris drehte den Kopf in ihre Richtung. Er zögerte kurz. Aber dann richtete er sich auf und nahm ihr das Glas ab. »Würd mich nicht wundern, wenn da K. o.-Tropfen drin wären.«

Sabrina lächelte. »Chris, überleg doch mal: Die verpasse ich dir natürlich erst, *nachdem* du gesagt hast, wo das Geld ist.«

Eine halbe Stunde später legte Phil ein paar Klamotten auf den Couchtisch, je eine Garnitur zum Wechseln für sich und eine für Chris. Er hatte die Sachen aus dem Schrank gezogen, nachdem er nach Chris geschaut hatte. »Schläft wie ein Baby«, sagte er.

»Und das ganz ohne K. o.-Tropfen«, sagte Sabrina.

Phil grinste. »Nach der Nummer mit dem Telefon ist es wirklich kein Wunder, dass er dir nicht hundertprozentig traut.«

Sabrina stellte sich neben ihn und begutachtete die Kleidung auf dem Tisch. »Ich würd mich ja schon über fünfzig Prozent freuen. Aber ich glaube, selbst das ist utopisch.« Sie hielt die Jeans von Chris hoch. »Was ist mit mir? Bekomm ich keine Wechselwäsche?«

Phil musterte sie. »Ehrlich gesagt, je weniger du anhast, umso besser.« Er räusperte sich. »Ich meine natürlich: Je weniger wir mitnehmen, umso besser. Ich hab mir gedacht, was wir sonst noch brauchen, kaufen wir in Österreich. Aber wenn dir die passt, okay. Chris hat noch mehr Jeans im Schrank.«

Sabrina strich das Etikett mit den Pflege- und Größenangaben in der Hose glatt. »In der Länge passt sie vielleicht«, sagte sie. »Aber zu krieg ich die nicht.«

Man konnte fast meinen, sie hätte seinen Versprecher überhört. Aber das war sehr unwahrscheinlich.

Tat sie vielleicht nur so cool?

»Willst du eine von mir anprobieren?«, fragte Phil.

Sabrina legte Chris' Jeans zurück auf den Couchtisch, neben dem die drei Rucksäcke lagen, die Phil aus dem Schrank gezogen hatte. »Hm, Boyfriend Cut – warum nicht?«

Phil deutete auf die andere Jeans. »Na dann.« Er griff nach seinem Handy. »Ich stell den Wecker auf vier. Dann haben wir noch Zeit für einen Kaffee.«

Sabrina hielt seine Jeans prüfend hoch. »Ihr habt doch keinen mehr.«

»Stimmt«, sagte Phil. »Also können wir 'ne Viertelstunde länger schlafen. Hauptsache, wir kommen früh genug los, dass die Straßen noch leer sind und ich mich ein bisschen einfahren kann.« Er legte das Handy zurück.

»Lee Jeans.« Sabrina lächelte. »Ein echter Cowboy!«

Phil wartete darauf, dass Sabrina ihn aufforderte, sich umzudrehen. »Ist bestimmt auch was für Cowgirls«, sagte er.

Aber sie forderte ihn nicht auf. Sie ließ seine Jeans auf das Schlafsofa fallen und öffnete an ihrer Hose Gürtel, Knopf und Reißverschluss. Sie trug eine dieser hautengen Jeans, bei denen Phil sich schon öfter gefragt hatte, wie die Mädchen da überhaupt reinkamen.

Nachdem Sabrina die Daumen links und rechts am Hosenbund eingehakt hatte, hielt sie inne. Wahrscheinlich wartete sie darauf, dass er sich von selber umdrehte.

Oder würde sie ihn für einen Feigling halten, wenn er das tat? Mann! Was macht man in so einer Situation?

Im Zweifel sich die Show nicht entgehen lassen, oder?

»Was schaust du so?«, sagte Sabrina. »Noch nie ein Mädchen gesehen, das sich auszieht?«

»Nicht im Winter.«

Sabrina lachte. »Was?«

»Fällt mir auch gerade erst auf: Beziehungsmäßig bin ich anscheinend mehr der Sommertyp. Plus minus ein bisschen Frühling oder Herbst.« Er schob die Klamotten beiseite und setzte sich auf den Tisch. Und lehnte sich an die Wand. Sich auf die Couch zu flegeln, um ihr beim Ausziehen zuzuschauen, schien ihm dann doch ein wenig dreist.

»Na, dann hab ich ja nichts zu befürchten«, sagte Sabrina. »Drehst du dich trotzdem mal um?«

»Ich kann nicht. Ich sitz mit dem Rücken an der Wand. Außerdem wollt ich schon immer mal wissen, wie ihr Mädels aus so einer Wursthaut wieder rauskommt.«

Sabrina lächelte. Zum Ohnmächtigwerden. »Der Sommertyp«, sagte sie, »so, so. Wie soll ich mir das denn vorstellen? Beutezug am Baggersee? Oder bist du eher im Freibad unterwegs, führst ein paar Kunststücke auf dem Drei-Meter-Brett vor und dann lässt du 'ne Currywurst springen? Bist du so einer?«

Phil verschränkte die Hände hinter dem Nacken, um mit einer kurzen Kopfdrehung möglichst unauffällig zu kontrollieren, ob er unter den Achseln roch. Dann sagte er: »Eigentlich bin ich mehr so der Eisbach-Englischer-Garten-Typ. Aber das mit der Currywurst merk ich mir. Obwohl ich nicht gedacht hätte, dass du da anbeißen würdest.«

Sabrina machte ein paar Schritte auf ihn zu. »Das hängt davon ab, was für 'ne Figur du in der Badehose abgibst. Da bin ich ganz oberflächlich.«

Heilige Scheiße. »Was? Innere Werte zählen überhaupt nicht? Ich bin schockiert! Nicht dass ich welche hätte.«

Sie streckte die Hand nach ihm aus. »Wie wär's damit? Du ziehst dich auch aus. Dann darfst du mir beim Ausziehen zuschauen.«

»Ist das dein Ernst?«

»Traust du dich nicht?«

Phil ergriff ihre Hand. »Ich frag mich eher, ob du dich das traust.« Er fing an, sein Hemd aufzuknöpfen. Als er den untersten Knopf gelöst hatte, zog Sabrina den Reißverschluss ihrer Kapuzenjacke langsam runter, dann ließ sie die Jacke von ihren Schultern gleiten.

»Wollen wir wirklich das Auto nehmen?«, fragte sie. Unter ihrer Jacke hatte sie nur noch ein T-Shirt an – und keinen BH, wie Phil feststellen konnte. Na ja, war ja auch Weihnachten. Also gab es doch noch Geschenke.

Er sagte: »Die Karre steht in der Garage, ist vollgetankt und hat noch einen Monat TÜV. Das schaff ich schon, ich hatte genug Fahrstunden.« Er warf sein Hemd auf das Schlafsofa. »Wie geht's jetzt weiter?«

Sie deutete auf seine Hose. Er wollte seinen Gürtel aufmachen. Aber den hatte er im Keller vergessen. Wo er ihn doch nicht hatte brauchen können. Schon gar nicht, nachdem Chris auf einmal die Pistole in der Hand gehabt hatte.

»Aber du hast keinen Schein und bist noch siebzehn«, sagte Sabrina. »Wenn wir in eine Polizeikontrolle kommen –«

»Sind wir so oder so angeschissen mit vier Millionen Euro im Gepäck. Im Auto wie im Zug.« Phil ließ die Jeans an seinen Beinen herunterrutschen. Und war verdammt froh, dass seine langen Unterhosen alle in der Wäsche waren.

Sabrina fing an, sich aus ihrer hautengen Hose zu schälen.

»Brauchst du Hilfe?«, fragte Phil.

»Wenn du schon so nett fragst.« Sie ließ sich auf den Rand des Schlafsofas nieder und streckte ihm einen Fuß entgegen.

Phil schob beide Daumen in das Hosenbein und zog es nach und nach über Sabrinas Fuß. »Ach, du meine Güte!«, sagte er.

»Was machen wir mit Elom und den anderen?«, fragte Sabrina.

Phil hatte den Schlüssel im Schloss stecken lassen, nachdem er den Heizungskeller abgesperrt hatte, und dann mit einer Zange den Schlüsselkopf abgebrochen. Nur zur Sicherheit. »Die lassen wir über Nacht da drin schmoren. Morgen können wir von unterwegs den Hausmeister anrufen. Du kannst nicht zufällig auch Auto fahren?« Phil knöpfte sich ihr anderes Hosenbein vor.

Sabrina sagte: »Mein Vater hat mal versucht, es mir beizubringen. Auf einem Hotelparkplatz in Kroatien. Er hat ganz schön geschwitzt, als ich Gas gegeben hab.«

Phil warf ihre Hose ins Eck. Sein Herz machte einen Sprung, als er ihren Slip sah. Er zog sich sein T-Shirt aus. »Aber ihr habt es überlebt.«

»Wir schon, die Karre nicht«, sagte Sabrina im Liegen, auf die Ellbogen gestützt. »Wow, sogar mit Sixpack! Das könnt tatsächlich was werden mit der Currywurst.«

Phil bewegte sich auf allen vieren ihr entgegen und kam sich vor wie ein Löwe. Auf Höhe ihres Bauchnabels hielt er inne und musterte ihren Slip. So musste es sich anfühlen, wenn man kurz davor war, olympisches Gold zu gewinnen. Nein, das hier fühlte sich garantiert besser an. Phil bewegte sich weiter, bis sein Kopf über Sabrinas war.

Gerade, als er sie küssen wollte, sagte Chris: »Ich will ja

nicht unhöflich sein, aber wie wär's, wenn ihr bitte in der Küche vögelt? Oder wenigstens die Tür zumacht!«

Phil drehte den Kopf Richtung Zimmertür. »Was machst du denn hier? Ich dachte, du schläfst!«

»Oh, Entschuldigung, aber ich wohne hier! Und ich muss pinkeln.« Chris ging an ihnen vorbei und knallte die Badtür hinter sich zu.

Phil stand auf. Und setzte sich sofort auf den Couchtisch, damit seine Erektion nicht ganz so aufdringlich hervortrat.

Als er zu Sabrina rüberschaute, knöpfte die sich gerade seine Jeans zu – und sagte: »Ein bisschen hochkrempeln und die passt perfekt!«

Afrim stand barfuß in Pyjamahose und Unterhemd an der Tür der Hausmeisterwohnung im Erdgeschoss und sagte: »Es ist mitten in der Nacht!«

Unglaublich, der Junge wohnt noch zu Hause, dachte Katrin. »Genau. Das werden die sich auch denken«, sagte sie.

»Und was ist, wenn sie nicht mitwill? Sie muss nicht.«

»Wir haben ein von ihrer Mutter unterschriebenes Papier, in dem sie sich einverstanden erklärt, dass ihre Tochter ohne ihr Beisein noch mal von uns eingehend befragt wird.«

Afrim schüttelte den Kopf. »Aber dieses Schreiben ist wertlos!«

Katrin stieß ein leises Lachen hervor. »Bist du auf einmal der Moralexperte hier? Vielleicht willst du dich ja schon für den gehobenen Dienst anbiedern – dann darfst du aber nicht so viel Skrupel haben, Afrim!«

Ein Windzug ging durch das Treppenhaus. Afrim bekam

eine Gänsehaut und verschränkte die Arme vor der behaarten Brust.

»Zwingt uns etwa jemand, der Kleinen zu erklären, ob das Schreiben was wert ist?«, sagte Katrin weiter. »Wir sagen ihr ja auch nicht, woher wir wissen, wo sie steckt. Muss man ja auch nicht, oder? Dass man ein Handy orten kann, weiß doch heutzutage jedes Kind.«

Leise fluchend griff Afrim neben die Tür und warf sich einen speckigen Wintermantel um, der aussah, als wäre er mindestens schon fünfzig Jahre alt.

»Danke«, sagte Katrin. »Behaarte Schultern geht gar nicht. Du musst dich unbedingt mal waxen lassen.«

Er schaute sie an, als wäre sie nicht ganz dicht – was sie amüsant fand. Er sagte: »Es ist viel zu riskant, was du vorhast! Und behaarte Männer sind männlich!«

»Und unbehaarte weiblich? Was ist denn das für eine Logik?«

»Oh Mann! Die Frau bringt mich um.« Afrim rieb sich das Gesicht, wobei der Mantel von seinen Schultern zu Boden fiel.

»Kriebl wird heute um Punkt sechs nach Stadelheim überführt. Das ist unsere letzte Chance, die Wahrheit in einer – sagen wir mal – familiären Atmosphäre aus ihm rauszukitzeln. Ganz unbürokratisch. Der Kerl ist liebeskrank!«

»Eher geisteskrank, das Mädchen ist gerade mal sechzehn.«

»Ja, eben. Und das müssen wir ausnutzen! Ich hab dir gesagt, Montag um acht liegt das Geld auf meinem Schreibtisch.« Sie warf einen kurzen Blick auf ihre Armbanduhr. »Das sind an die sechsundfünfzig Stunden bis dahin – die Wette gilt noch, wenn du willst.«

Afrim seufzte. »Was ist, wenn ich verliere?«

»Dann habe ich hundertmal kostenlos Babysitter gut.«

»Und wenn ich gewinne?«

»Musst du nicht babysitten.«

Sabrina lag in seinem Arm, den Kopf auf seiner Brust, und hörte sein Herz schlagen, das langsam wieder runterkam, ruhiger wurde. Es gefiel ihr, wie selbstverständlich seine Hand ihren Rücken streichelte, fast gedankenverloren. Als wäre dies nicht ihre erste Nacht zusammen. Überhaupt hatte sie noch keinen Jungen kennengelernt, der so unverkrampft war. Er war scharf auf sie gewesen, ohne sich dessen zu schämen. Aber weder benutzte er sie wie eine Sexpuppe, noch war er rücksichtsvoller als nötig. Es war alles wie von selber gegangen: eine Bewegung von ihr ergab die nächste von ihm.

So musste es sein, wenn man sich schon lange kennt und immer noch begehrt. Auch ihre Körper passten perfekt zusammen. Als wäre sie wie gemacht dafür, in seinem Arm zu liegen, so wie jetzt gerade.

»Ich glaub, wir sollten langsam mal schlafen, wenn du den Wecker auf vier Uhr gestellt hast«, sagte sie.

Die Spannung zwischen ihnen war kaum auszuhalten gewesen, nachdem Chris endlich wieder eingeschlafen war.

»Bist du müde?«, fragte Phil.

Sie lachte leise. »Überhaupt nicht.«

»Ich auch nicht. Ich hab das Gefühl, ich könnte einmal um die Welt rennen und wär immer noch nicht müde.«

Das erste Mal waren sie fast übereinander hergefallen, im Badezimmer, als er ihr ein frisches Handtuch gebracht hatte und eine verpackte Reisezahnbürste, die er noch irgendwo gefunden hatte.

»Einmal um die ganze Welt?«, fragte sie.

»Ja – wenn's hier nicht gerade so gemütlich wäre.«

»Dir ist klar, dass die Welt zu drei Vierteln aus Ozeanen besteht?«

»Schwimm ich eben auch ein bisschen.«

»Und wenn dir ein Hai in die Quere kommt?«

»Dann hat er Glück, dass ich so gute Laune hab und ihn am Leben lasse.«

»So fühlst du dich?«

»Eigentlich noch besser. Und du?«

»Hm. Lass mich mal überlegen. Vielleicht wie – ein Ehepaar, das gerade Sex hatte, aber aufpassen musste, dass nebenan das Kind nicht aufwacht.«

Phil stützte sich auf dem Ellbogen ab. »Du fühlst dich wie ein Ehepaar? Ist das ein Kompliment – oder der Wink mit dem Zaunpfahl, dass ich noch Nachhilfe brauche?«

Sie küsste ihn auf die Brust. Und lächelte. »Nein, die brauchst du nicht. Aber wenn du unbedingt welche haben willst, geb ich sie dir gerne.«

»Vorsicht, ich nehm dich beim Wort.«

»Das will ich hoffen.«

Phil fasste mit der rechten Hand ihr Bein und zog Sabrina auf sich. Sie lachte leise. Er hob den Kopf und küsste sie. Dann betrachtete er sie wieder. Es war, als könne er sich in ihre Augen hineinfallen lassen. Er wollte nicht mehr aufhören, sie anzuschauen.

»Was ist?«, fragte Sabrina.

Phil räusperte sich. »Ich frag mich gerade, ob ich jemals so glücklich war. Es tut fast schon weh. Dabei weiß ich gar nicht, ob ich glücklich sein darf.« Er streckte die Hand aus und strich eine Haarsträhne hinter ihr Ohr.

»Wegen deiner Mutter?«, fragte Sabrina. »Ich bin mir sicher, dass sie sich darüber freuen würde. Dass du jetzt glücklich bist, meine ich.«

Phil konnte nicht sagen, von wem die erste Bewegung ausging: Er drückte Sabrina an sich und zugleich schmiegte sie sich an ihn. »Ich weiß, das sagt man nicht so einfach«, flüsterte er. »Und dass das eigentlich noch viel zu früh ist, aber –«

Sabrina schaute ihm in die Augen. Er war sich sicher, sie wusste, was er meinte. Trotzdem sagte sie ganz leise: »Was? Sag's!«

»Ich liebe dich.«

Sie lächelte. »Und ich liebe dich!«, sagte sie.

Dann küssten sie sich und hörten nicht mehr auf. Sie waren zwei, die sich gefunden hatten, endlich. Sabrina berührte ihn, und er spürte, wie ihre Beine auseinandergingen. Wieder sagte sie: »Ich liebe dich!«

Jetzt wusste er, warum der Tod seiner Mutter seinem Vater das Genick gebrochen hatte. Es war eine Katastrophe gewesen, klar. Aber jetzt erst konnte Phil sich vorstellen, dass ein Mann nach dem Verlust seiner Frau keinen Sinn mehr im Leben findet. Auch er wollte Sabrina nie mehr loslassen, nie mehr verlieren. Als er ansetzte, ihr das zu sagen, hämmerte es gegen die Wohnungstür.

»Aufmachen, Polizei!« Es war die Stimme des jungen Polizisten. Dann rief seine Kollegin: »Kommt, macht die Tür auf – Sabrina, wir wissen, dass du da drin bist!«

Phil schloss die Augen. »Scheiße.«

Sabrina sagte: »Wenn wir nicht aufmachen, wissen die, dass wir was zu verbergen haben.«

»Ich hab auf jeden Fall was zu verbergen.« Er deutete auf seine Erektion.

Sabrina lächelte. »Das ist nichts, was wir später nicht nachholen können.«

Phil nickte schließlich, obwohl es ihm schwerfiel, er stand auf, murmelte ein »Scheißbullen!« und ging zur Tür. »Ist ja gut, ist ja gut!« Er schaute durch den Türspion, während er sich die Jeans zuknöpfte. »Kann ich mich vielleicht erst mal anziehen?« Dann drehte er den Schlüssel im Schloss zweimal nach links.

Katrin Menschick und ihr Kollege kamen ungefragt herein. Als sie Sabrina sahen – auf dem Schlafsofa, das zerwühlte Bettlaken um die Schultern –, sagte die Frau: »Oh, haben sich da zwei gefunden? Oder war ihr nur kalt und du hast sie vorm Erfrieren gerettet? Ich hoffe, ihr habt Kondome benutzt!«

»Ja«, sagte Phil. »Was für ein Pech, dass Ihnen Ihre ausgegangen sind.«

»Pass auf, was du sagst, mein Freund!«, kam es von ihrem jungen Kollegen.

»Wieso, weil Sie sonst Ihre Pistole auspacken und den harten Mann markieren? *Freund!*«

»Nicht schlecht, ein Typ mit Beschützerinstinkt, halt dir den warm, Kindchen«, sagte die Polizistin.

»Was wollen Sie?«, fragte Sabrina.

»Mit dir über die Eurokrise plaudern. Unsere ganz persönliche Eurokrise. Hier ist die Aussage deiner Mutter, unterschrieben und beglaubigt, sehr interessant. Bricht mir immer wieder das Herz, wenn so ein tiefer Riss durch eine Familie geht. Zieh dich lieber an, es ist wirklich kalt draußen.«

Phil schnappte sich seine Schuhe und hockte sich auf den Couchtisch. »Ich komme mit!«

»Wieso?«, sagte die Frau. »Ich dachte, du hast schon alles gesagt, was das Geld angeht. Oder etwa doch nicht?«

»Sie können hier nicht einfach reinplatzen und –!«

Sabrina kam an seine Seite. »Lass.« Sie drückte ihm einen Kuss auf den Mund. »Du weißt, wo ich bin. Ich ruf dich an, wenn es vorbei ist.«

Keine fünf Minuten später waren die Polizisten mit Sabrina gegangen und die Tür zum hinteren Zimmer öffnete sich. Chris schaute ihn mit strubbeligen Haaren, aber hellwach an.

»Warum haben die sie mitgenommen?«

»Warum wohl!«, sagte Phil wütend.

Chris ging ans Fenster, zog den Vorhang beiseite und Phil stellte sich zu ihm. Sie konnten noch sehen, wie ein dunkler VW Golf aus der Feuerwehreinfahrt fuhr. Dann verschwand der Wagen aus ihrem Blickfeld.

»Wir müssen sofort los«, sagte Chris.

»Und sie?«

»*Bevor* sie was sagt!«

»Wir können sie doch nicht einfach zurücklassen!«

»Wir müssen! Verstehst du das nicht?«

»Jetzt mal immer mit der Ruhe«, sagte Phil. »Darauf warten die doch nur! Dass wir irgendwas Unüberlegtes tun!«

»Die sind gerade weggefahren!«

Phil suchte nach Argumenten. Zum Glück fiel ihm was ein. »Glaubst du, die arbeiten alleine an dem Fall? Die beobachten uns. Wenn nicht die, dann irgendwelche anderen!«

»Was sollen wir denn machen? Sabrina weiß, dass ich die Kohle hab!«

»Das wird sie den Bullen nicht verraten!«

»Und wenn die Druck machen? Ich meine, so richtig! Das kannst du doch nicht wissen!«

»Chris! Wir müssen jetzt erst mal eins – cool bleiben! Da warst du doch bisher so ein Experte drin!«

Sie bogen rechts ab, stadteinwärts in die Schleißheimer Straße, die wie eine Schlagader vom Herzen Münchens zum nördlichen Stadtrand verlief. Das Mädchen schaute aus dem Fenster: auf die Panzerwiese, die trotz Dunkelheit weiß schimmerte, auf das um diese Uhrzeit verlassene Einkaufszentrum, auf die kasernenartigen Mietshäuser, die kleinen Vorkriegsbauten, die Eckläden und Bierkneipen. Auf Höhe des BMW-Werks schaltete Afrim den Scheibenwischer ein, es fing wieder an zu schneien: dicke Flocken, die im orangen Licht der Straßenlaternen durch die diesige Nacht fielen.

Katrin saß hinten, neben dem Mädchen. Sie sagte: »Und? Kannst du dir das vorstellen?«

Das Mädchen ließ sich Zeit. Dann sagte sie: »Versteh ich das richtig? Er soll denken, dass uns niemand hört. Aber Sie haben ein Mikro in dem Zimmer versteckt.«

Katrin lächelte. »Und eine Kamera.«

»Ist das denn legal?«

»Sabrina. Denkst du, wir drehen irgendwelche krummen Dinger? Aber wir brauchen eben deine Hilfe.«

Die Kleine schaute auf die Einverständniserklärung ihrer Mutter, die sie immer noch in der Hand hielt.

Katrin sagte: »Es tut mir leid, Sabrina. Aber in der Welt, in der deine Mutter lebt, hast du ihr den Liebhaber ausgespannt.

Ich will dir keine falschen Hoffnungen machen. Was ich dir aber verspreche, ist *meine* Hilfe – wenn du uns hilfst. Ich habe Kontakte zum Jugendamt. Es gibt ein Programm, das es Mädchen wie dir ermöglicht, alleine zu leben. Ohne Heimunterbringung. In einer netten, kleinen Wohnung.«

Das Mädchen reichte ihr den Wisch, den ihre Mutter unterschrieben hatte, dann sagte sie: »Wieso ist er eigentlich nicht schon im Gefängnis?«

Katrin faltete das Papier sorgfältig und steckte es in ihre Handtasche. »Die Krankenstation dort quillt über. Norovirus. Gab sogar schon einen Toten. Was wir uns von dem Gespräch erhoffen, sind Hinweise auf die Beute. Wenn wir Glück haben, verrät er dir auch mehr. Die Sache ist doch die – der Typ ist liebeskrank. Du hast ihm schon mal erfolgreich vorgespielt, dass du ihn liebst. Sag einfach, dass es dir leidtut. Du hast ihn auf die Idee mit dem Raub gebracht – jetzt wandert er ins Gefängnis. Das sei alles deine Schuld. Du hast versucht, das der Polizei zu erklären, aber die wollen dir nicht glauben. Versuch nicht, zu spielen. Sei einfach du selbst. Der Typ ist so verliebt, der wird alles, was du sagst, in Rosa sehen. Du kannst nichts falsch machen – und wenn es nicht klappt, bin ich auch nicht böse, Sabrina. Aber ich erwarte von dir einen guten Willen. Hast du den, bring ich dich danach persönlich zu deinem Prinzen zurück. Der dir wahrscheinlich gerade ein Schloss aus reinem Marmor baut – so verliebt, wie er ausgesehen hat.« Katrin lachte. »Du hast es echt raus mit den Männern!«

Ein weißes Schild mit rotem Kreuz wies an der Ampel neben der Trambahn-Endhaltestelle den Weg zum Krankenhaus. Afrim bog auf die Linksabbiegerspur, hielt vor der Kreuzung und wartete, dass es Grün wurde.

25. DEZEMBER
2:39 UHR

Phil lehnte neben dem Küchenfenster an der Wand, mit verschränkten Armen, unruhig. Er schaute immer wieder runter zur Straße. Es war alles gepackt, sie waren startklar.

»Wir können nicht mehr länger warten«, sagte Chris, der zwischen Herd und Spülbecken saß, genauso angespannt.

»Wenn du den Zug nehmen willst, bitte! Ich fahr vor vier nicht los.«

Chris rutschte kopfschüttelnd von der Arbeitsplatte runter. »Oh Mann!«

Phil waren schon lange die Argumente ausgegangen. Er wusste, dass er sich wiederholte. »Die Bullen waren vor zwei Stunden hier. Vor zwei Stunden! Es wäre einfach nicht fair! Ohne Sabrina wärst du nie über das Geld gestolpert!«

Chris nahm seinen alten Skianorak von der Stuhllehne und pfefferte ihn gegen die Wand. »Fair? Da fällt mir noch was anderes ein, was nicht fair ist, eine ganze Menge sogar! Hätte nicht gedacht, dass ich dich mal daran erinnern müsste!«

Phil hielt es für besser, Chris' kleinen Wutausbruch zu ignorieren. Er schaute wieder zur Straße runter und sagte: »Wir hatten eine Pechsträhne in letzter Zeit! Aber da kann Sabrina nichts dafür.«

Chris kam jetzt auf ihn zu und blieb dicht vor ihm stehen. »Eine Pechsträhne – das ist gut! Klar kann sie nichts dafür. Aber wir auch nicht! Und jetzt haben wir endlich mal Glück!«

»Dafür verkauf ich doch nicht meine Seele!«

»Was? Sind wir jetzt hier im Schultheater? *Seele?* Du meinst wohl eher deinen Schwanz und ihre Möse!«

Phil packte Chris am Kragen und drückte ihn gegen die Wand. Er machte den Mund auf, sagte aber nichts. Er wollte nichts Falsches sagen. Es half überhaupt nichts, jetzt zu streiten. Er musste ruhig bleiben.

»Wir reden hier von vier Millionen Euro, Phil! Sag mir bitte nicht, dass deine ...« Chris malte ein Paar Anführungszeichen in die Luft. »... *Seele* mehr wert ist!«

Phil ließ ihn wieder los. »Sabrina ist nicht irgendein Mädchen, mit dem ich zufällig mal im Bett gelandet bin!«

»Ach ja? Du hast sie gerade erst kennengelernt! Willst du etwa sagen, sie ist deine große Liebe? Ich wiederhole mich ja nur ungern! Aber irgendwie hab ich das Gefühl, dass du da was Wichtiges vergessen hast. Deswegen noch mal zum Mitschreiben: Wir haben *kein* Geld und bald auch *keine* Wohnung mehr! Unser Vater ist fertig mit der Welt. Weil unsere Mutter tot ist, Scheiße noch mal! Ich will dir ja nicht zu nahe treten, aber momentan ist echt kein guter Zeitpunkt, um einen auf sensibel zu machen. Vielleicht könnten du und deine *Seele* das eventuell berücksichtigen!«

Phil merkte, dass seine Hände sich wieder zu Fäusten geballt hatten. Er streckte die Finger aus und sagte ruhig: »Chris. Wir wollten um vier Uhr los. Lass uns bis vier Uhr warten. Wenn sie bis dahin nicht zurück ist, dann ...«

»... fangen wir wieder an zu diskutieren, oder?« Chris trat

gegen den Stuhl, der scheppernd gegen den Küchentisch knallte.

Phil schüttelte den Kopf. »Bis dahin ist mir was eingefallen.«

Sabrinas Zeigefinger näherte sich der Klingel. Matthias drückte sich neben der Wohnungstür an die Wand, damit er durch den Türspion nicht gesehen wurde: die Knie leicht angewinkelt, Pistole locker in der Hand, bereit zum Sprung. Sie würden völlig ohne Vorwarnung kommen. Sie hatten Glück gehabt, falls man das so nennen konnte: Sie hatten es auch ohne Klingeln ins Haus geschafft. Die Eingangstür unten war offen gewesen beziehungsweise nicht ganz ins Schloss gefallen. Kleine Steine vom Streugut hatten sich am Boden vor der Türleiste gesammelt.

Matthias neben ihr schaute sie mit flackernden Augen an: Worauf wartest du?, schien sein Blick zu sagen. Sie legte den Zeigefinger auf die Klingel. Und drückte dagegen.

Auf der Fahrt hierher hatte sie Matthias von den Brüdern erzählt. Sie hatte sich dabei an die Wahrheit gehalten, wenigstens was die Fakten betraf, und es tatsächlich geschafft, nicht zu lügen. Sie hatte nur vieles ausgelassen. Vor allem, was mit Phil gelaufen war, hatte sie für sich behalten.

Trotzdem war Matthias misstrauisch geworden. Er war es immer noch, sie spürte es. Vielleicht hätte sie nicht darauf beharren sollen, dass den Brüdern nichts passieren dürfe. Auch wenn sie es Matthias damit erklärt hatte, dass ohne die beiden die Beute längst bei der Polizei gelandet wäre.

Als Sabrina Schritte hörte im Inneren der Wohnung, warf sie Matthias einen letzten Blick zu. Er machte auf sie den Eindruck, als hätte er keine Angst mehr. Alles oder nichts, nur darum schien es ihm noch zu gehen. Er würde auch die Waffe gegen sich selber richten, in einer aussichtslosen Situation. Aber erst mit der letzten Kugel, da war sie sich sicher.

Sabrina schaute direkt auf den Türspion und wahrscheinlich hätte sie genau das nicht tun sollen. Ihr Blick musste Phil verraten haben, dass irgendetwas nicht stimmte.

Die Tür ging viel zu schnell auf. Als Matthias sie zur Seite stieß, rechnete Sabrina damit, dass er Phil so ausschalten würde wie die Polizistin vorhin. Aber stattdessen zog er mit der Pistole voll durch, als hätte er einen Tennisschläger in der Hand.

Er traf Phil in einer Aufwärtsbewegung am Kinn. Es gab ein Geräusch, als würde jemand mit einer Hacke in einen Eisblock hauen. Phil stürzte mit einer solchen Wucht zu Boden, als hätte er versucht, rückwärts einen Kopfsprung zu machen.

Als er auf dem Rücken aufkam, rührte er sich nicht mehr. Seine untere Gesichtshälfte hing schlaff zur Seite. Sein Mund stand offen; Blut triefte daraus auf den Teppichvorleger.

Sabrina holte Luft, als hätte man ihr in den Bauch geschlagen. Ihre Knie gaben nach. Sie sackte einfach in sich zusammen. Sie hörte sich selber schluchzen: »Warum hast du das getan?«

Matthias zog sie in die Wohnung. »Erklär ich dir später!« Er machte die Tür zu und verpasste ihr eine Ohrfeige, als sie nicht aufhörte, zu schluchzen. Als das keine Wirkung zeigte, schlug er noch mal zu.

Sie riss sich zusammen. Sie nickte.

»Keine Angst«, sagte Matthias jetzt fast zärtlich. »Er ist nicht tot.« Dann verschwand er.

Sabrina konnte Besteck klirren hören in der Küche, wie wenn eine Schublade nach der anderen aufgemacht wurde. Das konnte nur Chris sein – der vermutlich die Pistole suchte, die er Phil überlassen hatte.

Oder irgendetwas anderes, um sich zu wehren.

Kurz darauf kam Matthias mit ihm in den kleinen Flur. Matthias hatte die Pistole auf Chris gerichtet, aber in dessen Gesicht machte sich der Schrecken erst breit, als er seinen Bruder leblos am Boden sah. Dann schaute er Sabrina an, und Sabrina konnte sehen, wie der Hass in seinem Gesicht den Schrecken verdrängte.

Sie wollte etwas sagen, aber sie durfte nicht. Sie war froh, dass sie sich wieder einigermaßen unter Kontrolle hatte.

»Sabrina sagt mir, du weißt, wo mein Geld ist.« Matthias berührte Chris mit dem Pistolenlauf an der Wange, sodass Chris ihn anschauen musste.

»Ja«, sagte Chris erstaunlich ruhig.

»Sobald ich mein Geld habe, kannst du für deinen Bruder einen Krankenwagen rufen. Ich bin zwar kein Arzt, aber ich denke, je früher das passiert, desto besser.«

Chris nickte. »Es ist etwa zehn Minuten von hier. Wenn wir mit dem Auto fahren.«

Matthias musterte Chris. »Dann nichts wie los!«

4:06 UHR

Phil hatte einen metallischen Geschmack auf der Zunge. Vielleicht wegen der Kieselsteine? Er öffnete die Augen – und es war, als würde ihm jemand einen Medizinball innen gegen die Schädeldecke drücken.

Das Licht! Die nackte Glühbirne an der Decke – sie hatten nie eine richtige Lampe gekauft für den Flur. Diese Wohnung war immer nur eine Übergangslösung gewesen.

Phil schloss die Augen wieder und atmete langsam durch die Nase ein, während er versuchte, seine Zähne von den Kieseln zu befreien. Doch seine Zunge ließ sich kaum bewegen. Sie fühlte sich an, als würde sie zusammen mit den Steinen seinen ganzen Mund ausfüllen.

Wieso, verdammt noch mal, hatte er auf einmal Kieselsteine im Mund?

Mühsam richtete Phil sich auf, bis er auf allen vieren kniete. Bei jeder Bewegung spürte er den Medizinball in seinem Kopf. Als er den Mund langsam öffnete, knackte es unter seinem linken Ohr und ein blitzartiger Schmerz schoss ihm in den Unterkiefer. Ihm wurde schwindlig. Er war sich sicher, dass er sich gleich übergeben müsste. Nur dass es ihm dann das Gesicht zerreißen würde.

Phil atmete tief ein. Ganz langsam. Mist. Er konnte den Mund nicht mehr schließen. Er tastete nach dem Lichtschalter. Er fand ihn und die Dunkelheit ließ wenigstens das flaue Gefühl in seinem Magen schwächer werden.

Vorsichtig spuckte Phil die Kieselsteine aus und sah, dass es seine Zähne waren – mindestens neun: ganze Zähne und Splitter in allen Größen. Scheiße. Phil befasste sein Gesicht. Alles war taub. Er spürte nur etwas an seinen Fingern, etwas Feuchtwarmes, das an seinem Kinn klebte. Er versuchte, es abzuwischen, aber es ging nicht. Am liebsten hätte Phil sich wieder hingelegt. Doch er musste nach seinem Bruder schauen. Er zog sich an der Kommode hoch in die Hocke. Wieder überkam ihn diese furchtbare Übelkeit und wieder konnte er sie gerade noch unterdrücken.

Dann sah er sich im schwachen Licht, das aus dem Bad kam, in dem 70er-Jahre-Ankleidespiegel ihres Vormieters – den man erst vier Wochen nach seinem Tod in dieser Wohnung gefunden hatte. Der Spiegel hatte Phil auch schon immer gestört, wie die Glühbirne. Aber jetzt passte das Ding wenigstens zu seinem Gesicht. Es hatte etwas Zombiehaftes. Die untere Gesichtshälfte war schief und so stark geschwollen, dass es schon fast lächerlich aussah. Das klebrige Etwas an seinem Kinn, das dort herunterhing, war ein etwa zwei mal zwei Zentimeter großer Hautfetzen. Darunter blitzte zwischen all dem Rot der Kieferknochen weiß hervor.

Phil kam nur ein undeutliches Gemurmel über die Lippen, als er versuchte, nach seinem Bruder zu rufen. Er tastete sich an der Wand entlang in das Zimmer, wo früher ihr Vater geschlafen hatte, dann zur Küche. Schließlich zum Zimmer, das er mit Chris teilte. Leer, leer, leer. Auch das Bad war leer.

Phil fand eine Pflasterrolle im Spiegelschrank über dem Waschbecken. Er schnitt mit einer Nagelschere zwei lange Streifen ab, mit denen er den herabhängenden Hautfetzen wieder notdürftig an sein Kinn klebte. Dann drückte er die restlichen acht Tabletten aus einer angebrochenen Schachtel Paracetamol in den Zahnputzbecher und goss Wasser darüber. Er rührte mit einer Zahnbürste um und schlürfte die bittere Flüssigkeit vorsichtig in sich hinein; richtig trinken konnte er nicht.

Er hatte schon eine Vorahnung gehabt – oder eher die Ahnung einer Vorahnung, als er Sabrinas Blick durch den Türspion gesehen hatte. Chris hatte recht gehabt: Er war zu verknallt gewesen. In dem Moment hätte er einen klaren Kopf gebraucht. So war er einfach nur froh gewesen, dass Sabrina wieder zurück war.

Ihr besorgter Blick hätte ihn warnen müssen. Danach hatte er nur kurz eine Figur vor sich gesehen, wie einen farbigen Schatten, bevor alles schwarz geworden war in ihm. Aber er brauchte kein Fahndungsfoto, um zu wissen, wer ihn k. o. geschlagen hatte: Kriebl, dem es irgendwie gelungen war, zu fliehen.

Hatte Sabrina ihm dabei geholfen?

Warum Kriebl ihn k. o. geschlagen hatte, war klar: weil Phil nicht mehr gebraucht wurde – und weil sich so eindrucksvoll zeigen ließ, wie ernst er es meinte. Phil fragte sich, was mit Chris passieren würde, nachdem er den Typ zur Beute geführt hatte? Danach würde Chris auch nicht mehr gebraucht werden.

Phil schob diesen Gedanken wieder beiseite. Er hatte keine Zeit dafür, er musste sich auf eine andere Frage konzentrieren: wo sein Bruder das Geld versteckt hatte! Dieser Sturkopf!

Es brachte nichts, sich darüber aufzuregen, dass sein Bruder ihm gestern partout nichts erzählen wollte. Auch wenn Phil das Versteck gekannt hätte – es hätte nichts geändert an seinem jetzigen Zustand. Der Typ hatte ihm ja nicht mal die Chance gegeben, zu kooperieren.

Also, wo versteckt man vier Millionen Euro – ohne in der Zwischenzeit einen Herzanfall zu kriegen vor Angst, dass jemand die Kohle zufällig entdeckt? Chris musste ein todsicheres Versteck gefunden haben. Sonst wäre er nicht so cool geblieben in den letzten Tagen. Nur: Welches Versteck war schon todsicher?

Phil schaute in den Spiegel über dem Waschbecken. Der Schmerz kroch jetzt auch in seine taube Gesichtshälfte, trotz Tabletten. Sein Mund fühlte sich wund an – der metallische Geschmack musste vom Blut kommen, das war's. Seine Zunge pulsierte. In seinen Zähnen fing es an, zu ziehen.

Wo?

Phil schleppte sich in die Küche und tastete nach der Pistole, die er ganz hinten auf den amerikanischen Kühlschrank gelegt hatte, der noch aus ihrer alten Wohnung stammte. Die Pistole war noch da. Das war doch schon mal ein Anfang! Phil fuhr mit dem Daumen über den geriffelten Hebel am Knauf, der das Magazin verschloss, und dachte an das schwarze Etwas, das er vor seinem K. o. noch gesehen hatte. Jetzt wusste er, womit er niedergeschlagen worden war.

Er und Chris waren nicht religiös erzogen worden, aber einen Bibelspruch hatte Phil sich gemerkt: *Auge um Auge. Zahn um Zahn.* Besser konnte man es gar nicht formulieren.

Phil steckte sich die Pistole am Rücken in den Hosenbund. Dann zog er die Schublade neben der Besteckschublade auf, in der sich ein halbes Jahr Krimskrams angesammelt hatte. Nach kurzer Suche fand er darin das Leatherman-Tool seines Vaters.

Als er aus der Küche ging, fiel ihm noch etwas auf: Der Glasrahmen neben der Tür – mit dem Foto ihrer Mutter am Hafen von Marseille.

Das Glas hatte einen Sprung – und der war vor ein paar Stunden noch nicht da gewesen. Also hatte Chris ihm doch noch erzählt, wo die Beute versteckt war.

Ein Schweißtropfen floss ihm von der Stirn die Nase hinunter. Elom schloss die Augen. Jetzt war er schon wieder eingesperrt, zum zweiten Mal in zwei Tagen. War das erst der Anfang oder das Ende einer Pechsträhne?

»Dieses Scheißeinkaufszentrum!«, sagte Marvin wütend, den Tränen nahe, und steckte wieder sein Handy weg. Nachdem er ungefähr zum zehnten Mal nachgeschaut hatte, ob man hier vielleicht doch noch ein Signal empfangen konnte.

»Was?«, fragte Yannick, als hätte man ihn geweckt.

»Wären wir gestern nicht dort gewesen, wären wir dieser Schlampe nicht über den Weg gelaufen! Dieses Scheißeinkaufszentrum, das sieht mich nie wieder, echt!«

»*Er* ist dieser Schlampe über den Weg gelaufen!«, sagte David – und Elom musste nicht erst die Augen aufmachen, um zu wissen, wer mit *er* gemeint war.

»Außerdem war das vorgestern«, sagte David weiter.

»Könnt ihr mal aufhören, zu meckern?«, sagte Elom. »Wir haben alle Durst, wir haben alle Hunger, wir haben alle keinen Empfang. Wir finden es alle zum Kotzen hier! Okay! Hat das jemand noch nicht verstanden?«

David war der Einzige von ihnen, der sich nicht bis aufs T-Shirt ausgezogen hatte. Obwohl sein Hemd schon durchgeschwitzt war. »Ich find's vor allem zum Kotzen, dass du uns hier reingezogen hast!«, sagte er.

Elom musste lachen. »Ich?«

»Ja, du!« David drehte den Kopf in Eloms Richtung. »Weißt du, wie lang wir hier schon festsitzen?«

Yannick trocknete sich mit seinem Pullover das Gesicht ab. »Auf jeden Fall zu lang, um sich darüber aufzuregen, bei der Hitze.«

»Dass die *euch* nichts ausmacht, ist ja klar«, sagte David.

»Was?«, fragte Yannick zurück. »Weil wir *Neger* sind?«

»Das hast du gesagt«, antwortete David.

»Mir macht die Hitze nichts aus, weil ich nicht so eine Pussy bin!«, sagte Yannick David ins Gesicht.

»Hast du Pussy zu mir gesagt?«

»Nein, aber anscheinend hättest du das gern!«

»Hey!«, sagte Elom und stand von seiner Matratze auf, um den Platz Marvin zu überlassen, der wieder an der Reihe war. »Könnt ihr euch vielleicht später die Köpfe einschlagen? Wenn ich nicht mehr dabei zuschauen muss.«

David breitete mit einem freudlosen Grinsen die Arme aus. »Später? Wer sagt denn, dass wir hier jemals wieder rauskommen?«

»Genau«, sagte Marvin kleinlaut.

»Jetzt fangt bloß nicht an, zu heulen, ihr zwei«, sagte Elom.

Und David drehte sich sofort zu ihm. »Ich gebe *dir* gleich einen Grund, zu heulen!«

Yannick kam dazu und drängte David weg. »Ach ja? Das wollen wir ja mal sehen!«

Elom hielt seinen Bruder zurück und sagte zu David und Marvin: »Hab ich euch etwa gezwungen, diesen kleinen Penner bewusstlos zu schlagen und hierherzubringen? Helft mir mal, ich kann mich nämlich nicht erinnern!«

»Das war die Idee von deinem Bruder!«, sagte David.

»Ach, sind mal wieder die anderen schuld?«, sagte Elom.

»Wir wollten dir helfen!«, sagte Marvin in seiner Ecke.

»Ja?« Elom dachte an seine Mutter und wie er mit ihr und Yannick jetzt ein paar normale Weihnachtstage verbringen würde – wenn diese ganze Scheiße nicht passiert wäre. Er ging an den Heizungsrohren vorbei zu Marvin. »Jetzt seht ihr ja, was eure Hilfe uns eingebrockt hat! Nächstes Mal bleibt ihr vielleicht einfach zu Hause, okay?«

David lachte abfällig. »Das ist gar keine schlechte Idee!«

Da hob Yannick auf einmal mahnend die Hand und zischte: »Hey, Maul halten! Hört ihr das?«

»Was?«, fragte Elom.

»Die Tür!«, antwortete Yannick horchend.

Einen Augenblick später ging sie auf und eine Silhouette sackte davor in die Knie. Auf den zweiten Blick erkannte Elom den älteren der beiden Brüder, Phil, dem ein aufgeklapptes Multifunktionswerkzeug aus der Hand fiel.

Yannick war als Erster bei ihm und packte ihn an den Schultern, dann sagte er: »Was zur Hölle – oh, Mann, wie sieht der denn aus?« Er ließ ihn wieder los, als hätte er sich die Finger verbrannt.

»Ich brauch Hilfe«, stieß Phil hervor und jetzt wurde auch Elom neugierig. Phil klang wie eine alte Schallplatte, die eine Spur zu langsam lief. Jedes Wort schien ihn Kraft zu kosten. »Der Typ hat Chris«, sagte Phil weiter. »Und das Mädchen.«

»Welcher Typ?«, fragte Marvin.

»Welcher Typ!«, sagte Elom. »Du stellst Fragen! Der Typ, der das Geld geklaut hat, wahrscheinlich!«

»Ich dachte, der sitzt im Knast.«

»So? Dann hat's ihm da wohl nicht mehr gefallen und er ist ausgebrochen.« Elom schaute Phil fragend an – und Phil nickte mühevoll.

David schob sich an Marvin vorbei und ging vor Phil in die Hocke. Halb angeekelt von seinem Gesicht, sagte er: »Du bist echt gut! Sperrst uns hier ein, lässt uns schmoren – und dann kreuzt du wieder auf und bittest uns um Hilfe!«

Phil schloss kurz die Augen, bevor er sagte: »Ich hab mir gedacht, Fragen kostet nichts.«

»Ja«, sagte David und stand wieder auf. »Antworten auch nicht. Wiedersehen! Und nehmt das ja nicht wörtlich!« Er ging aus dem Heizungskeller und verschwand im Gang zur Tiefgarage.

Marvin folgte ihm. Yannick blieb in der Tür stehen und wartete.

Elom sagte: »Der einzige Grund, warum ich deinem Bruder helfen würde, ist, damit ich ihm später den Arsch versohlen kann!«

»Ja!«, stimmte Yannick mit ein – und Elom sagte: »Du gehst jetzt sofort hoch zu Mama. Ich will gar nicht erst wissen, was sie denkt, wo du dich um diese Uhrzeit rumtreibst.« Dann sagte er zu Phil: »Hast du 'ne Ahnung, wo der Typ mit ihm hin ist?«

Phil nickte vorsichtig.

Yannick schaute erst Phil, dann Elom an: »Willst du dem etwa helfen?«

Elom seufzte. Manchmal verstand er ihn einfach nicht, seinen eigenen Bruder. Er blieb dicht vor Yannick stehen und legte ihm eine Hand in den Nacken.

»Yannick«, sagte er ruhig. »Die haben seinen Bruder gekidnappt! Und du hast doch sein Gesicht gesehen. Da geht man nicht einfach weg. So was läuft hier nicht! Wenn sie mich nach Afrika abschieben, dann vielleicht. Aber nicht, solange ich hier bin.«

Yannick nickte – und Phil zog einen Schlüsselbund aus seiner Hosentasche.

»Kannst du Auto fahren?«, presste er hervor.

»Fahren ist übertrieben«, sagte Elom. »Aber wir werden schon irgendwie ankommen.«

Chris hockte auf dem Rücksitz – in einem gottverdammten Taxi: keine Ahnung, woher Kriebl das hatte. Er rutschte ein Stück nach vorne, um seine Arme zu entlasten, die mit Kabelbindern hinter seinem Rücken gefesselt waren. Es war einfach unglaublich. Wie oft denn noch? Marvins Gürtel – gestern Abend im Heizungskeller – hatte sich um einiges bequemer angefühlt.

Und dort war es wenigstens warm gewesen. Das Thermometer auf dem Armaturenbrett zeigte minus elf Grad an. Die Atemwolke, die Kriebl auf dem Fahrersitz ausstieß, war wieder fast so dick wie Zigarettenrauch. Auch am Fenster auf seiner Seite hatten sich an den Rändern schon Eisblumen gebildet.

Die Nacht war klar und hier vor der Stadt konnte man sogar die Sterne sehen. Der Friedhof Hochmutting war der einzige dunkle Fleck inmitten der Schneeflächen rundherum – die im

Sommer Mais- und Weizenfelder waren, in jeder Himmelsrichtung eingezäunt von Waldstücken. Nur an der Stadtgrenze durchschnitt wie eine dicke Narbe die hier achtspurige Autobahn diese Idylle.

Sie waren über die Fußgängerbrücke hergefahren, die bei ihnen hinter der Kirche über die Autobahn führte – weil Chris wusste, dass die alte Schranke dort nicht abgeschlossen war. Das war ihm im Sommer schon aufgefallen, als er noch jeden Tag mit dem Fahrrad zum Friedhof gefahren war, um nach seinem Vater zu sehen. Der hatte sich damals von dem Grab kaum wegbewegt.

Doch die Zeitersparnis, die diese Abkürzung ihnen gebracht hatte, war inzwischen mehr als aufgebraucht. Sie standen jetzt schon eine ganze Weile am Straßenrand der Allee, die zum Friedhof führte. Als Kriebl den Transporter vor dem Haupttor bemerkt hatte, war er sofort rechts rangefahren und hatte die Scheinwerfer ausgeschaltet.

Es war nur logisch, dass es hier zu Ende ging, dachte Chris. Am Anfang hätte sein Vater wahrscheinlich auch neben dem Grab kampiert, wenn man ihn gelassen hätte. Dies war nicht nur der Friedhof, wo seine Frau jetzt lag; es war auch der Ort, wo er sie kennengelernt hatte. Beide hatten dort früh ihre Eltern begraben müssen – die Großeltern kannten Chris und Phil nur aus Erzählungen, den Friedhof dafür schon, seit sie denken konnten.

Er war nie ein düsterer Ort für sie gewesen. Hier war ihre Familie entstanden. Wo der Tod wohnt, hatten sie als Kinder Verstecken gespielt. Den Tod kennengelernt hatten sie erst vor einem Dreivierteljahr durch den Verlust ihrer Mutter.

Chris beugte sich ein wenig nach links, an der Lehne des Beifahrersitzes vorbei, auf dem Sabrina saß, die kleine Schlampe. Obwohl, *klein* war hier vielleicht nicht das richtige Wort. Chris sagte: »Sie haben versprochen, ich kann einen Arzt rufen für meinen Bruder, wenn ich Ihnen gezeigt habe, wo das Geld ist!«

»Bisher hast du mir nur gesagt, wo es ist«, antwortete Kriebl.

»Hören Sie, *mir* ist es egal, dass da vorne ein VW-Bus voll Soldaten rumsteht!«

»Das glaub ich dir nicht«, sagte Kriebl. »Ich glaub eher, du freust dich sogar ein bisschen darüber.«

Vielleicht würde ich das sogar, dachte Chris. Aber nicht jetzt. »Ganz ehrlich?«, sagte er. »Wenn ich aus dieser Scheiße hier rauskomme und Sie nicht mehr sehen muss, wenn ich meinen Bruder heil aus dem Krankenhaus abholen kann – erst dann freue ich mich wieder!«

Kriebl drehte sich auf dem Fahrersitz zu ihm nach hinten um. Er wartete einen Augenblick, bis er ohne Regung im Gesicht sagte: »Du traust dich was, Kleiner! Aber jetzt mach dir mal nicht in die Hose. Dein Bruder hat eine schwere, aber behandelbare Gesichtsverletzung. Es wäre schon ein unglücklicher Zufall, wenn er daran stirbt.«

»Soll mich das jetzt trösten?«

»Ich versteh das einfach nicht!«, fuhr Sabrina dazwischen. »Was bitte machen diese Soldaten am ersten Weihnachtsfeiertag um die Uhrzeit auf dem Friedhof?«

Chris zählte insgesamt elf Mann, den Fahrer mitgerechnet, der keine Uniform trug.

»Ich schätz mal, die wollen ihre Aufwartung machen«, sagte Kriebl. »Am Grab eines Kameraden, der vor Kurzem gefallen ist. Inoffiziell. Manche Familien sind bei der Beerdigung nicht gerade scharf auf die Anwesenheit der Bundeswehr.«

Chris beugte sich wieder nach vorne. »Hören Sie, ich will ja nicht drängeln. Aber ist die Polizei nicht hinter Ihnen her? Dieses Taxi hier lässt sich doch sicher über GPS orten!«

»Danke der Nachfrage, aber ich habe extra darauf geachtet, mir ein *altes* Fahrzeug zu besorgen!«

Chris ließ sich stöhnend zurück in den Sitz fallen. Sabrina sagte: »Und wenn wir irgendwo über die Mauer klettern?«

»Sabrina!«, entgegnete Kriebl ruhig. »Da vorne stehen zehn Mann in Uniform, die gerade ziemlich sauer sind, weil so ein Gotteskrieger einen der Ihren in die Luft gesprengt hat. Ich kann mir vorstellen, wie die reagieren, wenn die ein paar Friedhofsschänder in flagranti ertappen! Wir warten, bis sie zum Grab marschieren, dann gehen wir auch los.«

»Okay«, sagte Sabrina. »Okay.«

Kriebl nahm ihre Hand. »Keine Sorge. Wir haben es bis hierher geschafft. Den Rest schaffen wir auch noch.«

»Ja«, sagte Sabrina.

»Es tut mir leid wegen vorhin. Das war kein schöner Anblick. Aber es war nötig.«

»Ja«, sagte Sabrina – und Chris hätte ihr am liebsten auf den Rücken gekotzt. Diese Schlampe!

Anfangs hatte er noch gehofft, sie würde dem Typ nur vorspielen, dass sie auf seiner Seite war. Mittlerweile war er sich sicher, dass sie tatsächlich auf Kriebls Seite war. So schnell kann es also gehen. Kaum war der eine weg, lag sie dem anderen schon in den Armen. Er hatte von Anfang an kein gutes Gefühl gehabt bei ihr – und er hatte von Anfang an recht gehabt.

Oh Mann. Mit dem ganzen Geld hätten sie sich keinen Stress mehr machen müssen – von wegen Jobsuche, Miete zahlen, Rechnungen und dem ganzen Scheiß. Vielleicht wären sie sogar woandershin gezogen. Nach Köln oder Berlin – in Berlin fällt man wahrscheinlich am wenigsten auf. Noch mal ein Neuanfang, ein kleiner wenigstens, sie hätten nicht angegeben mit der Kohle. Sie hätten ja auch immer aufpassen müssen.

Sie hätten einfach nur – ausgesorgt gehabt. Hätten wieder durchatmen können.

Und dann kommt auf einmal dieser Penner daher!

Sabrina hielt die Luft an und konzentrierte sich auf ihren Herzschlag, um die Panik zu unterdrücken, die wieder in ihr aufstieg. Sie durfte nicht die Nerven verlieren, sie musste sich zusammenreißen. Matthias war eine tickende Zeitbombe. Aber vielleicht konnte sie den Knall noch etwas hinauszögern, dachte Sabrina, damit wenigstens Chris sich retten konnte.

Chris – der hinter ihr saß und dessen Hass sie förmlich spüren konnte, auch ohne sein Gesicht zu sehen. Sabrina atmete seufzend aus.

»Alles klar?«, fragte Matthias neben ihr.

»Ja. Ich wünschte nur, die –« Sabrina brach mitten im Satz ab. Auf einmal kam Bewegung in die Soldaten etwa hundert Meter vor ihnen.

»Die haben Gewehre!«, sagte Sabrina.

Die Männer stellten sich in einer Reihe auf – dann rief einer, als würde er mit einer Peitsche schnalzen: »AAACH-TUNG! STILLGESTANDEN!« Und mit einem lauten Klack, das zehn kleine Echos aussandte, erstarrten die Männer plötzlich.

»Aber wahrscheinlich keine scharfe Munition«, sagte Matthias.

Kurz darauf hieß es im Kommandoton: »LIIIIINKS – UM! IM

GLEICHSCHRIIIIITT – MARSCH!« Und die Soldaten setzten sich in Bewegung. Erstaunlich schnell marschierten sie durch das Friedhofstor und waren verschwunden.

»Na los!« Kriebl öffnete die Fahrertür und stieg aus. Dann zog er die Tür hinten auf und sagte zu Chris: »Raus mit dir!«

Sabrina stieg auf der anderen Seite aus dem Taxi und konnte durchs Fenster sehen, wie Chris mühevoll auf die Fahrerseite rutschte und dann von Matthias gepackt und nach draußen gezerrt wurde.

»Du hast deinen Bruder gesehen!«, sagte Matthias. »Das ist nichts gegen das, was ich mit dir machen werde, wenn du irgendwelche Späßchen vorhast! Hast du verstanden?«

Chris spuckte auf den Boden, als würden die Fesseln an seinem Rücken ihn überhaupt nicht behindern. »Keine Sorge, mir ist grad nicht nach Lachen zumute.«

Sabrina konnte sehen, dass es nicht mehr lange dauerte, bis Matthias die Hand ausrutschen würde. »Hörst du das?«, fragte sie. Sie hatte auf einmal diesen blassen Ton in ihren Ohren, ganz leise, nur den Anflug eines Pfeifens, wie wenn man aus einem Zimmer mit sehr lauter Musik nach draußen in die Stille kommt.

»Was?«, fragte Matthias.

»Ich weiß nicht, irgendwas –« Dann wusste sie, was für ein Ton das war. Sie hatte ihn schon einmal gehört. Als sie vor drei Tagen im Kofferraum darauf gewartet hatte, dass die Polizei kommen würde.

»Nichts, wahrscheinlich nur die Autobahn«, sagte sie.

Matthias nickte, dann gingen sie unter den turmhohen, kahlen Bäumen der Allee entlang zum Friedhofstor. Matthias gab das Tempo vor: Er ging schnell, aber ohne zu laufen. In der einen Hand hatte er die Pistole, mit der anderen hielt er den gefesselten Arm von Chris umkrallt und schob Chris vor sich her. Sabrina selbst ging etwa zwei Meter neben den beiden her.

Zuerst sah sie nur einen Schatten – etwas Dunkles, das sich in der Dunkelheit bewegte. Dann nahm der Schatten Gestalt an, und Sabrina fragte sich, ob das noch ein Soldat war, ein Nachzügler, der warum auch immer zu spät dran war.

Sabrina blieb stehen, als auch Matthias mit Chris stehen blieb, etwa auf halbem Weg zwischen Taxi und Friedhofstor. Anders als die Soldaten war die Gestalt ganz in Schwarz gekleidet. Sie hatte eine weite Kapuze tief in die Stirn gezogen. Sie kam näher.

Dann streckte sie den Arm aus, als wolle sie ihnen etwas zeigen – etwas, das hinter ihnen lag –, und Sabrina drehte sich fast automatisch um, sah aber nichts außer der leeren Allee, die im rechten Winkel auf die Autobahn zulief.

Matthias riss Chris ein Stück nach rechts, sodass er ihn wie ein Schutzschild vor seinem Körper hatte. Dann setzte er ihm abrupt den Lauf der Pistole an die Schläfe, und Chris stöhnte leise auf, was aber fast so klang wie ein schadenfrohes Lachen.

»Stehen bleiben!«, rief Matthias der Gestalt zu. Aber die ging weiter, als hörte sie nicht. Sie torkelte etwas, fast wie betrunken. Jetzt konnte Sabrina erkennen, dass es eine Pistole war, die die Gestalt in der ausgestreckten Hand hielt.

»Stehen bleiben«, sagte Matthias noch mal, leiser diesmal. »Oder dein Bruder geht drauf, ich schwör's dir, Junge, er hat mir gesagt, wo das Geld ist!«

Sabrina schnürte es den Hals zu. Jetzt erkannte auch sie Phil. Tränen schossen ihr in die Augen, weil sein kaputtes

Gesicht – mehr als alles andere an ihm – verriet, wer er war. Als Phil nichts sagte, zischte Matthias: »Glaubst du, du triffst überhaupt? In deinem Zustand.«

»Das sehen wir gleich!«, stieß Phil mühevoll hervor.

»Hast du überhaupt schon mal geschossen?«

»Matthias, bitte, lass ihn gehen!« Sabrina deutete auf Chris.

»Geh zurück zum Auto, Sabrina!«

»Bitte!«

»Zum Auto, sofort! Tu, was ich sage!«

Sabrina musste nicht schauspielen, die Tränen kamen ihr einfach. Sie schüttelte langsam den Kopf. Dann ging sie an Chris vorbei und blieb genau in der Schusslinie zwischen Matthias und Phil stehen.

Matthias starrte sie ungläubig an. »Was machst du da?«

Wie auf Kommando ging Sabrina rückwärts weiter, den Blick immer auf Kriebl gerichtet, bis sie Phils Pistole an ihrem Hinterkopf spürte.

»Sabrina!«, zischte Matthias. »Was soll das?«

»Ich will das nicht!«, sagte sie. »Ich will nicht, dass noch jemandem was passiert! Ich will, dass du ihn gehen lässt!« Wieder deutete sie auf Chris.

»Sabrina, wir sind so kurz vorm Ziel!«, sagte Matthias, dann ging sein Blick an ihr vorbei, und er sagte: »Hör zu, Junge. Sobald ich das Geld habe, lass ich deinen Bruder laufen.«

»Nein. Jetzt!«, sagte Phil mit Mühe.

Sabrina konnte sehen, dass Chris mehrmals schluckte.

Matthias sprach wieder Phil an: »Ich hab das Gefühl, du verstehst das nicht ganz. Wenn du anfängst zu schießen, glaub mir, dann werde ich am Ende der Einzige von uns allen hier sein, der stehen bleibt.«

»Ach ja?«, sagte Phil.

»Aber ich mach dir einen Vorschlag. Du lässt deine Pistole fallen und ich nehm meine auch runter. Dann gehen wir alle zum Versteck. Und wenn alles glattläuft, passiert deinem Bruder nichts.«

Chris rief, sodass es sein Bruder auch hören konnte: »Vorhin haben Sie noch was anderes gesagt: Dass sein kaputtes Gesicht gar nichts ist – im Vergleich zu dem, was Sie mit mir machen werden!« Seine Stimme zitterte.

»Du legst es wirklich drauf an, Kleiner, hm?« Matthias schüttelte den Kopf. »Sabrina, hör mir zu. Was ich hier mache, muss sein. Ich tu's nicht gern, aber es geht nicht anders in diesem Moment.« Er machte eine kurze Pause, als suchte er nach Worten. »Hör zu – Phil, richtig? Phil! Ich sag dir jetzt, was ich tun werde. Ich werde ab dem Moment, wo ich aufhöre, zu reden, fünf Sekunden warten, dass du die Pistole fallen lässt. Falls du das nicht tust, werde ich deinen Bruder erschießen. Und das Risiko eingehen, dass du auf mich schießt. Denn ich glaube nicht, dass du mich triffst. Hör auf dein Bauchgefühl – du glaubst das auch nicht. Du bluffst und deine letzte Chance ist ein Glückstreffer.« Matthias atmete seufzend aus. »Sabrina, Sabrina – warum hast du das gemacht?« Er stieß einen freudlosen Lacher aus. »Fünf Sekunden. Ab jetzt!«

Sie hatten nichts vorbereitet. Wie auch, in der kurzen Zeit? Sie waren froh gewesen, dass sie heil angekommen waren in der alten Schrottschüssel, die Phils Vater gehörte. Elom betrachtete den Stein in seiner Hand. Er passte genau hinein, fühlte sich gut an. Kleiner als ein Tennisball, größer als ein Hacky-Sack.

Vielleicht ein halbes Kilo schwer. Ja – und er war ein guter Werfer, okay. Trotzdem! Es gab eine Menge *Trotzdems*.

Die Dunkelheit. Und dass er kaum Zeit hatte, sich zu konzentrieren. Dieses seltsame Geräusch in der Ferne, das er nicht einordnen konnte – war das die Autobahn? Es kratzte wie ein Ohrwurm, dessen Titel ihm entfallen war, an seinem Verstand. Dann die Distanz zum Ziel, zwanzig Meter bestimmt. Und dass er auf unebenem Untergrund stand und sich der Schnee in seine Hose fraß und die nasse Kälte an den Beinen ihn ablenkte. Dass er hinter einem Baum versteckt stand und erst eine Hundertachtzig-Grad-Drehung machen musste, bevor er überhaupt werfen konnte.

Eigentlich hatte er keine Chance. Er würde es aber versuchen. Weil ihm nichts Besseres einfiel. Aber es wäre ein absoluter Glückstreffer. Vielleicht nicht ganz so unwahrscheinlich wie ein Sechser im Lotto, aber immer noch unwahrscheinlich genug.

»Fünf Sekunden. Ab jetzt!«, sagte der Typ, und Elom schloss die Augen, ging ein bisschen in die Knie, atmete ein. Dann kam er hinter dem massigen Baum hervor, drehte sich, holte aus, zog durch, ließ los und sah dem fliegenden Stein hinterher.

Der Stein traf den Typ mit einem dumpfen Geräusch, aber voller Wucht am Hinterkopf.

Der Typ sackte in sich zusammen und alle drei – Phil, Chris und Sabrina – starrten ihn jetzt fassungslos an, wie er da plötzlich am Boden lag.

Elom konnte selber nicht glauben, dass er getroffen hatte. Er stakste durch den Straßengraben am Feldrand auf die Allee. Erst als er das Blut sah, das vom Schädel in den Schnee sickerte, da dämmerte es ihm.

Er hob die Pistole auf, die neben der Blutlache lag. »Okay«, sagte er – mehr um sich selbst zu beruhigen. »Jetzt haben die Bullen wenigstens einen Grund, mich abzuschieben!«

Phil schaute zu Elom rüber, der neben Kriebls leblosem Körper kniete, dann schaute er wieder auf die Pistole in seiner Hand. Kriebl hatte recht gehabt. Er hätte nicht geschossen, er hatte nur geblufft. »Ist er tot?«, fragte er Elom.

»Er sieht jedenfalls ziemlich unfit aus.«

Chris wandte den Blick von Kriebl und sagte zu Elom: »Danke, Mann!«

»War ein Glückstreffer.«

Phil horchte in die Stille. »Hört ihr das?«, fragte er.

Keiner von ihnen rührte sich. Nach einem Augenblick sagte Sabrina: »Die Polizeisirenen sind nicht mehr da.«

»Polizeisirenen!«, sagte Elom. »Das war's!«

»Sie haben sie abgeschaltet«, sagte Phil. Weil die Bullen aus der Stadt raus waren – und es keine Kreuzungen mehr gab, die sie gefährdeten. »Nicht mehr lange und die sind hier!«

»Dann beeilen wir uns mal!«, sagte Chris und ging voraus zum Friedhofstor.

Elom folgte ihm als Erster. »Hast du die Kohle wirklich im Grab deiner Mutter versteckt?«

Phil konnte sehen, wie Chris den Kopf schüttelte. »Der Boden war zugefroren.«

»Wie geht's dir?«, fragte Sabrina.

»Ungefähr so, wie ich ausseh«, sagte Phil. »Ich hab ein paar Schmerztabletten geschluckt. Aber nicht genug.«

»Es tut mir so leid! Die Polizistin wollte, dass ich mit ihm rede – auf gut Glück, vielleicht verplappert er sich ja, meinte sie. Als sie mich zu ihm bringt, da –« Sie brach ab und sah ihn flehend an. »Ich hab nicht gewusst, dass er dir das antun wollte. Das musst du mir glauben.«

Chris und Elom blieben vor den Toiletten stehen, die gleich hinter dem Friedhofstor neben dem Gärtnerschuppen lagen. »Du hast die Kohle da drin versteckt?«, sagte Elom ungläubig.

»Über dem Klo ist ein Lüftungsschacht«, sagte Chris. »Hast du ein Fünf-Cent-Stück? Für die Schrauben.«

Elom fing an, zu lachen.

»Ich hab was Besseres«, sagte Phil und nahm das alte Leatherman-Tool ihres Vaters aus seiner Hosentasche. Er gab es Chris in die Hand und drückte die Türklinke des Männerklos.

Die Tür ließ sich nicht bewegen.

»Verdammt!«, sagte Chris.

»Vielleicht aufschießen?«, sagte Phil.

»Das ist zu laut«, sagte Sabrina. »Habt ihr nicht die Soldaten gesehen?«

»Wir haben keinen Schlüssel«, sagte Phil.

»Stimmt«, kam es von Chris. »Ein Schlüssel wär jetzt das Einzige, was nicht laut wär, um diese Tür aufzukriegen.«

»Hey«, unterbrach Elom, »für Small Talk haben wir nachher noch genug Zeit. Die Polizei ist gleich hier, okay? Gib mir deine Jacke! Na los.«

Phil steckte sich die Pistole hinten in den Hosenbund, um sich seine Daunenjacke auszuziehen, aber Chris kam ihm zuvor. »Meine ist dicker«, sagte er und knüllte seine Jacke zusammen. Dann drückte er das Knäuel gegen das Türschloss.

»Gut dagegenhalten!«, sagte Elom.

»Pass auf meine Hände auf!«, sagte Chris.

Elom entsicherte die Pistole, drückte sie gegen die zerknäuelte Jacke und schoss. Es war nur ein kurzes Pfeifen zu hören und ein Klacken wie von einem Steinwurf. Doch die Tür ließ sich immer noch nicht öffnen.

Nach einem Blickwechsel mit Chris drückte Elom noch mal ab und dann noch dreimal. Dann war die Jacke im Eimer. Und die Tür offen.

»Ich bleib draußen und pass auf«, sagte Elom.

»Und was machst du, wenn jemand kommt?«, fragte Sabrina.

»Dann warn ich euch – wie wär's damit?« Er klopfte mit dem Pistolenknauf zweimal leicht gegen die Tür.

Chris nickte und stieß die Tür auf. Im vorderen Bereich der Toilette waren ein Waschbecken und ein Urinal angebracht. Dahinter gab es eine abschließbare Kabine mit Klo.

Phil ließ Sabrina den Vortritt. Als er hinter ihr hineingehen wollte, legte Elom ihm eine Hand auf die Schulter. Phil sah, wie Chris den Schraubenzieher aus dem Leatherman fummelte und auf die Klobrille stieg, während Sabrina ihm mit der Taschenlampe seines Handys Licht machte. »Keine Sorge«, sagte Phil zu Elom. »Jeder kriegt seinen Anteil.« Dann ging er in die Toilette, machte die Tür hinter sich zu, lehnte sich gegen das Waschbecken.

Als er mit der Pistole auf Kriebl zugegangen war, hatte er seine Schmerzen vergessen. Jetzt waren sie wieder da. Und wie! Als wollten sie ihm gerade klarmachen, dass sie nicht mehr so einfach weggehen würden. Er schaute rüber zu Chris und traf dabei Sabrinas Blick, in dem sich so ziemlich alle Gefühle wiederfanden, die man haben konnte: Hoffnung, Angst, Bedauern, Anspannung, Vorfreude. Liebe?

Phil hätte ihr zugelächelt, wenn er gekonnt hätte. Mann, er brauchte dringend was gegen die Schmerzen.

Chris stemmte sich gegen die Abdeckung des Lüftungsschachts. Mit den schneenassen Schuhen auf der Klobrille verlor er fast das Gleichgewicht.

»Geht's?«, fragte Sabrina.

»Ich hab's gleich«, sagte Chris und ruckelte an der Abdeckung. Aber sie löste sich nicht und Chris fluchte leise. Dann setzte er wieder den Schraubenzieher an.

Die Übelkeit weckte ihn. Matthias Kriebl öffnete die Augen. Und konnte sich gerade noch auf die Seite drehen, bevor er sich übergab.

Er musste husten. Sah den Blutfleck, der sich neben seinem Erbrochenen in den Schnee gefressen hatte, langte sich an den Hinterkopf. Zuckte zusammen. Scheiße. Er wusste nicht mal, *was* ihn getroffen hatte, geschweige denn, woher es gekommen war.

Aber das war jetzt auch nicht wichtig.

Er versuchte, sich aufzurichten, und schaffte es in eine sitzende Position. Dann musste er eine Pause einlegen. Ihm wurde schwindlig, die Welt um ihn herum verschwamm. Sein Schädel fühlte sich an, als wollte er explodieren, weil jemand sein Hirn angezündet hatte. Scheiße.

Er hatte keine Ahnung, ob er noch eine Chance hatte. Es wäre die zweite in dieser Nacht, so viel Glück hatte man normal nicht. Er konzentrierte sich auf den VW-Bus vor dem Eingang des Friedhofs, bis er das Y-Kennzeichen der Bundeswehr erkennen konnte. Der Bus war noch leer.

Also waren die Männer noch auf dem Friedhof.

Also war er nicht allzu lange ohnmächtig gewesen.

Er bewegte sich auf allen vieren in Richtung Taxi. Nach ein paar Metern gelang es ihm, aufzustehen, aber die Straße kam ihm vor wie ein Karussell – er hatte Mühe, nicht gleich wieder hinzufallen. Gehen fiel ihm leichter; es war tatsächlich leichter, als stehen zu bleiben.

DREI STUNDEN FRÜHER

Kriebl lag auf dem Rücken, Arme über der Bettdecke – nicht ganz wach, aber auch nicht fähig, zu schlafen. Was zum Teil an dem Lärm lag: In dem Zimmer war es laut wie in einem U-Bahn-Zwischengeschoss, wegen der alten Klimaanlage über der Tür. Aber vor allem fühlte er sich wie ein Boxer nach einer Tracht Prügel. Doch es waren nicht die ersten Prügel seines Lebens gewesen.

Dann stand auf einmal der Bulle über ihm. Nicht der, der draußen die Tür bewachte. Der junge. Er öffnete den Reißverschluss seiner Lederjacke. »Kriebl!«, sagte er. »Wir haben das Mädchen hier. Ich erkläre Ihnen die Regeln – dann können Sie mit ihr reden.«

Kriebl drehte sich auf die Seite, stützte sich auf einen Ellbogen, rieb sich mit der anderen Hand das Gesicht. Nickte. Alle Müdigkeit verschwand aus ihm, als er realisierte, was er gerade gehört hatte.

»Ich bin die ganze Zeit mit im Zimmer«, sagte der Bulle. »Aber ich werde einen Kopfhörer aufsetzen. Sie können sich vergewissern, dass ich Ihr Gespräch nicht mithöre. Zusätzlich werden Sie mit Handschellen ans Bett gefesselt. Das sind die Bedingungen.«

»Damit kann ich leben.«

»Gut.« Der Bulle nahm ein Paar Handschellen aus seiner Jackentasche. »Wenn Sie wollen, können Sie sich hinsetzen.«

»Moment mal. Jetzt gleich?«, fragte Kriebl. »Kann ich mich vorher noch – ein bisschen frisch machen?«

Der Bulle musterte ihn. Angewidert. Er machte sich nicht die Mühe, das zu verbergen. Er sagte: »Sie haben fünf Minuten!«

Kriebl quälte sich auf dem Bett in eine sitzende Position, dann beugte er sich langsam, vorsichtig nach vorne. Er fühlte sich am ganzen Körper wund: Jeder Knochen, jeder Muskel tat ihm so weh, dass es ihm immer noch wie ein Wunder vorkam, dass er sich nichts gebrochen hatte bei dem Unfall.

Glück im Unglück nennt man so was wahrscheinlich.

Als er darüber kurz lachte, hob der Polizist, der jetzt in Türnähe mit seinem Handy beschäftigt war, den Kopf. Kriebl machte eine abwiegelnde Handbewegung. Dann griff er sich stöhnend die schwarze Uniformhose vom Besucherstuhl, die er auch am Unfalltag getragen hatte. Sie war neben dem weißen Uniformhemd das einzige eigene Kleidungsstück, das er hier hatte – aber immer noch besser als der Krankenhauspyjama, den er momentan trug.

Fünf Minuten also. Fünf Minuten, bis er sie wiedersah.

Kriebl stieg barfuß in die Hose, langsam, machte den Knopf zu, dann den Reißverschluss.

Fünf Minuten, um sich was auszudenken!

Als er Sabrina das erste Mal gesehen hatte – ihre Mutter hatte sie ihm vorgestellt –, vor einem halben Jahr im Bella Italia am Stachus, da hatte er es schon gespürt.

Dass sein Leben eine neue Richtung nehmen würde.

Wirklich angefangen hatte dieses neue Leben aber erst an

dem Tag, als er sie im Badezimmer angetroffen hatte. Nackt. Was ihr nichts auszumachen schien. Sie hatte die Hand schon am Handtuch gehabt, aber keine Anstalten gemacht, sich damit zu bedecken, als er vor ihr stand.

In diesem Augenblick wurde für ihn endlich wahr, was er vorher nur gehofft hatte: Auch sie wollte was von ihm. Sie schaute ihn mit großen Augen an. Zitternd wie er, trotz der dampfenden Hitze. Nach ungefähr einer halben Ewigkeit hatte er gesagt: »Ich liebe dich!« Was in seinen Ohren mindestens so unbeholfen klang, wie er sich fühlte.

Gott, er konnte jetzt noch das Duschgel riechen, das sie an dem Tag benutzt hatte. Seine eigene Hand sehen, die er langsam ausstreckte, wie um ein scheues Tier zu streicheln.

Genauso hatte sie vor ihm gestanden. Auch ihre Haut konnte er noch immer fühlen, ihren Arm, der so zart war, dass er ihn mit einer Hand umfassen konnte.

Und er konnte sie noch hören, wie sie sagte: »Nicht. Sie kommt jeden Moment zurück. Ich will sie nicht betrügen. Verstehst du?«

Ihr Blick danach war ihm durchs Herz gefahren. Dann der Vorschlag von ihr, irgendwo neu anzufangen – wegzugehen! »Wo uns niemand kennt. Australien oder so.«

Wie oft hatte er davor schon an so was gedacht: von hier weggehen! Er hatte immer auf den richtigen Moment gewartet. Mit Sabrina war er gekommen.

Jerry Lee Lewis hatte seine dreizehnjährige Cousine geheiratet. Dreizehn! Charlie Chaplin hatte auch eine Schwäche für junge Mädchen gehabt. Warum sollte ausgerechnet *er* sich dafür schämen? Weil das in dieser Gesellschaft ein Tabu war? Sie würden schon einen Ort finden, wo das keine Rolle spielte.

Denn dies *war* der richtige Moment! Warum sonst sollte Sabrina sich damit einverstanden erklären, ihn zu sehen? *Sie* hatte das Geld. Sie musste es haben, wenn die Polizei noch danach suchte. Wer sonst?

»Die Tür bleibt offen!«, sagte der Bulle, als Kriebl zum Badezimmer humpelte.

»Klar«, sagte er.

Vor dem Waschbecken betrachtete er sich im Spiegel: die Blutergüsse im Gesicht; die Stiche in der Unterlippe; das geschwollene Auge, die Beule am Wangenknochen. Er drehte den Wasserhahn auf und wartete, bis das Wasser lauwarm war. Dann hielt er den Kopf darunter und glättete seine vom Schlaf zerzausten Haare unter dem fließenden Wasser, bevor er sich das Gesicht wusch.

Was hatte er schon zu verlieren?

Kriebl nahm sich das Handtuch vom Halter neben dem Waschbecken. Trocknete sich vorsichtig damit ab. Dann wickelte er es sich um die Hand. Der Spiegel zerbrach sternförmig in der Mitte, als er dagegenschlug. Kriebl stöhnte auf.

»Was ist los?«, konnte er den Bullen draußen hören.

»Mist«, presste Kriebl hervor. »Helfen Sie mir mal!«

Als der Bulle ins Bad stürmte, trat Kriebl ihm die Pistole aus der Hand. Dann stach er mit der länglichen Scherbe zu, die er aus dem zerborstenen Spiegel gelöst hatte. Er erwischte den Bullen am Hals. Seine Kehle gab ein tonloses Röcheln von sich. Reflexartig presste der Mann die Handfläche gegen die Wunde. Aber das Blut war nicht aufzuhalten. Es spritzte gegen die weißen Kacheln an der Wand und tränkte flutartig das Hemd, das der Mann trug.

Kriebl schaute in das schockstarre Gesicht und spürte jetzt

hämmernd sein eigenes Blut. Der Schmerz in seinem Körper war wie weggeblasen. Er fasste den Polizisten unter den Armen und zischte: »Hinsetzen!«

Der Mann, der ja fast noch ein Kind war, ließ sich willenlos führen. Er war blass und sein Atem ging zu schnell und zitternd. Seine Stirn war verschwitzt. Der Schock wich jetzt der Angst um sein Leben, die wiederum bald einer Hilflosigkeit weichen würde. Er wäre nicht der Erste, den Kriebl sterben sah. Bloß dass er bei dem hier keine Zeit hatte, zuzusehen. Kriebl half ihm, sodass der Bulle mit dem Rücken an der Wand langsam in die Hocke rutschte, bis er am Boden saß.

»Ganz ruhig«, sagte Kriebl. »Langsam einatmen, langsam ausatmen. Und immer fest dagegen drücken. Ich werde Hilfe holen!« Er fand neben Handy und Brieftasche einen schweren Schlüsselbund in der Jacke des Polizisten. »Alles wird gut!«

Er schloss die Badezimmertür, hob die Pistole auf, näherte sich mit dem Schlüsselbund der anderen Tür – als eine Stimme davor zu hören war: »Afrim?«

Die Frau.

Er hatte nicht viel Zeit. »Der ist auf dem Topf«, sagte er gedämpft. »Kommen Sie ruhig rein, er hat mich ans Bett gefesselt.« Er stellte sich neben die Tür, als der Schlüssel außen ins Schloss gesteckt und umgedreht wurde.

Dann ging die Tür langsam auf.

Als er den Kopf der Polizistin sah, drückte er ihr den Lauf der Walther P99 unters Auge und nahm ihr ihre Pistole ab, während er sie mit der seinen an die Wand schob.

»Ihr Kollege ist im Bad. Gehen Sie zu ihm, leisten Sie Erste Hilfe, sonst haben Sie ihn auf dem Gewissen! Wo ist der Typ, der die Tür bewacht?«

»Kaffee holen«, sagte die Frau mit ausgestreckten Armen.

»Wie aufmerksam!«, sagte er und schubste die Polizistin Richtung Badezimmertür. »Na los! Oder wollen Sie Ihren Kollegen da drin verrecken lassen?«

25. DEZEMBER
5:15 UHR

Am Taxi angekommen, zog Kriebl die Fahrertür auf und sank auf die Knie. Jede Kopfbewegung war ein Hammerschlag. Er streckte die Hand aus und griff unter den Fahrersitz. Zum Glück hatte er im Krankenhaus beiden Polizisten die Waffe abnehmen können.

Er zog sich an der Fahrertür wieder hoch, stieß die Tür zu, machte sich auf den Weg zurück zum Friedhofstor. Mit jedem Schritt gewann er mehr Trittsicherheit.

Er hätte Sabrina den Anblick des Jungen ersparen müssen, als sie in die Wohnung eingedrungen waren. Sie war nicht hart genug für so was. Zum Glück nicht. Sein erster Schwerverletzter als junger Sanitäter hatte ihm auch Albträume bereitet. Nun hatte Sabrina das Vertrauen zu ihm verloren. Aber noch war die Polizei nicht da, er würde es wiedergutmachen. Er würde mit Sabrina wie geplant im Bayerischen Wald untertauchen. Bis der Winter vorbei war. Das würde ihm genug Zeit geben, um sie wieder für sich zu gewinnen.

Am Tor machte er kehrt, als er den Afrikaner vor den Toiletten sah, und presste sich gegen die Friedhofsmauer. Der Kerl hatte eine Pistole und keine Uniform an. Das konnte nur eines bedeuten, dachte Kriebl.

Dann sah er den nicht ganz tennisballgroßen Stein auf der Straße und wusste es mit Sicherheit: Der Kerl gehörte zu den anderen.

Elom biss die Zähne aufeinander, damit sie nicht zu klappern anfingen. Die Kälte seiner nassen Hosenbeine kroch ihm durch den ganzen Körper. Er schaute wieder zum Friedhofstor. Die Stille war trügerisch. Keine Ahnung, wann die Bullen hier sein würden, aber allzu lange konnte es nicht mehr dauern.

Elom drehte sich um, doch in der anderen Richtung konnte er nur die ersten Gräber sehen. Der Friedhof war wie ein kleiner Irrgarten von Mauern und Hecken durchzogen. Auch die Soldaten von vorhin würden irgendwann wieder hier durchkommen!

Verdammt, wie lang brauchten die da drin noch?

Als Elom sich Richtung Klo umdrehte, um nachzufragen, blickte er in den Lauf einer Pistole. Dann in die blutunterlaufenen Augen des Typs, den er vor ein paar Minuten noch außer Gefecht gesetzt hatte. Scheiße. Sie hatten gedacht, der würde so schnell nicht mehr aufstehen. Warum hatten sie ihn nicht gefesselt?

Elom war sich nicht sicher, ob es schlechtes Gewissen war, das in ihm aufblitzte, oder die Angst, aufzufliegen. Aber er ließ wie automatisch die Pistole fallen.

Der Typ legte einen Zeigefinger quer an die Lippen.

Dann machte er eine Bewegung mit seiner Pistole und flüsterte: »Hau ab!«

Und Elom rannte los.

Es war die alte, dunkelblaue Samsonite-Reisetasche ihres Vaters. Als Chris den Reißverschluss wieder zuzog, sagte Phil: »Dann nichts wie raus hier!« – obwohl er nicht wusste, wie weit er es noch schaffen würde. Doch diese Frage wurde im nächsten Moment schon hinfällig: Die Tür schlug knallend gegen die Wand und Kriebl hatte jetzt zwei Pistolen – die eine sofort auf Chris, die andere auf Phil gerichtet.

»Und so wendet sich das Blatt wieder!«, sagte er.

Mist! Warum hatten sie ihn nicht gefesselt? »Gib ihm die Tasche«, sagte Phil zu Chris und merkte erst jetzt wieder, dass er noch die Pistole in der Hand hielt.

»Na los, hör auf deinen Bruder«, sagte Kriebl.

Chris zögerte einen Augenblick, dann kickte er die Tasche in Kriebls Richtung.

»Danke sehr«, sagte Kriebl spöttisch – und dann: »Sabrina?«

DREI STUNDEN FRÜHER

Matthias hatte höchstens fünfzehn Sekunden gebraucht, die Polizistin zu entwaffnen – und hatte jetzt nicht nur eine, sondern zwei Pistolen. Aber so wie er vor ihr stand, in diesem Krankenhausgang mit seinem zerschundenen Gesicht, wirkte er auf einmal unheimlich verletzbar.

»Endlich!«, sagte sie.

Matthias fasste sie am Arm. Sein Gesicht verzerrte sich zu einem Lächeln. »Na komm, wir haben keine Zeit!«

Sabrina ließ sich von ihm mitziehen. Sie hätte weglaufen können. Matthias sah mitgenommen aus. Aber er hatte auch immer ein rigoroses Sportprogramm durchgezogen, seit sie ihn kannte: dreimal pro Woche Laufen, bei jedem Wetter, und dreimal Krafttraining in der Boxfabrik am Frankfurter Ring.

»Wo ist der Typ hin, der das Zimmer bewacht hat?«, fragte er.

Sabrina deutete den Gang hinunter, der zu den Aufzügen führte. Matthias nickte und zeigte mit der Pistole in die andere Richtung, zum Notausgang.

Wie weit wären sie gekommen?

Sie liefen, aber sie rannten nicht. Seine Hand umfasste weiterhin ihren Arm. Als sie sich dem Schwesternzimmer näherten, kam die Nachtschwester heraus. »Zimmer zwei vier sieben!«, sagte Matthias im Vorbeieilen. »Rufen Sie einen Arzt! Am besten zwei, einer wird nicht reichen!«

Die Frau starrte sie einen Moment lang wie festgewachsen an, und Matthias rief ihr wie einen Weckruf über die Schulter zu: »Na los, los!« Erst dann kam Bewegung in die Frau, bis sie schließlich in dem Zimmer verschwand, in dem Matthias gelegen hatte.

Nein, sie hatte das Richtige gemacht. Wie vor ein paar Wochen im Badezimmer auch. »Du bist voller Blut«, sagte sie, als sie sein Spiegelbild in der Glastür sah, über der das *Notausgang*-Schild grün leuchtete.

»Keine Sorge, ist nicht meins!« Er ließ sie vorausgehen. Sie eilten die Treppe hinunter. Nach der ersten Kehre legte er ihr sanft die Hand auf den Rücken. »Los, schneller!«

Der Notausgang, den sie über das Treppenhaus angesteuert hatten, führte in einen Innenhof. Matthias fasste Sabrina wieder am Arm. Sie hatte längst die Orientierung verloren. Jeder Gang sah für sie gleich aus. Immer wieder versperrten Glastüren ihnen den Weg. Die Wegweiser an den Wänden verwirrten sie nur noch mehr. Aber Matthias schien zu wissen, wo er hinwollte. Schließlich landeten sie im dunklen, menschenleeren Wartesaal der Kindernotaufnahme. Eine automatische Schiebetür entließ sie nach draußen. Es war kalt. Matthias hatte nur dieses weiße blutverschmierte Hemd über seiner Hose an. Er ließ sie los, nahm einen Schlüsselbund aus seiner Tasche, drückte auf einen Autoschlüssel.

»Was machst du?«, fragte sie.

»Auf einen Glückstreffer hoffen!« Er schaute sich um. »Haben wir aber nicht. Komm!« Er warf den Schlüsselbund weg. Etwa hundert Meter weiter lag der Haupteingang des Krankenhauses. Matthias blieb vor dem letzten Wagen am Taxistand stehen. Er bedeutete ihr, zur Beifahrerseite zu gehen. Dann riss er die Fahrertür auf, hinter der der Taxifahrer im Schein der Innenbeleuchtung Zeitung las. Er zeigte dem Mann etwas, das wie ein Ausweis aussah, und sagte leise, aber bestimmt: »Polizei, Notfall, aussteigen!«

Als der Taxifahrer ihn nur ungläubig anstarrte, packte Matthias ihn an der Schulter und zog ihn aus dem Wagen. Dann stieg Matthias ein, beugte sich auf die Beifahrerseite und öffnete ihr die Tür.

Der Schlüssel steckte. Der Motor lief schon. Es war angenehm warm. Ein alter Mercedes, bequeme Ledersitze, ein Wunderbaum am Rückspiegel.

Matthias setzte zurück und scherte nach links aus. Er ignorierte die rote Ampel an der Trambahnhaltestelle und fuhr weiter Richtung Belgradstraße. Vor der Kreuzung wurde er langsamer. Er schaute rüber zu ihr und sagte, wie um sie aufzuwecken: »Sabrina!«

25. DEZEMBER
5:23 UHR

Kriebl stand genau im Rahmen der kaputten Toilettentür. Er sagte, die Pistolen auf Phil und Chris gerichtet: »Sabrina, komm!«

Phil konnte ihren Blick spüren, als er langsam die Hand öffnete, in der er noch immer seine Pistole hielt, die er jetzt so drehte, dass seine Finger schließlich den Lauf umfassten: bereit aufzugeben.

»Nein«, sagte Sabrina.

»Willst du, dass ich ihn erschieße?«, fragte Kriebl und machte einen Schritt auf sie zu.

»Nein!«

»Dann komm.«

»Nein!«

»Sabrina! Ich mach das doch alles für uns!«

»AAAACH-TUNG!«, hallte es draußen vom anderen Ende des Friedhofs herüber – dann gab es einen trockenen Knall, gefolgt von einem Echo. Dann noch einen Knall – wieder ein Echo – und noch einer: Salutschüsse für einen gefallenen Soldaten, vermutete Phil.

»Ich tu das aber nicht für dich!«, schrie Sabrina plötzlich und stürzte sich auf Kriebl.

»Runter!«, presste Phil hervor und schubste Chris, der neben ihm stand, an die Wand – während Kriebl Sabrina mühelos abschüttelte, sich dabei aber mit den Armen ausbalancieren musste, um das Gleichgewicht nicht zu verlieren.

Bevor Kriebl seine Arme und damit seine Pistolen wieder unter Kontrolle hatte, holte Phil mit letzter Kraft aus, trat einen Schritt nach vorne, dann jagte er Kriebl den Lauf seiner Pistole genau unter die Nase – was ein Geräusch machte, das er niemals vergessen würde. Ein Geräusch, das einem sofort vermittelte: Das hier hat nicht bloß wehgetan. Bei ihm selber musste es sich ähnlich angehört haben.

Auge um Auge. Zahn um Zahn.

Wieder streckte Kriebl die Arme aus – wie in einem letzten Versuch, sein Gleichgewicht zu halten –, aber diesmal fielen ihm die Pistolen aus der Hand, und er kippte nach hinten um und kam mit dem Rücken krachend auf dem Boden auf.

Phil zog Sabrina vorsichtig zu sich, damit sie den Blick abwandte. Chris rappelte sich wieder auf. Als Kriebl ein nasses Röcheln von sich gab, ging Phil zu ihm und drehte ihn auf die Seite, damit er nicht erstickte. Dann reichte er seine Pistole Sabrina und hob die anderen beiden Waffen vom Boden auf. Nur um sicherzugehen. Draußen wurde der letzte Salut abgefeuert und danach war Stille.

Phil hob die Reisetasche auf und drückte sie Chris in die Arme. Dann steckte er ihm den Autoschlüssel in die Hemdtasche. Er war kurz davor, umzufallen, vor Schmerzen und Erschöpfung, riss sich aber noch ein letztes Mal zusammen und sagte: »Die Mauer entlang links auf dem Feldweg steht der Wagen. Geh vor, ich hab noch was zu erledigen.«

»Und was?«, fragte Chris.

»Waffen loswerden zum Beispiel.« Phil zog sich das Hemd aus der Hose und wischte damit die Pistole ab, die Elom sich nach dem Steinwurf auf Kriebl geschnappt hatte. »Komm, wir haben keine Zeit für Diskussionen!« Er ging zur Tür und deutete zum südlichen Waldrand, wo die Stadtgrenze war und jetzt ein bläuliches Flackern die Dunkelheit durchzog.

»Die Polizei«, sagte Sabrina.

»Beeil dich«, sagte Phil zu Chris. Und Chris rannte los.

»Brauchst du Hilfe?«, fragte Sabrina.

Als Chris am Friedhofstor um die Ecke gebogen war, sagte Phil: »Ja. Pass auf meinen Bruder auf!«

»Was?«

»Schau mich an! Ich kann nicht mit euch gehen.«

»Wir können dich doch nicht zurücklassen!«

»Doch. Ihr müsst. Ohne mich habt ihr eine Chance. Die ihr sonst nie wieder kriegt. Bitte!« Phil nahm Sabrina in den Arm, damit er ihr nicht in die Augen schauen musste. Dann sagte er: »Ich darf nie wissen, wo ihr seid. Die Polizei würde nur darauf warten, dass ich sie zu euch führe.«

Sabrina löste sich aus seiner Umarmung. »Aber dann sehen wir uns nie wieder!«

»Wahrscheinlich nicht.«

»Phil, es muss doch einen anderen Weg geben!«

»Ich seh keinen. Tu bitte, was ich dir sage: Ihr schlagt euch erst mal nach Österreich durch, wie wir's geplant haben. Aber dann braucht ihr neue Namen, Pässe – und ein Land, das nicht ausliefert. Wo ihr so tun könnt, als wärt ihr Kinder reicher Eltern, die keine Zeit für euch haben. Oder so was.«

»Phil! Wir haben uns doch gerade erst kennengelernt!« Ihr kamen die Tränen.

»Und ich werd dich nie vergessen«, sagte er. Er meinte es so. Er meinte alles, was er zu ihr gesagt hatte. Aber sie zögerte ihm zu lange und die Zeit drängte. Also sagte er noch: »Hör zu. In ein, zwei Jahren ist vielleicht ein bisschen Gras über die Sache gewachsen. Dann mach ich mich auf die Suche. Ich werd euch schon finden, keine Sorge. Aber jetzt geh bitte.«

Chris lugte um die Mauerecke und fluchte, als er sah, wie die Blaulicht-Kolonne auf Höhe der Autobahn in die Allee einbog. Er hatte die Reisetasche im Kofferraum verstaut: in dem aufklappbaren Hohlraum, wo normal das Reserverad seinen Platz hatte – das jetzt wiederum im zugeschneiten Gebüsch an der Friedhofsmauer lag.

Auch den Motor hatte er schon gestartet, die Tankanzeige kontrolliert und Heizung und Lüftung aufgedreht. Der Wagen tuckerte jetzt mit angezogener Handbremse auf dem Feldweg im Leerlauf.

Dann rannte endlich Sabrina durch das Tor und auf ihn zu. Aber sie blieb allein. Chris lief ihr entgegen. »Wo ist Phil!«

»Wir müssen ohne ihn los.«

»Was!«

Sabrina hatte Tränen in den Augen. »Er hat gesagt, wir haben nur eine Chance, wenn *er* sich der Polizei stellt!«

»Dann geht er ins Gefängnis!«

Sabrina nickte. »Ich weiß.«

Phil legte die drei Pistolen in den Lüftungsschacht und schraubte mit dem Leatherman die Abdeckung wieder darauf. Dann stieg er von der Kloschüssel runter und ließ sich neben Kriebl an der offenen Tür auf den Boden sinken, er konnte nicht mehr.

Kriebl lag da wie tot, und Phil vergewisserte sich, dass er noch atmete. Er überlegte, wie sehr ihm Kriebl schaden könnte, wenn der eine Aussage machte. Phil konnte es nicht abschätzen. Aber letztlich war es ihm auch egal.

Noch in der Ferne, aber näher kommend, hörte er das Kommando »RECHTSSCHWEEEENK – MARSCH!«. Dann hörte er noch etwas: Schritte. Schnelle Schritte. Auf einmal stand Chris in der Tür.

»Was machst du noch hier!«, stöhnte Phil.

»Glaubst du, du wirst mich so einfach los?«

»Was ist mit Sabrina?«

»Ich hab ihr viel Glück gewünscht. Komm, steh auf! Ich hab einen Plan! Oder wenigstens einen halben Plan. Erklär ich dir später.« Er streckte Phil die Hand entgegen und half ihm auf die Beine.

Als sie aus der Toilette nach draußen kamen, bogen am anderen Ende des Friedhofs die Soldaten im Gleichschritt auf den Hauptweg ein. Und vor dem Eingangstor hielt gerade der erste Polizeiwagen, der zusätzlich zum Blaulicht kurz eine aufjaulende Sirene einschaltete. Jeder Schritt war eine Qual, aber Chris hörte nicht auf, an seinem Arm zu zerren, als sie vom Eingang weg querfeldein an den Gräbern vorbei zur westlichen Außenmauer des Friedhofs liefen. Dort stemmte Chris sich mit dem Rücken gegen die Mauer und faltete die Hände ineinander, sodass Phil an ihm hoch auf die Mauerkante klettern konnte: eine Räuberleiter, die sie schon unzählige Male gemacht hatten – nur dass das letzte Mal eine halbe Ewigkeit zurücklag und damals noch Phil seinem kleinen Bruder hochhelfen musste.

Oben auf der Mauer streckte Phil ihm die Hand entgegen und Chris zog sich mit seiner Hilfe auch auf die Kante. Dann ließen sie sich auf der anderen Seite runter und liefen im matt leuchtenden Schnee auf den winterkahlen Feldern durch die Dunkelheit in Richtung Waldrand, während auf dem Friedhof hinter ihnen wild durcheinander, aber mit jedem ihrer Schritte immer leiser werdend, Befehle geschrien wurden.

Eine Stunde später stiegen sie in der Lindwurmstraße vor der Zahnklinik aus einem Taxi, und Chris sagte am Empfang: »Mein Bruder braucht einen Arzt!«

»Oh Gott, wie ist denn das passiert?«, fragte eine junge, in Weiß gekleidete Frau.

Chris schaute zu Phil rüber. »Er ist hingefallen«, sagte er. »Ist wahnsinnig glatt draußen.«

3. JANUAR
10:57 UHR

Aus den Deckenlautsprechern kam Fahrstuhlgedudel, gelegentlich unterbrochen von einer viel zu gut gelaunten Stimme, die sich über irgendwelche Sonderangebote freute – die Chris schon aus Prinzip nicht kaufen würde: Er hasste diese unsichtbaren Grinser, die einem irgendwas andrehen wollten, was die Welt nicht brauchte.

Sie waren fast die einzigen Kunden im Tengelmann. Und hingen immer noch vor dem Regal mit der Babynahrung rum. Phil zischte: »Als Nächstes willst du mir wohl auch noch Windeln andrehen!« Er klang wie der Elefantenmensch in diesem Schwarz-Weiß-Film, der neulich im Fernsehen lief. Phil konnte nur die Lippen bewegen, aber nicht den Mund öffnen: seine provisorisch behandelten Zähne waren geschient und Ober- und Unterkiefer mit Draht zusammengezurrt.

Chris stöhnte. »Der Arzt hat gesagt, du sollst dich nicht nur von Milch ernähren, die nächsten drei Wochen!«

»Wieso, ist doch alles drin – Eiweiß, Kohlenhydrate, Fett. Sogar Vitamine. Yippie. Ich mach mich doch nicht zum Affen!«

»Wegen dir hab ich auf zwei Millionen Euro verzichtet, du könntest mir wenigstens den Gefallen tun, mal das Karottenpüree zu probieren!«

»Keine Chance, Mann! Ich esse keinen Babybrei.«

Chris nahm zwei der Gläschen und legte sie in den Einkaufswagen. »Weißt du, was? Dann kauf ich's eben für mich!«

Aber Phil war schon wieder beim Kühlregal.

Chris machte mit dem Einkaufswagen eine Hundertachtzig-Grad-Drehung – als plötzlich die Polizistin vor ihm stand und mit Blick auf die Gläschen sagte: »Pastinake kann ich auch sehr empfehlen.«

Ihr Auto parkte am Ende der Schleißheimer Straße, mit Blick auf die Panzerwiese, die aber nur verschwommen wie ein altes Landschaftsgemälde zu sehen war: Es regnete so stark, dass ein lückenloser Wasserfilm die Fensterscheiben hinunterlief.

Chris saß in der Mitte der Rückbank. Er hatte die Einkaufstüte neben sich gelegt und beugte sich ein wenig nach vorne: zwischen Katrin Menschick auf dem Fahrersitz und seinem Bruder, der sich auf den Beifahrersitz gesetzt hatte.

Die Polizistin sagte: »Ich würde euch normalerweise ja nach Hause fahren bei dem Sauwetter, aber es ist vielleicht besser, wenn man uns nicht mehr zusammen sieht.«

»Wie geht's Ihrem Kollegen?«, fragte Chris.

Die Polizistin schwieg, und Chris dachte schon, sie würde überhaupt nicht mehr antworten, aber dann sagte sie doch noch: »Er hat's überlebt. Es ist bloß noch nicht ganz klar, wie. Er hat 'ne Menge Blut verloren. Muss noch mal ganz von vorne anfangen. So richtig. Gehen lernen und so. Apropos Gehen – wie geht's eurem Vater? Der ist ja jetzt anscheinend auch eher zu Fuß unterwegs. Ich hab neulich eine Meldung reinbekommen, dass er sein Auto als gestohlen gemeldet hat.«

An der Böschung zur Panzerwiese lag etwas Grünes im schmelzenden Schnee. Aber mehr konnte Chris nicht erkennen durch den Wasserfilm auf der Scheibe. »Na ja«, sagte er. »Er ist immer noch nüchtern. Und auf Jobsuche. Sieht ganz gut aus, meint er.« Waren das ausrangierte Christbäume? Dafür war es eigentlich noch zu früh.

Die Polizistin stellte den Rückspiegel so ein, dass sie ihn im Visier hatte. »Ihr wollt mir also wirklich weismachen, euer Vater hat keine Ahnung mehr, wo er seinen Wagen beim letzten Mal abgestellt hat. Seinen Schlüssel hat er ja anscheinend auch verloren.«

»Soll vorkommen, wenn man volltrunken ist. Ist die Karre denn wieder aufgetaucht?«

Die Polizistin schaute erst Phil, dann Chris prüfend an. »Nein. Aber die Nummernschilder. Das Auto ist wohl tatsächlich gestohlen worden.«

Chris sagte: »Die alte Schrottschüssel! Da hat's aber einer nötig gehabt.«

Die Polizistin wartete einen Augenblick, bis sie darauf antwortete: »Mehr fällt euch dazu nicht ein?«

»Was denn zum Beispiel?«, zischte Phil.

»Na ja. Könnte ja irgendwie zusammenhängen mit eurem afrikanischen Freund, der auch verschwunden ist.«

»Ich glaube, den haben *Sie* vergrault. Von wegen abschieben lassen und so.«

Die Polizistin begutachtete den Pflasterverband, den Phil unterm Kinn trug. »Hat dir schon mal jemand gesagt, dass du wie der Elefantenmensch in diesem Film klingst?«

Phil machte extra ein Schlürfgeräusch, um den Speichel einzuziehen. »Nur ungefähr zehnmal – der dahinten.«

»Ist ja auch eine dumme Sache, die dir da passiert ist. Mit nassen Schuhen auf der Treppe ausrutschen! Aber komisch, oder? Weil so was eigentlich nur älteren Leuten passiert.«

Phil griff nach der Einkaufstüte, die er zwischen seinen Füßen abgestellt hatte. »Ist das alles, worüber Sie mit uns reden wollten?«

»Nein. Ihr habt ja diese Woche noch einen Termin beim Staatsanwalt.«

Phil hielt wie ertappt inne. Dann sagte er: »Ja, da freuen wir uns auch schon drauf.« Er langte zum Türgriff. Chris nahm seine Einkaufstüte und rutschte ebenfalls zur Tür rüber.

Die Polizistin berührte Phil am Arm. »Das dürft ihr auch ruhig. Ich sage euch nämlich jetzt, was ihr dem auftischen werdet. Rein inoffiziell natürlich. Wenn euch jemand fragt, wann ihr mich zum letzten Mal gesehen habt, dann war das in der Nacht zum 25. Dezember, als ich mit meinem Kollegen das Mädchen bei euch abgeholt habe. Was jetzt gerade passiert, träumt ihr nur – verstanden? Gut. Also! In meinem Bericht steht, dass dein Bruder zufällig zugegen war, als Kriebl mit seinem Fluchtwagen von der Autobahn abgekommen und in dem Waldstück dahinter gelandet ist. Und dass dein Bruder auf die Bitte von Sabrina Spomenka Kostic eine Tasche versteckt hat, in der sich angeblich viel Geld, aber letztlich nur ein Stapel alter Zeitungen befunden hat.«

»Und weiter?«, fragte Phil.

»Nichts weiter«, sagte die Polizistin. »Das ist alles, was eure Beteiligung an diesem Raub betrifft. So wie es aussieht, hat Kriebl die Beute auf einem Friedhof versteckt, sodass Sabrina Kostic später damit fliehen konnte. Nachdem es zu einer Auseinandersetzung zwischen den beiden gekommen ist.«

»*Das* steht in Ihrem Bericht?«, fragte Chris.

»So ungefähr muss es doch gewesen sein, oder? Ich habe nur das ein oder andere Detail ausgelassen. Dass auf dem Friedhof eure Mutter beerdigt ist, zum Beispiel. Kriebl jedenfalls verweigert jegliche Aussage. Der zieht seine persönliche kleine Omertà durch. Fehlt nur noch irgendein Psychologe, der ihm ein Kriegstrauma oder so was attestiert. Dass er nur deswegen so gewalttätig ist und hin und wieder eine Rambo-Nummer abzieht.«

»Und warum erwähnen Sie dieses Detail nicht?«, fragte Phil.

»Das mit dem Friedhof? Na ja. Um Papier zu sparen. Der Umwelt zuliebe.«

»Weil Sie auf einmal so ein guter Mensch geworden sind?«

»Das hast du gesagt«, antwortete die Polizistin. »Na los, raus hier! Bevor uns noch die Tränen kommen vor Rührung.«

Der Bolzplatz an der Schleißheimer, Ecke Aschenbrennerstraße, über den sie normalerweise nach Hause gegangen wären, stand schon unter Wasser. Auch ihre Jacken glänzten schon vor Nässe, und Chris spürte, dass es nicht mehr lange dauern würde, bis seine durchtränkt war.

Er fühlte den Anflug einer Traurigkeit, wie als Kind, wenn der Winter vorüberging: Man konnte in dem Regen dabei zuschauen, wie der Schnee dahinschmolz und auf den Straßen zu rußgrauem Matsch wurde, der fontänenartig aufspritzte, wenn ein Auto vorbeifuhr.

»Was hältst du davon – glaubst du, dass das eine Falle ist?«, fragte Chris.

Phil schüttelte den Kopf. »Ich glaub, die will bloß ihren

Arsch retten. Sie schützt uns – und wir schützen sie, wenn wir den Mund halten.«

»Also, ich hab kein Problem damit.«

»Ja.«

Sie kamen wieder am Tengelmann vorbei und gingen rechts in die Stösserstraße – und dann links auf den Fußweg, der an der Förderschule entlang zu ihrer Siedlung führte.

»Dann hat es Sabrina wohl geschafft«, sagte Chris. »Na ja, wundert mich nicht, so gut wie die Auto gefahren ist.«

»Was?«, fragte Phil, etwas irritiert, und blieb stehen.

»Am Friedhof. Als ich ihr das Auto überlassen hab – kurz bevor die Bullen aufgetaucht sind. Die ist losgefahren, als wär sie mit 'nem Führerschein auf die Welt gekommen. Und das bei dem Schnee.« Chris musterte seinen Bruder. »Wieso, was ist?«

Phil schaute zu Boden. »Nichts«, sagte er leise. Dann ging er weiter. »Wir haben gesagt, wir reden nicht mehr darüber. Schon gar nicht, wenn wir Handys dabeihaben.«

»Glaubst du wirklich, die Alte lässt uns abhören?«

»Möglich ist alles. Technisch zumindest.«

»Ich hab mein Handy zu Hause gelassen.«

»Trotzdem. Nur weil die Bullenschlampe eben mit uns Händchen halten wollte, heißt das nicht, dass man ihr trauen kann.« Phil fischte seinen Schlüsselbund aus der Hosentasche, als sie zur Haustür kamen.

»Wenn du meinst.« Chris seufzte. »Ich hoffe jedenfalls, dass ich diesen Penner nie wiedersehe.«

»Ja. Gut auf uns zu sprechen ist der bestimmt nicht.«

»Warum sagt der nicht aus?«

»Keine Ahnung. Sturheit? Weil's ihm nichts bringen würde?

Ich weiß es nicht.« Phil sperrte die Haustür auf und ließ ihn mit der Einkaufstüte vorgehen. Ein wattierter gelber Umschlag klemmte im Briefkastenschlitz, unter dem jetzt ein neues Namensschild angebracht war. Phil zog ihn heraus und sagte: »Kein Absender.« Er kratzte mit einem Fingernagel an dem Klebeband, mit dem der Umschlag zusätzlich verschlossen war. »Schau dir mal die Briefmarken an – aus Österreich.« Er riss den Umschlag auf und stieß einen Lacher aus.

»Vielleicht von Onkel Willi?« Chris ging zu ihm und schaute mit hinein. Er hielt die Luft an. »Meine Fresse! Was meinst du, wie viel das ist?«

»Verglichen mit dem Rest nur ein Trinkgeld«, sagte Phil. »Aber immer noch 'ne ganze Menge.«

»Komm«, sagte Chris. »Bevor die Nachbarn auch noch was abhaben wollen.« Er ging voraus die Treppe hoch.

»Hast du gesehen, dass mein Name an erster Stelle steht?«, sagte Phil. »Ich schlage vor, wir teilen sechzig vierzig.«

»Ja, von mir aus. Du kannst sechzig Euro haben und ich leg noch vierzig drauf. Der Rest gehört nämlich mir, ich hab für dich auf eine ganze Million verzichtet!«

»Dir gehört höchstens der Babybrei in der Einkaufstüte da.«

Chris lachte. »Hat dir eigentlich schon mal jemand gesagt, dass du wie der Elefantenmensch in diesem Schwarz-Weiß-Film klingst?«

»Oh ja – der Typ, der gleich genauso klingt …«

Sie legte die Schere weg, die sie unter dem Waschbecken gefunden hatte, und warf einen abschließenden Blick in den Spiegel. Die kurzen Haare standen ihr. Die Rottönung war noch etwas ungewohnt.

Als sie unter die Dusche stieg, drehte sie das Wasser so heiß auf, dass sie es gerade noch aushalten konnte. Sie blieb lange so stehen – bis ihre Haut ganz rot wurde und der Wasserdampf wie Nebel im Badezimmer hing. Wer weiß, wann sie das nächste Mal zum Duschen kommen würde?

Dann trocknete sie sich ab und zog die Sachen an, die sie sich vorher auf der Marmoranrichte zurechtgelegt hatte. Die Klamotten, die sie im Schrank gefunden hatte, waren schick, für ihren Geschmack zu damenhaft, aber sie passten ihr und sie würden sie älter aussehen lassen. Und darauf kam es an.

Nur dass sie in Designerklamotten mit dieser Schrottschüssel auffallen würde. Sie hatte keine Ahnung, wie sie an ein neues Auto kommen könnte, aber sie müsste sich etwas einfallen lassen. Oder das Verkehrsmittel wechseln.

Sie nahm die österreichischen Nummernschilder, die sie auf dem Hotelparkplatz am See von dem Peugeot abmontiert hatte. Sie fragte sich, wann den Besitzern wohl auffallen würde, dass sie jetzt andere Nummernschilder hätten. Sie lächelte – etwas bemüht, wie sie selber zugeben musste, aber immerhin: Nummernschilder zu wechseln hatte sie inzwischen auch raus.

Sie setzte sich auf das Wasserbett, ließ sich auf den Rücken fallen und schaute in den Spiegel an der Decke. Sie wäre gerne noch hiergeblieben, das Apartment war toll. Aber es war zu riskant. Sie hatte Glück gehabt vorgestern – und die Eigentümer abreisen sehen. Aber sie könnte auch wieder Pech haben, wie letzte Woche in Garmisch, wo auf einmal die Haustür aufgeschlossen wurde und sie gerade noch über die Terrasse verschwinden konnte.

Es war auch ein Abenteuer, das schon.

Sie verschloss die beiden braunen Louis-Vuitton-Taschen, die im Schrank gelegen hatten, und setzte die große braune Sonnenbrille auf, obwohl es draußen schon dunkel war. Sie betrachtete sich im Schlafzimmerspiegel.

So sah also ein Mädchen aus, das vier Millionen Euro besaß. Ein Mädchen, das sich vor ein paar Wochen noch gesorgt hatte, ob sie mit mittlerer Reife überhaupt eine Lehrstelle bekommen würde.

Ja, es war ein Abenteuer. Nur kam es ihr manchmal noch wie ein Traum vor.

Sie fühlte sich sehr, sehr frei.

Aber etwas fehlte.

© Christian Meckel

Stephan Knösel

Stephan Knösel, geboren 1970, arbeitet als freier Drehbuchautor und lebt mit seiner Frau und seinen Söhnen in München. Für seinen Debütroman *Echte Cowboys* wurde er mit dem Literaturstipendium der Stadt München, dem Bayerischen Kunstförderpreis für Literatur und dem Kranichsteiner Jugendliteratur-Stipendium ausgezeichnet.
www.stephanknoesel.de

Noch Fragen und Anregungen zum Roman?
www.facebook.com/StephanKnoesel

Stephan Knösel

Echte Cowboys

Roman, 240 Seiten (ab 13), Gulliver TB 74251
Kranichsteiner Jugendliteratur-Stipendium
Bayerischer Kunstförderpreis in der Sparte Literatur
Ebenfalls als E-Book erhältlich (74288)

Sommerhitze in München. Cosmos Mutter fällt nach einem Selbstmordversuch ins Koma. Cosmo droht das Heim, er will weg, aber wohin? Auf seiner Flucht trifft er auf Nathalie und Tom. Die beiden sind auch allein, irgendwie. Bald findet sich Cosmo flirtend neben der schönen Nathalie am Baggersee wieder. Doch dann läuft plötzlich alles aus dem Ruder, ein Streit eskaliert und am Ende dieses Sommers ist für die Drei nichts mehr, wie es einmal war ...

Stephan Knösel

Das absolut schönste Mädchen der Welt und ich

Roman, 257 Seiten (ab 14), Gulliver TB 74803
Ebenfalls als E-Book erhältlich (74606)

Nach einem Streit mit seiner Mutter ergreift der 17-jährige Paul die Flucht aus Paris, um nach München zu ziehen. Erschöpft schläft er nach seiner Reise auf einer Parkbank ein und wird von einer vermeintlichen Taschendiebin geweckt. Die schöne Zoe ist nicht auf den Mund gefallen und schon bald ist Paul völlig gefangen von ihr. Er muss Zoe beweisen, dass er der einzig Richtige für sie ist! Doch Zoe gleitet ihm immer wieder aus den Händen und ein Katz-und-Maus-Spiel beginnt ...

Das absolut süßeste Mädchen der Welt und ich